|红色经典丛书|

三千里江山

杨朔 著

江苏凤凰文艺出版社
JIANGSU PHOENIX LITERATURE AND ART PUBLISHING, LTD

图书在版编目（CIP）数据

三千里江山 / 杨朔著. — 南京：江苏凤凰文艺出版社，2019.1（2022.6重印）
（红色经典丛书）
ISBN 978-7-5594-2677-2

Ⅰ.①三…　Ⅱ.①杨…　Ⅲ.①中篇小说-小说集-中国-当代②短篇小说-小说集-中国-当代　Ⅳ.①I247.7

中国版本图书馆CIP数据核字(2018)第179805号

三千里江山
杨朔　著

出 版 人　张在健
总 策 划　汪修荣
责任编辑　蔡晓妮　傅一岑
封面设计　马海云
责任印制　刘 巍
出版发行　江苏凤凰文艺出版社
　　　　　南京市中央路165号，邮编：210009
网　　址　http://www.jswenyi.com
印　　刷　南京新洲印刷有限公司
开　　本　880毫米×1230毫米　1/32
印　　张　8.75
字　　数　218千字
版　　次　2019年1月第1版
印　　次　2022年6月第5次印刷
书　　号　ISBN 978-7-5594-2677-2
定　　价　35.00元

江苏凤凰文艺版图书凡印刷、装订错误，可向出版社调换，联系电话 025-83280257

目 录

第一辑

- 大旗 003
- 火并 025
- 霜天 034
- 月黑夜 042
- 风暴 055
- 春子姑娘 066
- 熔炉 082
- 雪花飘飘 087

第二辑

- 三千里江山 117
- 附录一 我的感受
  ——《三千里江山》写作经过 260
- 附录二 写作自白 265

第 一 辑

大　旗

这是一九三八年冀东人民抗日斗争的一个侧影。斗争从七月八号起,到十月间才稍稍平息。全冀东二十二县,除了昌平、临榆,没有一处不曾卷起暴动。参加的人数约计十几万。当时的领袖是李运昌,后来他在抗日期间一直是坚持冀东游击战的司令员。

一九三八年四月,清明节前后。

北宁路上,一列客车从天津开来,离滦县不远时,停在一个小站里上水。站台十分冷清,只见一个商人模样的旅客,从三等车走下来,右肩扛着个被卷,左手提着个蓝布包袱,蹒蹒跚跚地朝站外走去。他是个矮胖子,黝黑的圆脸泛着油光,两只小眼闪射着针尖似的光芒。

路警拦住他问:"包里什么东西?打开来看看!"

旅客赶紧放下行李,撩起青线呢长袍,蹲下身,急忙地解开包袱,满脸陪着笑说:

"看吧,看吧,不过是些不值钱的湖笔,刚从天津贩来,打算到这一带小学堂做做生意。"

路警弯下腰,伸手把一封一封的笔翻了翻,又吩咐旅客打开行李卷,草草地看过一遍,这才把手一挥,昂着头走去。笔贩子耐着心性,重新把行李收拾停当,斜瞟了路警一眼,迎着一阵风沙走出车站。

风从东南吹来,漫野浮荡着青草的气味,还夹杂着肥料的气息。几天前落过一场好雨,泥土又松又软,正是耩谷子的时候。粪早送过了,一簇一簇地堆在田里,可是奇怪,到处竟不见一个犁地的农民。庄稼人向来最怕误了节气,于今放着地不种,却集合一起,拖成长长的一条线,离车站约摸半里路,忙忙碌碌地闹什么呢?笔贩子一边寻思,一边顺着道路朝前走去,近了,才看清楚大群的农民正在修筑一条公路。他们的气色都很阴沉,不大作声,只是机械地忙着铲土,把路基垫高。公路贯穿过肥沃的田野,占去大片的麦地。麦苗已经长到七八寸高,颜色变成碧绿,每一铁锹铲下去,便被翻掘起来,连泥带土抛上路基。

笔贩子走拢近一堆人,觉得累了,把行李搁到地头上,坐到被卷上去,想要歇歇脚。离他不远,一个庄稼人坐着抽烟,臀底下垫着自己的鞋,身旁插着一张锹。这个人,看上去将近四十来岁,前额横刻着几道很深的皱纹,眼眉和胡须又粗又黑,像是刷子,鼻孔的黑毛特别长,笔尖似的伸到外边。他用两手抱着膝盖,嘴里含着烟袋,眼睛直瞪瞪地望着地面,神色十分呆滞,仿佛和谁怄气。

一个塌鼻头的汉子掘着掘着土就停下手,对他劝道:"快来做活吧,殷老大,别尽自发呆,叫监工的看见,又是一顿打骂!"

殷老大叹了口怨气,却不动弹,也不说话。笔贩子从旁边瞅得明白,便从腰里掏出一支香烟,凑到殷老大身前,躬着腰说:"借光,老乡,让我点个火。"

那笔贩子把纸烟对到庄稼人的烟袋锅上,吸着了,撩起大襟蹲在旁边,拉起话来:

"今年的年景不坏吧?旧年冬天缺雪,这一春雨水不断,麦子长得还满旺盛。不过这是谁家的地,糟蹋这样子,叫人看见都心痛!"

殷老大的声音带点抖颤,不觉接嘴叹道:

"眼前这三亩地都是我的,祖上辛辛苦苦,留下几亩命根子,日本人说声修路,就不管三七二十一,硬给占去,口头虽说给地价,还不是骗人的话!麦子算完蛋了。再有几亩谷子,到如今还没耩下种籽,你看这日子怎么过?"

笔贩子很快地眨了几眨眼说:"嗳呀,谷雨都快过了,再不耩地,不就晚啦?"

殷老大耸起两道眉毛,恨恨地答道:"谁说不是晚啦!眼前这些人,哪个心里不急得像一团火?日本人可不管那一套,只顾修路,凡是村里能动的人都赶出来,从早到黑,累得要死,一个大钱也不给……"

他蓦然停住嘴,不安地干咳几声,敲净烟锅的灰,把烟袋插到脖子后,又忙着从臀下抽出鞋来,往脚上穿。笔贩子一抬眼,望见远处走来一个监工的日本人,脚上穿着马靴,两手反背在身后,横拿着一根木棍。一个庄稼人做得稍微慢点,监工的便跨上前去,大声地吆喝,又举起短棍,做出要打的手势。殷老大穿上鞋,急忙站起身,拿着铁锹走入修路的人群中,动手挖起泥来。沿着这条未完成的公路,随着无数锹铲的挥动,多少庄稼破坏成烂泥,多少田地改变了原来的形态——这是一片被蹂躏的土地。

生活在这片土地上的殷老大,一颗心也被蹂躏得遍是创伤,差不多碎了。从他记事那一天起,向来就没度过好日子。他是个很守本分的庄稼人,父亲死得早,母亲把他拉扯大,十四岁那年就给他讨了个将近二十岁的女人,指望家里添人口,添份力气,可以支撑庄稼营生。女人结实得像头驴子,过不几年,替他生了个孩子,名字叫犁头。这时殷老大长成个强壮的小伙子,一年到头,埋着头做活,只想守家在业,把庄稼日子扶植起来。可是直奉战争爆发了。他的家离铁路三二里路,兵荒马乱的,卷进漩涡当中。他领着母亲和家小,跟随村里人逃荒,不幸半路上遇到大队的败兵,一家冲散了。他背着犁头,好不容易才寻到母亲,女人却失落得不见踪影。有人说看见她叫败兵掳去,又有人说看见她披散着头发,朝一

个方向跑去。总之,以后根本听不到她的消息,多半死了。殷老大变得十分阴沉,整天紧闭着嘴,有时喝点酒,醉了,便指着天骂道:

"老天爷不睁眼,怎么专和穷人做死对头!"

他的心情像是连阴的天气,多年以来,总不见开朗的日子。犁头渐渐地长大,殷老大把希望全寄托在儿子身上,盼望赚几个钱,给儿子娶房媳妇,可以传宗接代,将来自己死了,也可以有儿孙替他祭扫坟墓。他母亲有时劝他再讨个女人,他却一口回绝道:

"讨个老婆就得花几百,咱们哪来的钱?再说,犁头这么大了,我不愿意给他弄个后娘,叫他埋怨我一辈子。"

殷老大的愿望却不容易实现。一天,村里传说日本人占领东三省了。殷老大以为东三省在山海关外,距离他家很远,不碍他的事,所以漠不关心。又一天,传说长城边爆发战事了,他才有些慌张,心里记起旧日的创伤,生怕战事再蔓延到滦县。

战事不久便停止,他似乎用不着慌张了。可是,一件梦想不到的事突然发生了。村长走来对他说道:

"老大,世界变了,你知道么?听说中国和日本定了什么协定,把咱们冀东划成停战区,不准驻兵;又有个叫殷汝耕的人出面成立自治政府,愣逼着每村出枪练自卫军,办联庄会,还得先派两个人到城里保安队受训,以后好回来教本村人。犁头年轻力壮,正好算一个,村里打算派他到城里去受训。"

殷老大的前额仿佛挨了一棒,脑壳似乎炸裂,失去思想的能力。他只有犁头一个儿子,夺去犁头,就等于夺去他的命根子。他百般地哀求,但是没用。村长在村里便是小皇帝,谁敢违拗他的话?殷老大的生活陷入更深的泥坑,他眼前的世界也的确变了。捐税越发加重,压得他直不起腰,骨髓差不多都被压榨出来。日本浪人如同些蠹虫,带着白面和鸦片,到村里开设起"洋行",把朴素的农村弄糜烂了。这以后,情势转变得更快:冀察政委会仿佛昨天才成立,永定河上又起了战事,冀东便像一张荷叶饼,囫囫囵囵地吞进日本刽子手的嘴里。殷老大感到绝望,寻思再没有翻身的日子,只好等死。

犁头的行事更加使他忧愁。最初,殷老大以为儿子当了保安队,早晚必定叫枪子打死,不会活着回家。但经过一个时期的训练,犁头居然回来了,不过不再是原来的犁头,却沾染着一身坏习气。他的头上留起头发,学会抽纸烟,还时常斜着斗眼,含着香烟,对女人调调情。犁头本来就愣头愣脑的,带点傻气,于今简直变成流氓。这还不要紧,最叫殷老大痛心的是,儿子竟受了日本浪人的勾引,常往白面馆跑,没钱抽时,便从家里偷东西变卖。联庄会看犁头太不务正,把他开除,他却瞪着一对斗眼,脸红脖子粗地骂道:

"不用和老子为难,等我告诉日本人,叫你们知道个厉害!"

殷老大气得抓起一条长板凳,赶上去骂:

"小兔崽子,老殷家缺了几辈子德,养出你这个东西!你张口日本人,闭口日本人,都是日本人把你毒害坏了,到死也不知道反悔,等我打死你再讲!"

犁头却扮了个鬼脸,撒开腿朝白面馆跑去。

就在殷老大遇见笔贩子那天,雀迷眼的时候,修路的农民才散工。殷老大怀着一颗沉重的心,走向家去,天色已经苍黑。犁头的奶奶张着两手,嘴里喊着噢——哑,噢——哑,正在院里赶一群鸡进窠。一只小公鸡很调皮,怎么也不肯听话,几次来到窠口,侧着小头望望老奶奶,拍拍翅膀又跑到一边去,累得老奶奶转来转去地赶,嘴里嘟嘟囔囔抱怨道:

"小死物件,我看你往哪跑?我看你往哪跑⋯⋯唉,唉,我六十多岁的人啦,看也看不见,听也听不见,老天爷不睁眼,叫我怎么过!"

她的声音像哭,又像叹息。每逢她遇到一点不如意事,便会伤起心来,自言自语地抱怨天,抱怨人,抱怨自己的命苦。殷老大把锨倚到墙上,沉着脸走到灶边,揭开锅盖,锅里冒起一阵热腾腾的蒸气。他盛了一大碗熬得稀烂的白薯稀饭,坐到门槛上,左手托着碗,右手便用筷子往嘴里唿噜唿噜地扒饭,眼睛望着碗,一声也不响。

犁头的奶奶关好鸡窠,重新结了结包头的手巾,又摇摆着两手走到牲口栏旁,解开缰绳,牵出那头白眼圈白鼻子的小黑驴。小毛驴蹙起鼻头,在地上闻了一阵,然后跪下前腿,后身随着也卧下,快活地打起滚来。什么地方有驴叫,小黑驴陡然爬起身子,舒长脖子,声音一伸一缩地也大叫起来。老太婆使劲地扯了几下缰绳抱怨道:

"叫什么?说你也不肯听,说你也不肯听!唉,唉,谁都惹我生气!几时我两眼一闭,心里才干净。"

月色很好,阴历大约是十二三。全村笼着一层苍苍茫茫的烟雾,春天的黄昏显得又深沉、又寂静。殷老大触动心事,抬起脸问:

"犁头呢?"

奶奶用叹息的声音说:

"先你一脚就回来啦,又躺在炕头上呕气……唉,这些孽种!"

殷老大把头转向屋子,高声说道:

"起来,吃完饭跟我到地里去!大月亮地,正好耩谷子。"又对自己说:"白天得修路,地又不能荒了,眼睁睁等着饿死!只好卖命,带着月亮做吧,活一天是一天!"

里屋炕头上冒出几句恼人的话:

"我病啦,不能动。"

殷老大的脸色立刻变得通红,伸长脖子骂道:

"你装的什么病!成天价不干人事,临到做活就装病,装死也不行!"

只有奶奶心里明白,犁头不是装病,确实是闹不自在。今天傍晚散工回家,犁头浑身打着冷颤,好像发疟子,一进门便问奶奶要钱,不给,立刻噘起嘴,乱摔东西,还四处乱翻,想寻点值钱的物件变卖。可是奶奶陪嫁时的一点铜首饰早被盗光,箱笼里只剩些破破烂烂的补钉衣裳,散发着霉气。奶奶用哭似的声音咒骂,犁头却横着眉毛,全不理睬。只在爹爹眼前,他才略略有些惧怕。奶奶从小抚养他,宠着他,于今长大,他把奶奶气得掉泪,恨他不叫雷打死。但在殷老大前,奶奶又常常替他遮掩,怕殷老大教训他。她常对邻家的婆婆奶奶们说,自己的孙子原来很憨厚,都怪日本人心毒,故意开些白面馆,花会局,年轻人不懂事,把持不定,怎么会不上钩,不被拖下陷阱呢?

老太婆牵着毛驴饮过水,重新把它拴在牲口栏里,嘴里念念叨叨地走进屋子,点亮一盏小煤油灯。她害着很重的沙眼,乍一见亮光,急忙把手搭上眼眉,又红又烂的眼睛眯成细缝,又自怨自艾起来:

"唉,唉,老不死的罪过,吃也吃不动,做也做不得,眼痛得也不行!"

犁头本来脸朝外躺着,一赌气转向里边,全身仍然不停地抖,还连连地打着喷嚏。老太婆不耐烦地悄声说:

"起来吧,不知哪世的冤家,你爸不是叫你?他这些天正没好气,看他揍你!"

犁头倒发起脾气,抖颤着嗓音喊:

"揍就揍,我偏不动!"

只听见殷老大把饭碗往锅台上使力一蹾,骂着从外间闯进来,粗黑的头发直竖竖地站着,像是猪鬃:

"小杂种,你害的什么病?明明是犯了白面瘾,还来骗我!要死给我滚出去,别死在家里,费我一张芦席!"

一边就握住犁头的脚脖子,像拉小鸡似的把儿子扯下炕来。犁头的脸色铁青,不自主地打着喷嚏,眼泪鼻涕全流出来,两手哆嗦着抱住头,朝外便跑,可是后脊梁上早挨了一拳。犁头的两条腿绞扭着,跌跌撞撞地奔到院外,嘶哑着声音恨恨地叫:

"等着吧,不用逼我,早晚有你们反悔的日子!"

殷老大把儿子追出大门,饭也不想再吃,气虎虎地坐到炕沿上,神色显得十分沮丧:寻思自己活了大半辈子,整天像是栏里那头黑驴,劳累得腰酸背痛,过的可总是苦日子,还得受官家的勒索、军队的糟蹋,于今更落到日本人手里,弄得家业破落,儿子又不成器……想到这,他的脖子似乎被人捏住,心头闷得要死,透不过半口气来。

但一转念,殷老大想到那几亩荒荒的谷子地,再听到犁头的奶奶在灶下哭似的抱怨老天,便蹙起眉头,无可奈何地喘了口粗气,带上种籽,牵出驴,把缰绳盘到驴脖子上,然后扛起犁,吆喝一声,赶着牲口往地里去了。

春天夜短,月光早移到向西一带人家的墙头上,冷清清的,像是落着满地的霜。庄户人家吃完夜饭,这该是睡觉的时候。如今可不同了。沿街可以看见许多农妇忙着推磨。筛箩的声音,吆喝驴子的声音,朦朦胧胧地好像睡梦里传来的动静。

快到五月端午,麦子长得齐到人的大腿深,从根到梢变成黄色,不久该收割了。一春雨水很厚,农民们只苦的是劳役太繁,不能及时上粪锄草;人手缺的就根本照顾不到庄稼,地里的青草一尺多高,庄稼反倒像害肺痨的孩子,又瘦又矮,长不起来。殷老大的麦子就更无望了。大路已经修好,拦腰斩断他的田地,所剩的边边角角,最多能打一升半斗粮食。幸喜谷子很肥,还有点指望。那些天,殷老大白天修路,早晚抽空到地里做活,几亩谷子才算没荒。他一家人的性命全寄托在这几亩地上,但愿鬼子别再霸占去,便不愁饿死。殷老大最有个硬劲,外表不声不响,似乎满容易欺负,心里可有主意,向来不肯叫饶。熟悉他的人说他是棉里针,其实,他这根针不刺人,只刺自己。不管生活怎样绝望,针尖大的事也能激起他模模糊糊的希望,从绝望中拖他出来。这些年,他不断地遇到挫折,不断地挣扎,心里常常叨念那两句俗语:"熬得苦中苦,方为人上人!"

犁头却是个败家子,地里活不做,总避着不见爸爸的面,四处鬼混;奇怪的是他居然很有神通,手边尽管穷,随时可有白面抽。

端午的头一天,殷老大收拾一口袋年前自种的黄烟叶子,赶着毛驴到附近一个镇店去赶集。他刚在街旁摆出货色，一个警防队便来刁难他，骂他不该把驴子拴在集市中心。殷老大陪着苦笑，送给警防队七八片烟叶，才打发那家伙走开，免得搅扰生意。傍响，他卖完烟，买了三个黄米粽子，预备点缀点缀明天的节气。天怪热的，尘土又大，赶到家时，他的小褂差不多叫汗湿透，浑身都是风尘的颜色。虽然赶着驴，殷老大却舍不得骑，怕压累了它；又怕费鞋，一路都用手提着鞋后跟，赤着脚走回来，这也给他一种舒服滋味。

殷老大把粽子挂到门栓上，脱光膀子，露出一身紫红色的肉，才又走出房来，看见小毛驴站在大毒日头底下，跐起一只后蹄，垂着头，眯着眼，静静地在打瞌睡。他走上去，随意吆喝一声，替它解开盘绳，卸下驮鞍。驴背上满是汗，毛都鬈了，殷老大就用两手很响地拍着驴背，防备它受风。这当儿，门外有人高声问：

"犁头在家么？"

随着走进一个又白又胖的汉子，光脑袋，高颧骨，戴着一副墨镜，满脸都是横肉，身上穿着一件长衫。这人看起来像个屠户，殷老大却认识他叫赵海楼，是当地的流氓，帮助一个日本浪人在本村开"洋行"。他来做什么呢？殷老大不明白，心里预感到一种祸事，不觉愣在那儿。赵海楼看见殷老大，劈头就说：

"你是犁头他爹吧？到节下了，欠的钱怎么还不给送去？还得叫我冒着汗跑来要。"

殷老大惶惑地问：

"谁欠你的钱？"

赵海楼有点不耐烦，冷冰冰地绷着脸说：

"除了犁头还有谁？这些天，要不是我们供他白面抽，你儿子早瘾死了！"

殷老大听见这事，知道儿子给他惹下了麻烦，气得冒火，又有些害怕，一时变得没有主张，支支吾吾地道：

"家里坐吧，家里坐吧……"

殷老大把来人让进屋子，脸色冷落落的，十分不安，仿佛要哭的样子,又忙着叫犁头的奶奶给客人剥粽子,烧开水。老太婆先前坐在堂屋的门槛上,卷起裤脚,在小腿上搓麻绳,嘴里不知嘟嘟囔囔地埋怨什么,于今不响了,胆怯地走出走进,时时从烂眼角旁偷看来人的气色。

赵海楼的肥脸显得又圆滑,又刁横。他用左手撩开长衫的大襟,拿扇子朝着胸口嗒嗒嗒嗒地扇着风,紧逼着殷老大问:

"犁头的债,你到底打不打算还?"

殷老大垂头丧气地反问道:

"他到底欠你们多少钱?"

赵海楼张开左手,屈起大拇指头说:

"扣去零数,整整四百块。"

这个数目,在殷老大听来,确实吓人。他一时闷住声,半晌才说:

"先生,你看我家这份穷日子,穷得都快穿不起裤子了,哪来的钱还这笔账?"

赵海楼却冷笑一声说:

"你没有钱还没有地?人家洋人不是傻瓜,不会白拿着钱往水里扔。犁头早把你家那几亩谷地押给洋行了,还不起钱,地就归我们。"

殷老大耳边仿佛响了一个焦雷,震得他的眼睛冒出金星,耳朵嗡嗡地乱叫,脚下的地好像也摇晃起来,就要塌陷下去。那几亩地是他仅存的命根子,人家还要抢去! 他的眼皮耷拉下来,刷子似的胡须轻轻地发颤,一时变老了,嘴里呐呐地说:

"要我的命行,地可不能给!"

赵海楼把扇子往桌子上使力一拍,叫道:

"我们要的就是地,谁稀罕你那条狗命!"

"地里还有庄稼呢,求你秋收以后再讲吧!"

"不行,一时一刻不能捱延。于今地价稀贱,连上庄稼,也顶不了账。你那头驴也押给洋行了,今天就得牵走。"

赵海楼一边说，一边横着肩膀朝外走去。院里已挤满了许多人，探头探脑地窥看，有的冷笑，有的交头接耳地谈论这事，还有人气得咬牙切齿地小声咒骂。看见赵海楼出来，大家闪开一条路，眼睛都盯在他身上，一直送他到毛驴前边。毛驴看见生人，掉开头，颤动着眼毛，胆怯地斜着大眼。赵海楼把扇子插到脖子后，抓住毛驴的白鼻子，又抓住它的下唇，硬扒开它的嘴，瞅了瞅牙。牙渠很深，正是强壮的时候。赵海楼却故意摇摇头，哼了一声，瘪了瘪嘴说：

"老口了，卖不上几个钱。"

说着就动手去解缰绳。犁头的奶奶颤巍巍地赶过来，用身子遮着小驴，红眼里淌着泪，大声哀求道：

"可怜可怜我这个快死的人，饶我们几条命吧！明天我刻个长生牌位供着你，一生一世也忘不了你的恩典！"

这不但不能感动赵海楼，反倒惹起他的火来。他抓着老太婆的前胸，把她扯开，使劲一推，老太婆便倒退几步，扑咚地坐到地上，一声天一声地地哭起来。赵海楼横着眉毛，气虎虎地解开缰绳，回头对殷老大叫道：

"限你天黑以前把地契送过来，换回押单！不送也随便，反正地是我们的了。"

赵海楼一边用手挥开眼前的农民，牵着驴往外便走。在场的人都不作声，只用仇视的眼睛紧盯着他。老太婆知道她的命运已经无可挽救，哭得越发凄惨。殷老大却像泥人似的站在人前，垂着两手，身子微微向前俯着，动都不动。他的脸色乌黑，前额的几道皱纹变得更深，两眼却像两团火，射出逼人的光芒。蓦然间，殷老大把牙一咬，几步抢到赵海楼身后，右手抓住缰绳，左手把对方的膀子一掀，就势夺下毛驴。赵海楼打了个跟跄，撞进一个农民的怀里，那农民又把他一掀，赵海楼便像皮球似的重新滚回来，墨镜从鼻梁滑下来，跌碎了。他的肥脸涨得赤红，俯身拾起眼镜，跺着脚叫道：

"打吧,打吧,不要命的只管打!我看你们谁敢动手……"

赵海楼的话没说完,早有人骂了一声,飕地抛过去一块碎瓦片。他平日仗着日本人的势力,在村里横行霸道,背后谁都骂他。今天的事更激起大家的不平,于是人们吼叫一声,碎泥块像雨点似的从四面八方朝他投去。他用两只胳膊护着脸,大声地叫骂,转身就跑,那身长衫上打满斑斑的泥点。农民们高声哄笑,有人还故意紧跺着脚,好像从后边追上去,吓得赵海楼跑得更快。这更逗起农民的哗笑。他们骂他可恶,不知犁头欠他几个钱,便赖上了,硬说是四百;嘲笑他是城隍庙的小鬼,模样儿可怕,可是泥塑的。唯独几个上年纪的人怪这些农民不知分寸,以为定准闹出祸事来了。殷老大不骂,也不笑,满脸带着杀气,牵着驴往栏里送,翻了翻白眼说:

"管他娘的,横竖是死,死也得死得像个人!"

祸事当天就来了。日头平西的时候,赵海楼撺掇白面馆的日本浪人从镇上派来五六个警防队,到村里捉人。殷老大得到消息,先一步逃出门,躲到野地里去。警防队堵住他家的门,里里外外地搜索,不见主犯,却从柴火垛底下拖出犁头,满头满身沾着茅草。这小子知道自己的事败了,不敢见人,藏藏掩掩地溜进家,躺在柴火垛下,正没有主张。他看见赵海楼和日本浪人,以为彼此交情厚,遇到救星,拼命挣脱抓着他的手,急急忙忙扑过去,紧眨巴着那双斗眼说:

"老赵,老赵,你对他们讲,都是我爹闹的乱子,不管我事!"

迎头却挨了浪人一巴掌,立时被警防队捆起。浪人亲手牵走殷老大的驴,劫去殷老大的地契,又派人捉住另外几个农民。临走,他更支使赵海楼放了把火,点着殷老大的柴火垛。春天风高,火趁着风势,呼呼地燃烧起来,一眨眼的光景,柴火垛就变成一个大火球……

殷老大转回家时,警防队走了,东邻西舍的农民已经把火扑灭,可是柴火早化成一堆湿灰。屋子万幸还算无恙。屋里屋外翻成乱糟糟的一片,到处扔着破鞋烂衣,随地是打碎的缸盆瓦罐。犁头的奶奶披散着一头白发,就地坐在院心,老脸挂满泪,指手划脚地对人哭诉着事情的经过,说到痛心的地方,便放开长声叫起天来。

当殷老大一脚跨进街门,望了望他多年经营的家,不觉傻子似的铸在那儿,两眼像是熄灭的灯笼,骤然失去光辉。他歪歪斜斜地向前挪了几步,身子仿佛有几千斤重,一下子坐到磨盘上,弯下腰,两手抱着头,闭着眼喃喃地自语道:

"活不下去啦!活不下去啦……"

许多人走近他,七嘴八舌地劝他,但他一个字也听不见。他想到许多事,但又似乎什么也没想,只感到脑子里混乱成一团,四肢没有一点力气。那个曾经和他一道修路的塌鼻子扒拉开众人,从人缝挤进来,粗鲁地拍拍他的肩膀说:

"宽宽心吧!好死不及赖活着,怎会活不下去呢?就拿我来讲,一份家业还不是叫鬼子糟蹋得七零八落?我就不听那一套,偏硬着头皮活下去!起来,我指你一条活路!"

这天黑夜,塌鼻子偷偷地把殷老大引到村里小学堂去。小学堂占着天齐庙,坐落在村边,十分僻静。于今是麦收时间,正放春假,只剩教员刘先生一个人。刘先生到村里还不上半年,可是人缘挺好,每逢遇见人,老远便咧开嘴,笑着点头。他很沉默,从来不大声说话、大声笑,走路做事,总是轻轻的,像个影子。

刘先生打开庙门,放殷老大和塌鼻子进去,又轻轻地插上门,悄没声地领他们走进屋子。格扇窗大敞开着,小白蛉迎着灯光,扑进窗口,成球地绕着洋灯打转。刘先生垂着眼皮,朝上拧一拧灯捻,才抬起那张有点苍白的脸,望着殷老大苦笑了笑,表露出他的同情。

这时,一个人从殷老大不注意的角落走到近前,眯缝着笑眼问:

"你还认识我么?"

殷老大抬起眼,漠然地望了望那个人。这是个矮矮的黑胖子,圆脸,两眼闪烁着不定的光芒,好像摇晃在水皮上的太阳光。殷老人觉得面熟,可又记不起是谁。那人提醒他说:

"你忘了么?那天你修路,我从车站上来,跟你借火——我是那个笔贩子。"

殷老大噢噢地应了几声,斜坐到炕边上,把烟袋插进腰间挂的荷包里,用手按着荷包,往烟锅里装烟,可是许久许久也不拔出烟袋,眼睛只是直瞪瞪地望着地面。

笔贩子挨着他坐下,很关切地说:

"你的事,我都知道了。振作振作吧!愁有什么用?遇到像你这类事的人,全冀东不知有多少,数也数不过来。"

殷老大叹口气道:

"我不是看不开,不过以后叫我靠什么过呢?"

笔贩子说:

"照这样下去,自然活不成,不过只要有这口气在,总有办法。你的耳目太窄,不像我做小生意,听见得多。告诉你吧,于今河北、山西,游击队到处起来了。别看日本人神气活现,可是瘦驴拉硬屎,硬撑架子。"

殷老大拿着烟袋,正要往嘴里送,听见这话,便让烟袋半路停在嘴唇边上,加重语气说:

"要是这里也有游击队,我一定干,出出这口闷气!"

笔贩子闪电似的瞟了刘先生一眼,用手一指塌鼻子,突然对殷老大说:

"游击队到处都是——不瞒你说,他就是一个。"

殷老大确实吃了一惊,一会苦笑道:

"别开玩笑啦!"

笔贩子的黑脸闪着油光,变得异常认真地说:

"谁开玩笑?不信你问问他。"

塌鼻子赶紧点点头,兴奋地插嘴说:

"真的,我就是一个。你想,老大,谁也不是儿孙子,哪能叫人骑到脖子上,还不回手?咱们村里也不止我一个,便衣队早就有十来个啦。"

殷老大听得呆了。这消息太奇突,他觉得像是梦,又像是个故事。他急切地想报仇,事到临头,却又有点迟疑。他记得去年冬天,有个叫王平陆的铁路工人,组织游击队,带着人打"倒流水"海关,没打下来,本人倒不幸死了,于是垂下眼皮说:

"能不能干得好呢?"

笔贩子忽地站起身,脸差不多俯到殷老大的头上道:

"这回准有把握。告诉你说,不光滦县,全冀东的便衣队都组织起来——你听说李运昌这个人么?"

这人是黄埔军官学校的学生,带过队伍,后来一直在冀东秘密地做革命工作。殷老大隐隐约约也听说过,心想必然是个要紧人物,正待询问,笔贩子早接着说:

"于今他是全冀东便衣队的司令,正在暗地里搞军队,你要有决心,这就是好机会。"

殷老大并不回答,只用眼睛紧望着笔贩子的脸,好半天,才疑疑思思地问:

"那么说来,你是个什么人呢?"

笔贩子爽朗地笑道:

"我叫盛光斗,还不是像你一样,一个受欺压的中国人。"

当天晚上,殷老大便加入村里的便衣队。他是犯过事的人,不能露头,家里更不能站脚,所以暂时就躲在庙里避避风头。他不大明白盛光斗和刘先生的来历,久了,却看出刘先生不过是利用小学教员这个方便地位,专门在百姓当中组织便衣队。至于盛光斗,准是天津一个什么革命组织派来的人,化装成笔贩子,到处活动,也在做同样的事。开头殷老大以为便衣队是个险事,参加的人一定不多。谁知农民对敌人怀恨死了,背后摩拳擦掌的,早就想动手。过不几天,人数就增到三十多。不过盛光斗等人特别小心,只拉可靠的农民加入,防备混进敌人的眼线,反倒坏事。冀东的枪本来多,一九三七年事变后,庄稼人怕惹事,多半埋了。于今便衣队员们又从土里掘出家伙,藏在不显眼的地方。差不多天天黑夜,他们偷偷地集合在天齐庙小学堂里,关严庙门,听刘先生替他们低声念报,说些旁的地方游击队的消息。除了刮风下雨的晚上,刘先生还要从炕洞里拿出一架无线电,架起来,偷听延安电台的新闻。这架机器很小,只能由一个人把耳机套在头上听。农民都抢着要听,可是一会就又摘下耳机,焦急自己听不懂。末了,大家公推刘先生来收新闻,一边记下来,再转告大家。直到夜深,他们才散开,一个一个溜出庙门,悄悄地摸回家去。

一到白日,殷老大的心情就不宁贴。他不敢露面,整天躲在庙里,闷得要死,闷急了,便站到庙墙后,探出头去了望。地里遍是麦子,熟透了,庄稼人正忙着收割。黄笼笼的麦梢上,到处闪着庄稼人紫黑色的脊梁。路上飞扬着尘土,不断有孩子们赶着大车,往家里运麦子。遍地是车轱辘轧的印子,弯弯转转的,互相错综着。殷老大禁不住想起自己的庄稼,感到心痛。夜来三更多天,他曾经溜回家去。犁头的奶奶一见他,便一把鼻涕一把泪地哭起来,告诉他白面馆把他那点残缺不全的麦子地也没收去,正雇人收成;赵海楼来过几次,追问他的踪迹,犁头叫人绑走后,一直没有音信,不知押到哪去了。她用袄袖擦着又红又烂的沙眼,最后数落道:

"唉!唉!咱殷家算是叫人剿家灭门了!我前世造了什么孽,于今活受罪!"

殷老大忍不住,对她泄露点便衣队的事,老婆子却哭得更厉害说:

"好,好,但愿老天爷睁开眼,叫咱们穷人也翻翻身!"

盛光斗不常到村。他依旧装扮成笔贩子,在临近一带活动。旧历五月底,他又来了。他把全村的便衣队员招集到一起,十分严重地宣布了这样一桩事：

全冀东的便衣队发展到三万多人了。八路军准备开辟冀东，从山里派来一个支队，已经在半路上了。到的时候，各地的便衣队要同时起义，接应军队。

这桩事激起队员们很大的波动。多少天以来，他们便盼望着这个大翻身的日子。这日子终于到来。他们不再能安心做工，几个人一遇到，立刻就把脸挤到一起，小声地谈论这事。夜间的集会更频繁了，大家决定斗争的步骤是剿白面馆，包围镇上的警防队，然后再挖汽车路，破铁道……

起义的日期规定是阳历七月十二号，但这是个军事秘密，便衣队员不知道，这就不免引起他们的烦躁。

这天是阳历七月八号。已经入了中伏，一清早晨，树叶就纹丝儿不动，知了干燥燥地乱叫着，定准是个大热天。田里的高粱棵子已经长起来，不十分茂，可是影住村子，正是青纱帐起的时候。现今麦学已经放完，小学堂开了课，眼目太多，殷老大藏到塌鼻子的家里。这天塌鼻子起早便赶着牲口到镇上粜新麦子去了，因为嫌麦子吃起来费，想要粜出去，籴进一些粗粮吃。

早晨饭后，殷老大搬一条板凳，坐到一棵山串柳下，背着人偷偷摸摸地擦枪。他脱光膀子，裤腿挽到膝盖以上，两腿夹着枪，拿一根枪探子插进枪筒里，使力地一抽一拉；脑子里想得可远，幻想暴动起来，他首先抓住赵海楼和日本浪人，吓得他们颤颤哆嗦地告饶，他可决不饶他们……随后他想：要是年景太平，犁头肯务正，小日子过得舒舒服服的多好！而今闹得家破人亡，走投无路，真是死逼上梁山！

四处都是知了叫，噪得要命。忽然间，什么地方隐约地响起一下松散的沙音，透过知了的噪叫。殷老大没留意，可是紧接着又是一下。这回惊得他一跳，立刻停住手，侧着头，留神地细听。街上起了乱纷纷的脚步声，有人大声地问："什么地方枪响？"话还没完，枪就接连着响起来了。

殷老大有点心慌,以为或许今天就是起义的日子。他慌忙站起身,披上小褂,提着枪往外就走。街门迎着他砰地撞开,一头驴驮着个口袋跑进来,塌鼻子跟着出现,还用棍子紧打着驴屁股。这人敞着胸口,满头冒着大汗珠子,一见殷老大就喘嘘嘘地问:

"你听见枪响么?"

殷老大瞪着眼反问道:

"到底怎么回事?"

塌鼻子气急败坏地说:

"谁知道?反正不妙!我一到镇上,就看见警防队站得满街是,挨家挨户地搜,闹得集也荒了。我牵着牲口往回就走,紧赶慢赶,赶回村里枪也就响啦。"

"刘先生说什么没有?"

"我没见他,不知道。"

"快问问他去!"

殷老大说着便迈开腿,几步跨到街上。塌鼻子从后边叫道:"慢一点,等我缆好驴。"一边赶紧把牲口拴到槽头,带上街门,一溜小跑追上去。街上站着许多女人和小孩,也有刚从地里跑回来的农民,都戴着草帽,扛着锄头。殷老大的脸色绷紧,粗黑的须眉直竖起来,胸脯向前探着,对谁都不打招呼,急匆匆地赶着路;这更惹起那些人的惊异,眼睛直瞪着他,仿佛不认识他是谁。有人拦着他探听消息,他只含糊地点着头,一侧身子走过去。

学堂里提早放了学,孩子们全赶回家去。刘先生站在庙台上,反背着手,正和几个便衣队员轻声地说着话。他的脸色很沉静,略略蹙着眉头,似乎心里盘算什么。殷老大和塌鼻子走来时,刘先生一抬眼,不觉愣了愣,随后带着微笑责备说:

"殷大叔,你这是怎么啦?大庭广众地就跑出来,还提着枪!"

殷老大低头望了望自己,难为情地笑出来,很懊悔地说:

"糟糕,糟糕,我简直急昏啦!不过这事也难怪我。平白无故地响起枪来,是不是干起来啦?"

刘先生把他们引进庙里,脚步轻轻地走在前边,寻思着低声说:"不,我想不会。不过事情太蹊跷,枪声怎么还不停呢?"一边心里想道:"还不到日子啊……要是改了日期,盛光斗必然会来告诉我。"

这时,枪声不但不停,比先前更加稠密,声音也更大了。田里的农民都转回来,又有许多便衣队员跑来探听消息。刘先生用手慢慢地掠一掠他的长发,又轻声说:

"事情真蹊跷,枪声怎么还不停呢?依我看,咱们顶好别聚在一起,叫人疑心。听说警防队正在镇上查户口,说不定会到村里来,也该防备防备。谁肯跑一趟,出去探探消息?下剩的人先回家去,把枪收拾好,说声有事,就打锣集合,都到这里取齐。"

塌鼻子拍一拍胸膛,自愿充当探子,冒着大毒日头走了。其他的农民也散走,有人还送来一面锣。庙里只剩殷老大和刘先生两个人。殷老大把枪塞到正殿的神龛里,侧着头听了一会枪声,又到庙门口张望一会,确实有些心焦不耐烦,便像和谁赌气似的想:"管他什么事,歇一会再讲。"就走进大殿,用小褂扑打扑打供桌上的灰尘,脱下鞋做枕头,躺到供桌上去。

刘先生也不像平日那样安稳。他背着手,低着头,在庙檐底下走来走去,走几趟就停住脚,向远处听一听;有时抬起头,遇见殷老大的眼睛,便随意笑一笑,打个招呼。

人在等待什么的时候,时间便爬得像蜗牛一样慢。他们熬了老半天,才到半头晌,可是还不见塌鼻子的影。殷老大等急了,心里恨起来,忍不住高声骂道:"这家伙,怎么还不回来,死了不成?"枪声越来越密了,原先只在一个方向,于今却从好几面响起来,隐隐约约的,像是豆荚爆裂的声音。

刘先生忽然又停住脚。这次,他的神色特别紧张,竖着耳朵,蹙着眉头,一面听一面说:

"殷大叔,你听这是什么?"

殷老大的耳朵尖,早听见一种轰隆轰隆的声音震动着地面,越来越近。他急忙登上鞋,蹦下供桌,把耳朵贴到地面上,全神贯注地细听一下,突然跳起身,朝外便跑说:"快看看去!"

官道上,迎面卷起大团的飞尘,冲着太阳闪出一片金光,像是狂风吹起的尘头,滚滚地朝着村庄扑来。尘头影里显出一大串日本马队,趴着蹦子飞跑,马上的骑兵斜背着短枪,挎着又细又长的马刀,浑身带着杀气。

看样子,这队骑兵是来清乡。小学堂是敌人注意的目标,一定会来搜查。刘先生藏着许多犯禁的印刷品,必须事先毁掉,消灭痕迹。他把殷老大的裤子一扯,急忙缩进庙来,又轻又快地关上大门,然后快步走回屋子,从炕席底下拉出一大抱报纸和旁的油印品,塞到外间的炉子里,划一根火柴点着。可是这叠纸张压得太结实,火苗沿着纸边烧了一圈,就灭了。他再划第二根火柴,但是太使力气,没划着,倒断了。

庙门外啪啪地起了敲门的声音。

刘先生的脸色变得比平常更白,用牙齿咬着下唇,对殷老大摆摆手,意思叫他别响。他抓过洋灯,向纸上泼了许多火油,这才把纸点着,很旺地烧起来。敲门声第二次响起来了。他端起饭锅搁到炉子上,哑着嗓子对殷老大道:"就说你是我的做饭的。"然后定一定神,故意咳嗽一声,朝外走去。庙门外的人有些焦急,敲得更重,还压着嗓子叫:"开门哪——快开门哪!"这嗓音很熟,正是他急切等待的人。刘先生胸口挂的石头一下子掉下去了,紧走两步拔开门;一个矮胖的身影便像旋风似的跨进来,手里还提着个包笔的蓝布包袱。

盛光斗的圆脸黑里透红,浑身冒着汗,热得烤人,开口就说:

"坏事啦!坏事啦!咱们的人都哪去了?"

刘先生且不答他,略微急促地问:

"到底怎么坏事啦?"

盛光斗很敏捷地一面走,一面说:

"司令部出了内奸,把起义的事告诉了鬼子——今天一早鬼子就到处抓人……闹得没法,李司令带着人仓仓促促干起来,四处都接不上消息……这一来不要紧,准备动的还没动,老百姓倒先随着干起来,东一股,西一股,闹得真凶!鬼子派出好些兵,想要弹压……刚才还有一群骑兵从村里跑过去,不知开到哪去了。"

殷老大听见说话,早从屋里钻出来,迎着头叫:

"原来是你呀!"

盛光斗却闪着眼,朝殷老大一扬右手的食指说:

"嗳,老大,快去招集人,咱们也得马上动手!"

殷老大早就恨不得这一声号令。他答应一声,回到屋里抓起锣,又跳进神龛拿出枪,背到肩上,没出庙门便敲起锣。他顺着街往下跑,铜锣锽锽地紧响,震动了全村,他的喊叫也四处张扬着:

"大庙里取齐——杀鬼子啦!大庙里取齐——杀鬼子啦……"

随着锣声和喊声,人从每家门口涌出来,一窝蜂似的拥到街上,叫着,嚷着,笑着,骂着……无数条喉咙扭到一起,辨不出谁是谁的语音,只听见乱纷纷的一片,好像渤海湾正在涨潮。男人们蓦然又争着抢回家去,一转眼又抢出来,手里扬着锄、锨、镰刀、斧头,以及陈旧的破"搂子"①。殷老大紧跑,紧喊,紧敲着锣,从村头到村尾,村尾到村头,第三趟跑过街时,觌面碰见塌鼻子。这汉子光着膀子,小褂里沉甸甸地包着些什么东西,背在左肩膀后,冒冒失失地用拐肘推着人,朝前紧撞。

殷老大直对着他嚷:

"你跑到哪去啦?才回来!"

塌鼻子满脸都是得意的神气,比比划划地大声道:"我跑出十五六里地,逢到一群人砸白面馆,跟去捡了一批洋捞!"说着就把右手反到背后,拍了拍那包东西。

殷老大并不曾细听他的话。人声太杂,他听不清,也顾不到听,又敲着锣向前跑了。赶到他转回天齐庙,庙前已经黑压压地集

---

① "搂子":枪名。

合了几百个庄稼人。这里边有便衣队,更多的是临时暴动起来的农民。这些农民像是烈性的炸弹,轻轻一触,立时都爆发了。

盛光斗站在庙门口的石狮子上,黝黑的圆脸闪着油光,辨不出他的鼻子和嘴,只看见两只闪闪的眼,像是黑夜的星光。他灵敏地挥着拳头,大声地叫着,可是殷老大距离太远,捉不到他的话意。太阳差不多移到当头,像是一团火,直射下来。几百条汉子挤在太阳底下,肩膀擦着肩膀,气接着气,热得也像一团火。他们摇晃着各色各样的家伙,不停地嚷,最后闹嚷嚷地四处叫道:

"剿白面馆去!打警防队去……"

就在这阵喊叫声里,盛光斗扑地跳下石狮子,没入人群当中。立刻,一根大竹竿子从他隐没的地方竖起来,上面绑着一大幅火红的旗子,火云似的摇摆在半空。大旗挪动了,人也叫着挨挤起来。殷老大压在后尾。他知道盛光斗和刘先生都在前面,想要挤上去,可是人们就像胶在一起,怎样也挤不开一条缝。大旗转到外圈,飞似的向前飘动,人们也放开脚步,一阵风似的卷向前去。殷老大夹在人群当中,没有思虑,忘记自己是谁,只望着眼前那面大旗,狂热地向前奔跑……

火　并

十年前,当我还是个孩子,我住在一座像是一个苍蝇坐在胶东半岛的额头上的小城里,曾经以偶然的机会见到一家小学的英文教员:耿仲芳。

听说他刚从北京什么大学毕业,暂时在家乡教书。他的身材短小,脸庞窄窄的,两只眼睛特别灵活,举动言语都轻快得很。

十年来这个人物早被我淡忘了,而且会永远地淡忘,如果没有现在我所要描写的故事。他是这篇报告的英雄。

当蒋介石的军队从胶东半岛不战而退,放弃了耗费成千成万的金钱所建筑的防御工事;当日本人从烟台登陆,这座小城的县长怕死而逃走;当城里无耻的绅士趁着人心慌乱,正在暗地里准备屈膝降敌的时候,有一天,在潮水镇——离城二十里的乡村,坐落在东海滨上,以产生剽悍的渔人而知名——显然酝酿着一种激动的情绪:村男村女全站在门外,互相询问,互相讨论。年轻的渔人聚拢在一起,摩拳擦掌,脸上更露出激昂的表情。在人堆里,时时有人这样叫着:

"不错,姓耿的说得不错!俺们年轻小伙子要不搭救他们女人小孩和老头子,谁还能搭救他们?"

"可真想不到,郭骏生也干起来了。我看都是耿仲芳鼓动他起来的。"

郭骏生是镇里一家富户的儿子,洋学生出身,出过远门,见过世面。他家里藏有大量的枪械,就是为了这些枪械,他的老同窗耿仲芳才把他挑选做起事的助手。

这一天,直到深夜,他们两人还坐在灯下,缜密地计划一切。耿仲芳很相信自己的煽动能力。明天,他准备带着本镇已经加入的游击队员到附近各村庄去宣传。如果能有五百个武装的队员,他们便可以建立抗日政权,不怕城里那一班绅士反对,也可以进一步和敌人周旋了。

郭骏生是个三十多岁的人,中等身材,肌肉特别粗壮。他把拳头放在桌上,一说话便轻轻地敲着,加强他的语气:

"依俺说,城里城外应该分头招人。谁知道鬼子几时来?照你那样办,什么事都晚啦。"

"不过城里没有靠实的人哪。"

"小范怎样?"

"谁?就是范芝灵那个流氓么?"

范芝灵是城里有名的浪子,依仗着父亲在县政府当衙役的势力,常年放赌抽头,结交很广。每年元宵节,秧歌出街的时候,人们可以看见他扮着《拾玉镯》的孙巧姣,或者《小上坟》的寡妇,专在女人面前卖弄风骚。

"对啦,是他。"郭骏生说,"不过像这种事,越是流氓干得越痛快。俺和他打过几回交道,人倒是条汉子!"

"也许是的,"耿仲芳转了转眼珠,"那么俺们两个明天就分头进行吧……"

二十天后,以耿仲芳为县长的抗日人民政府便出现了,成立在大辛店,一个背山的市镇,山麓和山坡满生着可以掩蔽的树林。游击队进过一次城,经过一场流血的冲突,把士绅们豢养的一批警察全部缴了械。

这一天是犒劳军队的日子。镇内、镇外、山林、野地,到处洋溢着强烈的酒肉的香气。游击队员兴奋地笑着,叫着,时而会有两个人互相抱着在地上打起滚来,撕搏着玩。

范芝灵尤其快活。他有一张白净的脸庞,眉目、鼻梁,十分玲珑。不过他的眼形是三角的,未免稍稍损害了他的漂亮面孔。他从这簇队员跑到那簇去,和他们猜拳,饮酒,说着色欲的笑话,而且得意地接受他们热烈的称呼:副队长。他正在和一位同志压指头,输赢未分。一个勤务员来到他的跟前,把手往帽边上一扬,说:

"县长有请!"

范芝灵走进县政府时——一座整齐而宽大的院落——天井里站着二三十个短打扮的汉子,一齐高兴地叫起来:

"小范来啦!小范来啦!"

走进房间,范芝灵又从耿仲芳和游击队长郭骏生得到同样亲切的欢迎。郭骏生拍一拍大腿,翘起大拇指说:

"小范,你真是'这样'的!"

小范故意问:

"什么事呀?"

"你认识外边那些人么?"耿仲芳插进嘴来,"他们又是从城里来找你的,想要加入游击队。"

小范漫不经意,说:

"那些家伙都是舢板上的水手,来了就收下吧。"

耿仲芳说:

"收是要收下的,不过你看,本来咱们只打算招一千五百人,这会有两千多了,粮饷又不足,所以俺想告诉你,往后先不招人啦。"

小范皱了皱眉头说:

"粮饷不足就从城里捐啊。"

耿仲芳说:

"话是不错,可是总得有个限制。这群人老远跑来,你领他们下去喝盅酒吧。"

小范退走后,耿仲芳兴奋地走来走去。他万万料想不到本县的人民竟而这样热烈、勇敢,一经号召,纷纷地加入游击队。那里面包含着农民、渔人、木瓦匠、水手、男女学生。不过耿仲芳也有点担心,小范竟而还招到一些乞丐、流氓,以及许多莫明其妙的人物。而且,鬼知道他还从哪儿弄到一批军人。

日本军队占领烟台以后,不敢深入内地,因此,这座小城暂时还算平安,虽然敌人的飞机偶尔飞来打几个盘旋,或者响响机关枪,打死几个人。耿仲芳想要使这支游击队和邻县取得联络,和他的朋友一商量,郭骏生很愿意担任这个使命。当天,郭骏生把游击队的事务交代给小范,第二天早晨便离开县境。

两三个月过去了。日子是长的,人是懒的。耿仲芳走在街上,往往看见队员们坐在墙根下,晒着太阳;或者在酒店里喝酒,醉后便互相打骂。这种种类似的事情时常使他蹙眉,而今天,他的眉头蹙得更紧了。他刚才送走城里的两位代表。他们因为要求缓缴捐款才来见他。前后两次,已经捐出二十万了,这第三次,两位代表说:"一时实在挤不出来啦,就是把这座城统统卖了,才能值多少钱呐?"

这话是对的。游击队的开销确实太大,每天吃大米、猪肉,两千多人,怎么能够支持下去呢?这全是小范的主张,说是队员要在战场上和敌人拼命,应该吃点好的,鼓起他们的勇气。耿仲芳要把这种错误纠正过来,立刻来找小范。

快上午十点了,可是范芝灵刚才起来,正在刷牙。他刷得非常细心,似乎恐怕不干净的牙齿会伤害了他的美貌。

一开口,耿仲芳便说到本题:

"你知道,咱们的开销太浪费,钱有点不够分配呢。"

小范并不立刻答话。他漱完口,用又白又嫩的手撩起衣袖,开始洗脸,一只红宝石戒指在他的右手上闪光。这种傲慢态度不觉激起耿仲芳的一阵恶心。他想起近来有许多人说小范怎样在外边招摇撞骗,事情一定不假。这时,范芝灵说话了:

"不是正派捐么?"

"派不派捐是另一回事。咱们要不节省一下,就是再捐二十万,恐怕也支持不了多少日子。"

"你说怎么省吧!"小范擦完脸,把面巾抛在水盆里,嘴角露出轻蔑的冷笑。

"俺要你告诉同志们,从明天起,上下一律吃小米和青菜,像老百姓一样。"

"随你的便!不过俺不能对同志们说这种话……你问有什么理由么?俺先问你,人家为什么加入游击队?"

"保卫家乡啊。"

"也许是吧,可是俺招人家来时,开口先说这边吃得多么好,他们才一窝蜂似的跑来啦。"

"你说他们是来混饭吃的?"

"要不,叫化子也不肯来送死。"

耿仲芳的神经一冷,继而愤愤地说:

"不管怎样,反正明天就得换饭。"

小范冷冷地一笑,用威胁的口气说:

"俺先说下,同志们手里都有枪,万一闹出乱子来,俺姓范的可不负责任!"

乱子果然发生了,不过不是换饭那一天,而是半个月后,当郭骏生从外县回来的时候。郭骏生正在对耿仲芳报告自己所完成的使命,以后怎样要在攻守上和牟平的游击队取得呼应——忽然,门外传来暴乱的叫嚷,由远而近。两位朋友不觉瞪大眼,默默地对视着。继而,耿仲芳轻快地跳起来说:

"出去看看。"

这两人一出现在大门的台阶上,眼前一堆黑压压的暴怒的人群仿佛是火上加油,叫得更加响亮了:

"滚你娘的蛋吧,姓郭的!俺们要范芝灵做队长!"

"俺们要肉,要大米,还要酒!"

耿仲芳伸出两臂,摇摆着,要他们安静,然而没用,人群还是一味地吼叫,重复着先前的两句话。郭骏生的脸色气得通红,抢前一步,大声嚷着:

"你们是游击队,还是土匪?"

"你才是土匪!"以一种波浪形,这句话从人群的后方一直推展到最前排。不知谁望空开了一枪,而且骂道:

"揍啊!揍这个狗娘养的!"

于是,一阵骚乱,一阵波动,从人海的漩涡里,有人一个箭步跳上台阶,紧接着是一片欢呼:

"范队长来啦!范队长给俺们作主!"

小范的左手叉着腰,右手举到半空,一点一点,人群寂静下来。车转身,有一丝阴险的冷笑牵动在小范的漂亮的面孔上:

"县长,你看怎么办吧?"

耿仲芳所采取的对策竟而闪电似的使人一惊。他不理小范,没有人料到他会趁这寂静的当儿对人群激昂地说起话来:

"同志们,你们都是俺挺好的伙伴!你们加入游击队是想保护本乡的同胞,不是糟蹋他们。你们光想吃肉,吃大米,可是粮饷都是本地供给,开销太大,本县又穷,同胞们怎么负担得起呢?请问俺姓耿的吃些什么?不是也和同志们一样嘛!咱们应该有福同享,有罪同遭,齐心协力来保卫本县,要是鬼子一来,谁也活不成啦!再是,你们为什么反对郭队长呢?他有不是,尽管指出来,叫他改过……说呀,他哪一点不对?"

没有谁开口,只是一片寂静。耿仲芳继续扬声说:

"同志们既然认为俺的话不错,就请散开吧。这一回事,都是误会,大家不要记在心里……"

人群本来是糊糊涂涂地聚在一起,现在,经耿仲芳的一番有力的破解,又起始涣散了。后边的人已经转身走开,这时,小范的脸色急得煞白,眉毛耸动着,三角形的眼睛射出凶恶的光芒。

"说话呀,同志们!你们害怕什么……"小范还不曾喊完,郭骏生一把抓住他的衣领,啪啪地打了他两个耳光子。

郭骏生叫:

"俺明白啦,都是你这个王八蛋挑唆的!"

可是,郭骏生觉得什么东西硬礴礴地抵在他的胁下,低头一看,原来小范拔出手枪来了。

"撒手!"小范的嗓音都岔了,"要不,俺就放倒你!同志们,谁是骗子,谁是朋友,你们还分不清么?快说,你们来干什么的,有俺姓范的替你们作主!"

又一次,人群雷似的吼叫起来:

"俺们要肉!要大米,还要酒!"

"赶走郭骏生那个狗娘养的!"

暴动居然得到满意的结果:伙食恢复到先前的样子,每顿饭还添了酒;郭骏生当夜便骑上一匹快马,偷偷地溜走了。

耿仲芳似乎变得特别沉默。凡有什么事,小范一个人更加独断独行。一次,一乘脚踏车沿着汽车已经停驶的公路驰来,被哨兵捉住。小范翻出这人腰里的五十元钱,还硬说人家是汉奸,剥光衣服,吊在屋梁上,狠毒地抽了一顿鞭子。其实,这人原来是个商人,刚从上海回家。尤其可悲的是城里一些无耻的绅士见游击队这样,就对人民极力挑拨,还秘密地拍电到烟台,哀求日本军官派兵到这座小城来驻扎。结果当然是失望的,因为日本兵恐怕遭受袭击,连一步都不敢离开烟台的市街。游击队里的许许多多好队员看见小范的行为跟土匪一样,非常痛心,有人背地里来见县长说:

"游击队一共两千多人,只有一小部分是小范的心腹,县长为什么丢下手不管呢?"

耿仲芳端量着对方,忽然机密地说:"谁说俺不管呢?"就把头凑到对方的跟前。

一九三八年七月十八日的早半夜:月黑头。将近十点钟时,突然有人敲小范所住的庄院的街门。抽完鸦片,小范准备睡觉了,那铁环撞在街门上所发出的沉重的声响,深夜听来,使他有点吃惊。他坐在炕上,听见一个勤务员拖着懒懒的脚步走出去,不久,从新走回来,后边添了另外一个人的轻细的足音。

"睡啦么,队长?县长来了。"勤务员在门外小声地问。

小范走下炕,把门打开,侧着身子让耿仲芳走进来,心里却在怀疑这家伙会带来点什么蹊跷事儿。

两个人面对面坐在一张八仙桌子旁,等勤务员退出去后,小范焦急地问:

"有什么急事不成,耿县长?"

"俺刚听到点不大好的消息,"耿仲芳的声音放得很低,"听说有人想解决咱们的游击队……"

"谁?是不是城里那帮土鳖?"

"这可不知道,不过今天有人看见一支队伍从小路朝着大辛店扑来,这会子也许把咱们围起来了。"

"什么?"小范的眉毛一扬,"你胡说!"

"我骗你做什么?有人写信告密呢。"

"给俺信看。"

耿仲芳把手探到怀里,很快地又拿出来。小范吓得一颤。耿仲芳掏出来的不是信,而是一支手枪。

"不许喊!"耿仲芳把枪口对准小范的胸膛,敏捷地退到门边,用左手在背后把门关上,插紧门闩,随后重又坐到桌前。

小范反而变得冷静了。他低着头,左手玩弄着右手上那只宝石戒指,不时从眼角瞥视着耿仲芳,冷笑说:

"开枪好啦!不过打死俺,你也别想走出这道门——门外就是俺的人。"

"哈哈!你可知道一出街门,俺的人到处都是么?"

"别吓人,姓耿的,俺也不是小孩子。"

"好吧,俺就吓你一下试试。"耿仲芳轻轻地扳动枪机,一扬手,一颗子弹飞上顶棚。这是一声警号。一刹那,镇里镇外,爆豆似的响起历乱的枪声。而在同时,这座庄院的大门早被一伙人攻开,急旋风一般的卷进内院……

到天亮,游击队里那些被小范纵容得又懒又馋的家伙早被解除武装了。小范被人反绑着手,由两个战士看守着。他的脸色惨白,神气十分颓丧,已经失去漂亮的光彩。门外有几个人说说笑笑地走进来。小范抬头一看:第一个是耿仲芳,第二个是位陌生的人,第三个人却是郭骏生——他的对头冤家。

"对不住,范队长,叫你受屈啦。"郭骏生嬉笑着招呼他说。随后三个人坐到桌旁,耿仲芳开始述说小范的罪恶。末了,郭骏生掉转头问:"你承认么,范芝灵?"

"不错,好汉作事好汉当!"小范装出勇敢的样子,"不过让俺问你一句话,你是从哪里钻出来的?"

郭骏生一笑,站起身来,用手指着那位陌生的人说:

"那么先让俺介绍一位同志。这是牟平游击队的副队长,要不是他答应俺的请求,带来一大队人,昨天黑夜光耿县长的人还解决不了你呢。怎么样,你自己说你该犯个什么罪吧?"

"随便,老子什么都不怕!"小范轻蔑地弯下嘴角,"不过那回俺饶了你的命,你该记得。"

"真是感恩不尽!"郭骏生诙谐地鞠了一躬,"可惜这件事俺不能做主,必得听县长的判决。"

不幸,县长的判决竟是死刑。

一星期前,我接到一位朋友从那座小城寄来的信,上面的报告正是从那封信里得来的。在末尾,他是这样结束了他的长信:

"游击队自从火并以后,不良分子有的被开除,有的被教育过来,纪律已经变得十分良好。我们的老朋友耿仲芳原来是个地下党员,现在正和郭骏生带着这支游击队,以一种崭新的面目站立在抗日斗争的前线上。"

霜 天

十月的天气，又是后半夜，冷得刺骨。冯卯子躺在炕上，冻得发抖，再加上心里有事，一直就没有阖眼。自从叫敌人抓住那一刻起，他无时无刻不想逃跑。他并不怕死，只是万一他死了，更多的同志便会受到敌人的算计，哪能不焦心？

夜静当中，他听见监房门外的哨兵不停地走动，还常跺跺脚，大约冻得脚冷。他仗着人熟地熟，又能随机应变，两年以来，常常在据点里穿来穿去，探听消息，向来没闹什么差错。日子久了，难免有点轻敌。今天傍晚，他探听到敌人新从石家庄调来一部分兵力，还四处抓民伕，要牲口，准备来一次"扫荡"，于是急匆匆地走出城，连夜要赶回部队去送信。他走出二里地，风刮得紧起来，恰巧来到一座熟悉的村庄，便想到金大娘小铺里喝几两酒，暖暖气，然后赶路。

金大娘的小铺坐落在村边上，离村口约摸五六丈远。冯卯子来来往往，有时打她家经过，从话味里，听出她对敌人很气愤。金大娘住在敌占区，眼睛看的，耳朵听的，甚至于亲身受的，哪一样不是敌人的肮脏气，心里自然就生气。冯卯子摸着她的心情，一遭两遭，便和她拉上关系，把她家变成个可靠的隐蔽地方。金大娘每次见到他，就像见到亲人一样欢喜，总盼望八路军早一天赶走敌人，让她能过几天好日子。这时，屋里漆黑了，还没掌灯。金大娘盘着腿坐在灶前,正在烧饭,火光映红她那张像是发肿的大脸。五十多岁的人了,头发梳得又光又亮,浑身上下,还是修饰得头紧脚紧。

冯卯子一进门,就搓着手说:"啊,好冷的天!怎么还不点灯?"

金大娘也没留心是谁,顺口答道:"灯在小炕桌上,你点着吧。"

可是一抬头,她看见棉籽油灯前显出冯卯子的面影,高鼻梁骨,细眼睛,不觉一愣,紧接着悄声说道:"哟,是你呀!你从哪来?要喝水,我拿佘子给你烫!"

冯卯子跳上炕,摘下帽子,搔搔那一头又长又厚的分发,笑着说道:"不喝水——喝酒。给我烫四两。"

金大娘打满一小壶酒,又坐到灶下,把酒壶放到灶门里烫着,一边用火棍搅着火,一边悄悄说道:"不是我赶你,喝完酒,就快走吧。城里那些治安军新近搬到城外一座新营盘里,从这就能望见,三日两头来闹。我这里更成他们的站脚地了,一来就胡说八道,满嘴下三烂。"

酒烫热了,她替他放到小炕桌上,又从一个玻璃罐里抓给他一把花生米,算是酒菜。煮熟饭,金大娘扫干净地,拍拍衣裳,又摸摸绾头的铜簪子,这才歪着身子坐到炕沿上,咕噜咕噜地抽了一阵水烟,然后喷出一口白烟,叹着气说:"嗳,这年月,真够熬的!一天卖不几个钱,那些死治安军可常来白吃白喝,一点不称心,还变脸骂人。日子紧得没办法,前几天俺妞子到城里一家饭馆当女招待,好歹赚几个钱,凑付着过……"

说话的当儿,就听见外边有人推开大门,又插上门。一会,一个十七八岁的姑娘跨进房子,拿手巾捂着脸,哭着跑进里间去。她的身材瘦伶伶的,穿着一身水红色的旗袍,散出一股喷鼻子的酒气。

冯卯子认得这是妞子。她的生身父死了没几个月,金大娘没有吃的,逼得脱去浑身热孝,带着她嫁给这家小铺的掌柜的,过了十几年,掌柜的又死了,撇下她们娘俩,支撑着过。金大娘疼女儿,可是有时心不顺,又会拿女儿撒气。她把水烟袋朝炕桌上一蹾,扭着腰往里屋走去,一面高声问道:"你哭的什么?也不说清楚,一进门就哭,哭死我就遂心了!"

冯卯子在敌人眼睛底下串惯了,有人动动眉毛也要留心对方的动静。他不再喝酒,偏着头,只听见金大娘再三地问,妞子哭着数落道:"我再也不到饭馆去了!一遇见那些死鬼,不是捏,就是挖!今天后响来了三个日本人,喝醉了,硬逼着人家脱光衣裳跳秧歌舞!我不脱,就拿酒往我身上泼,还把桌子掀倒,惹得掌柜的骂我不会招待!"

好半晌,只听见金大娘叹口气说:"你到底年轻,一点冤屈都受不了……像你妈妈这大年纪,受的气三天三夜也说不完。都怪咱们没好命,要是你爹爹活着,哪能叫你清清白白的黄花女,受这个搓弄!"

不知谁在大门外叫门,声音挺凶。金大娘丢下女儿跑出来,眼睛直盯着冯卯子,一听出这是个伪军的声音,大脸一下子变得煞白。

冯卯子咬着下唇,眼睛一时变得雪亮。他对金大娘摆摆手,把壶里的剩酒倒进酒盅,一仰脖子喝干,然后拔出枪,扳开机头,小声吩咐金大娘几句话,先溜到院子去。

大门外叫得更急。金大娘把小炕桌收拾干净,理理头发,让气喘得匀些,才一边往外走,一边高声笑道:"追命鬼,连我上茅厕也不叫安生!天这么晚,你们打哪来的?"

她嚷着院子黑,看不见路,来到门边,又假装找不到闩,摸索好久才打开门。几个治安军一窝蜂似的拥进来,叫着要吃烧饼。金大娘嘴里可有说有笑,尽是好话。她让他们到屋里暖暖手脚,却不再关上大门,心想冯卯子一定觑空溜到街上跑了。

但是,过了一会,街上忽然响了一枪,吵闹起来。原来冯卯子刚一出门,不巧和另外几个伪军碰个对头,仓促打了一枪,撩倒个伪军,自己也叫人抓住了。他被囚的地方便是敌人的那座新营盘,离金大娘的庄子不过一里多路。他懊悔自己太大意,心里更焦急,生怕敌人明天就"扫荡",自己的部队没有准备,会吃个大亏。他一定要想法当夜逃走。

不知什么地方驴叫:快半夜了。冯卯子反绑着的两手,先得挣开。可是敌人故意敞着监房的门,又在锅台上点着支蜡烛,只要一不小心,门外的哨兵就会发觉。绳子绑得并不牢。他慢慢地挣,不上半顿饭工夫,就挣开了。

哨兵仍然不停地走来走去,大约很困,时常懒声懒气地打着呵欠。冯卯子稍微抬起头,刚想望望,哨兵的脚步突然冲着他的耳朵响过来,越过门口,就听见隔壁房间的门吱吱呀呀响了几下,那个哨兵沙声叫道:"喂,伙计,该你换班了。"

另一个人半睡半醒,含糊地答应着。先前那个哨兵便催促道:"快起来呀,我可要睡啦。"

第二个人就又唔唔地答应几声,可是并不听见他起来。冯卯子翻个身,肚皮朝下趴在炕上,伸手从锅台上拿起个碗,从锅里舀了半碗水,慢慢地喝,寻思外边要是有人,一定要跳进来骂他一顿。可是没有。他的心定了,把碗朝蜡烛上一扣,灭了火,轻手轻脚爬下炕,摸到门边,探出头去望了望,院里果然不见哨兵。

他知道营门口有个岗,不好通过,必得跳墙。可是墙有一丈多高,上边齐崭崭地插着碎玻璃,哪能爬上?他的眼尖,望见墙边有棵树,便蹑手蹑脚溜过去,用舌头舔了舔两只手掌,又对搓一阵,轻轻地往树上爬。他怕弄出声响,偏偏就爬得沙沙地响。快到树杈桠时,营门口的哨兵就发觉了,远远喝道:"谁?"

冯卯子急了,三把两把爬上去,把树震得乱摇起来。哨兵连问两声,朝着黑影开了一枪,大步跑过来。冯卯子觉得左膀子一阵滚热,手一软,差一点摔下树来。他赶紧抓住树枝,咬紧牙,身子一纵,扑上墙头,转眼间跳到墙外去。

他的双手叫碎玻璃刺得稀烂,火辣辣的,可并不觉得痛。他要逃命,更要保全许多同志的性命,也不顺着正道,只管穿过田野,朝着自己部队的方向乱跑。在他背后,一些治安军亮着电筒,分几路追赶上来,一边闹嚷嚷地大吵大叫。地面一脚高一脚低,夜又黑,冯卯子跌跌撞撞地跑了一段路,腿发软了。他的左膀伤了动脉,血像泉水似的往外涌,流完了他的气力。他的身子软绵绵的,好像没了骨头,简直抬不起脚步。背后吵叫的人越来越近,一道电光冲着他照过来。他要找地方躲躲,抬头望见眼前就是座黑魆魆的村庄,十分熟悉,急切间顾不得许多,便鼓足仅剩的一点气力,奔到村边一家熟悉的房子前,死命地爬上墙,头可一阵昏晕,扑咚地摔下去了。

昏昏沉沉中,他觉得有人拖他、抬他,又脱他的棉袄。他使尽全身气力,想要抵挡,却只能睁开两只失神的细眼。金大娘和她的女儿出现在他的眼前。

妞子站在炕前,拿着灯,一张瓜子脸又苍白、又严肃,像是挂着一层霜。她的短发很乱,粉红色的旗袍只扣上夹肘窝下的钮扣,看神气是刚从睡梦里爬起来。金大娘前身系了条沾满白面的围裙,跪在冯卯子旁边,正拿刀创药替他擦伤口。看见他睁开眼,金大娘松口气道:"阿弥陀佛,你可醒了!我只道你还不过来啦。"

她一面替他绑伤,一面不住嘴地唠叨说:"老天爷,你这是怎么啦?我正在家里带夜子打烧饼,听见院里扑咚一声,还当哪个没长眼的小贼来偷我,想用擀面棍打他出去,不想倒是你昏在地上……"

好几个伪军在村口乱叫,声音一会近,一会远。全村的狗都咬起来,不知哪棵树上的老鸹受了惊,呱呱地叫着飞过金大娘的屋顶。金大娘吃惊地眨着眼,像是流星,一时说不出话。

冯卯子抬起头,吃力地说:"不行,我还得跑!他们会来搜我的……"

金大娘连忙按住他的胸脯,打定主意说:"你往哪跑?外面大呼小叫的,正在找人,你出去送死不成!来搜再讲,我不能眼睁睁见死不救。像你这样年纪,出生入死,还不是为的咱们?我活了半辈子,还怕什么死?有我就有你,放心好了。"

冯卯子推开她的手,焦急地说:"你不知道!你死我死都是小事,我有要紧的情报要报告上级。"

金大娘见他这样倔强,便沉着脸,心里又生气,又感动。妞子一直不声不响地站在旁边,这时放下油灯,轻声问道:"你们上级离这多远?"

冯卯子已经支撑着坐起身,穿着衣服,含混地答:"不远——最多不过四十里地。"

金大娘忍不住埋怨道:"四十里地还说不远,我看你怎么跑得到?就是天大的事,派个人去不是一样。"

冯卯子勉强笑着摇摇头。他的伤口痛得彻骨,两手刺进许多碎玻璃,这时也痛得烧心。他忍着痛站到地上,才走了几步,不禁脱口叫了一声,沉重地跌倒,再也不能动弹了……

几个治安军的吵嚷声又隐隐地可以听见,惹得狗咬得更急。刚才在路上,他们亮着电筒,隐隐约约地望见个人影在跑,便加快脚步追上来,进村后却不见了。他们追出村,跑了一段路,不见影子,料定躲在村里,便转回头,分散开搜索。

一个伪军转弯抹角,搜索好半天,来到金大娘的房前,隔着矮墙了见房里还点着灯,纸窗上晃着个又大又黑的人影,心里犯起疑惑来。他翻过矮墙,轻手轻脚走到窗下,闭上一只眼,从窗孔一望,不觉高兴地叫:"老物件,你做什么?"一面踢开门,像阵风似的闯进去。

屋里就金大娘一个人。她正拿着铁夹子,坐在烤炉前烤烧饼,听见人声,吓得掉转身,用手掩着心窝,一会才指着那个熟悉的伪军笑骂道:"死鬼,你怎么不学学好,半夜三更来捉弄人!看你冻得那个鬼样子,快过来烤烤火吧。这有新出炉的烧饼,又热又香,要吃就拿着吃,不用不好意思。"

伪军是个矮汉子,嗓门可高,进来正想吃东西,抓起烧饼就吞。金大娘从眼梢瞟着里间屋子,站起身,拍拍自己坐的凳子,又笑道:"坐着吃吧,这里坐着暖和——看你的鼻子尖,都冻红啦。大冷天,不在家里睡觉,跑出来干什么?"

伪军坐下抱怨道:"没有差事,谁愿意出来受冻!村里刚跑进个土匪,你看没看见?"

金大娘按着鬓角,尖着嗓子说:"嗳哟哟,瞧你问得多怪!我坐在家里,听见外边狗又咬,人又叫,吓得房门都不敢出,怎么会看见?别看傍黑在我家里抓了个土匪,就当我这是贼窝!我早对那些老总说了,一个开小铺的,家里人来人往,哪能保险没坏人来买东西。"

伪军摇着手,咽下一口烧饼笑道:"得啦,得啦,别啰嗦了!谁不知道你是好人……不过说不定土匪会溜进来,躲在什么地方,连你都不知道,我就是为的这个才进来看看。"

他把剩下的一口烧饼填进嘴里,站起身,屋里屋外搜了一遍,末后一直往里屋闯去。金大娘一把拉住他笑道:"你往哪瞎撞啊?"

伪军瞪着眼问:"你怎么虚怯怯的,难道家里真窝藏着土匪?"

金大娘的脸色一变,急忙陪着笑说:"我的老天爷,可别这么说,你还叫我活不叫我活啦!是妞子睡在里边……她不大精神,翻腾半夜,这会子刚安生……我求你修修好,别进去瞧啦。"

伪军越发疑心,愣着眼说:"我偏要瞧!"

金大娘的脸一冷,应声说道:"好,你瞧!你瞧!"一面掌着灯,一下子撩起门帘。

除了妞子,里屋再没有第二个人。妞子脸朝着墙壁睡在炕上,头上包着一条羊肚子手巾,前额的乱发遮住眉眼,齐肩搭着一床旧棉被,被头露出那身粉红色棉旗袍的高领。地上空落落地放着几口缸,盖着箅子。伪军挨着个揭开看了看,又满屋扫了几眼,搭讪着说:"这事你别不高兴,可不能怪我。俗语说:吃谁的饭,做谁的事——人家叫搜,我哪敢不搜?"

金大娘听了,小声笑道:"我的老天爷,这是公事,谁敢见怪!走吧,咱们到外屋说话去,别吵醒她,又要哼哼好半天……"就指指妞子,又拉拉伪军的袖口。

伪军走到外间,又往腰里揣了几个烧饼,也不给钱,往外就走。金大娘点亮一根麻秸,把伪军送到大门口,关上门,听听脚步声远了,才呸了一口,忙叨叨地转回屋子,拿脚踏灭麻秸,擎着灯走进里屋。她盘着腿坐上炕,松了口气,用手捏着脚尖,悄悄对着炕头说:

"可急坏我啦!我胸口的一块大石头这才落下去了!你这会觉得怎样?我真担心那个王八羔子会来动你。"

妞子吃力地翻过身来,慢慢地掠开脸上披散着的乱发,露出一个高鼻子,两只细眼——这不真是妞子,却是冯卯子。

他望着金大娘微微一笑,哑着喉咙说:"我这条命……都是你给的!"

金大娘把脸一掉,又转过来说:"这算什么!救人就是救自己,还分什么你呀我呀的!只不知道妞子这时候怎么样啦?"

这时候,在一条往八路军防地去的夜路上,妞子披着妈妈的羊皮袄,冒着风霜,正在孤零零地赶路。她带着冯卯子的紧急情报,溜出村庄,连夜代替他去送信。夜色像是一片汪洋大海,黑漆漆的没有边岸,但她毫不畏怯,坚定地迈着脚步。霜落得更重了,天空好像罩着一层纱,每颗星星又冷又亮,就像是霜花结成的……

月黑夜

秋头夏尾,天气动不动就变颜变色地阴起来,闹一场大风大雨。在这样风雨的黑夜,最惯于夜行的人也会弄得迷失方向。

李排长不是个怯懦的人。虽然在惊天动地的大战争中,他依旧笔直地梗着脖子,挺起胸脯,不慌不忙地同敌人周旋。但在这样的大自然所掀起的情况中,他带领一班骑兵转来转去,却终于疑惑地勒住了马。最初,他还企图凭着自己的智慧,辨清道路。可是夜空不见指路的大熊星,四围又是黑糊糊的平原。电光偶尔一闪,照见的只是狂乱地摆动在大风中的庄稼。不见一棵树木,可以供他摸摸阴面阳面的树皮;不见一块岩石,可以供他探探背阴处的苔藓;更不见一座朝南开门的土地庙。黑暗形成一所无情的监狱,把李排长一群人牢牢地禁锢起来。

身背后,一个骑兵对他大声嘶喊道:

"俺看该往左手拐……"

一阵急风暴雨劫走这个人下边的话,不知抛到哪里去了。

李排长掉过头,也喊道:

"上来,杨香武……你路熟么?"

杨香武抖抖马嚼子,把马带上前去,用手遮着嘴,继续张大嘴喊:

"要熟就好啦!你想想看,咱们刚出发的时候,西南风不是正对着左腮帮子吹么？这会风没变，倒吹起后脊梁来，咱们准是错往东北岔下去啦。"

杨香武不等对方答话，怪洒脱地把马头扯向西北方，用手中的柳条鞭鞭马屁股，先自走了。后边的马队紧跟着他，一匹连着一匹。杨香武不管有路无路，只朝前走。一会马蹄子陷进泥沟，一会闯进棉花地，一会又插着高粱棵子乱走。风雨的势头不但不减，反倒更加蛮横。他们每个人的军衣都淋透了，冷冰冰地贴在身上，冻得他们打着寒颤。西南风夹着大雨点，狂怒似的呼啸着，越吹越紧，把马的脚步都吹得摇摇晃晃的。但是这群畜生反而更有精神，四只蹄子蹚着田野的积水，吃力地拔着泥腿，半步也不差错。

前边不远，忽然亮起几团银白色的灯光，东一个，西一个，互相照耀着，仿佛有人在用灯光打什么暗语。李排长的心头疑惑起来。他们已经走进敌区，据点绝不会远，像这样的方向不清，道路不熟，或许会跑到据点附近，滚入敌人的网罗。这次，他接到冀南军区司令部的命令，派他到滏阳河北岸取回一包从前反"扫荡"时坚壁的重要文件。这是个艰难的使命。他须要带着这一小队轻骑兵，通过几道封锁线，才能到达指定的地点。今夜正准备偷过滏阳河。于今是夏涝的季节，河水涨得又深又宽，过河的路子只有一座离据点极近的板桥，只要差池半点，便会发生天大的不幸。他必须分外谨慎，于是喊住杨香武说：

"别再瞎赶啦。天这样黑，又下大雨，横竖摸不过河，不如先到前边那个有灯的村避避雨再讲。"

杨香武粗鲁地反驳道：

"真是好主意！你敢保那不是据点？"

李排长不耐烦地摇摇头：

"你就会讲怪话！那是联庄会，一到刮风下雨的晚晌，个个村都打起灯笼守夜，害怕土匪趁着月黑头打劫。尽管去好啦，好歹有我作主。"

于是，这一支小小的人马冒着风雨，朝眼前的灯火扑去。

绕着村庄是一圈结实的圩墙。他们摸索许久才来到一座铁栅门前。门落锁了,紧紧地关着。村里黑洞洞的,先前的灯光倒不见了。他们都从马背跨下来,脚踏到水洼里,噗哧噗哧地溅着水花。一个人一开腔,几个人随着高声叫道:

"老乡,开开门!"

铁门后闪着一个人影,只听他问道:

"嗳,干什么?"

李排长推开杨香武,接嘴说:

"我们是八路军,想进村躲躲雨。"

门里支支吾吾地答道:

"唉呀……没有钥匙,怎么开门?"

李排长催促说:

"费点心,找钥匙去吧,都是自己人,不用害怕。"

门里人就朝后高声问道:

"嗳,我说,你知道谁拿着钥匙么?"

另一个农民应声从更屋走出来,手里提着一盏马灯,头上戴着一顶大草帽子。他走到门前,擎起灯,向门外端量几眼。灯光穿过栅门的栏杆,首先落到李排长的身上。李排长的两脚插在烂泥里,浑身湿淋淋地就像刚从水里爬出来。但他还像平日那样挺起前胸,很有威严地直立在大雨底下。他的眼受到光亮的刺激,颤动着眯缝起来,栅门栏杆的影子照到他棕色的长脸上,掩盖住他满脸的浅麻子。

新来的农民点点头,说了一声:"你们候一会,我叫村长去。"就和先前那个农民一起走了。

风已经落下去,雨还像瀑布一般倾泻。李排长一群人全像石头似的等在那里,不动,也不说话。偶然间,一匹马很响地摇着身子,抖去身上的雨水,另外几匹也照样摇起来,马镫互相撞得乱响。杨香武等得不耐烦,就嘟嘟囔囔地骂。李排长忍不住皱起眉头:

"你怎么老不改这些坏习气？不是讲怪话，就是破坏纪律，简直不配当班长。"

李排长其实很喜欢杨香武。这个人心直口快，事情总抢着做，从来不会藏奸。就是有些坏毛病，须得慢慢地纠正。杨香武并不是他的真名。一般人看他说话急，举动快，总像猴子似的不肯安静，便用"彭公案"中这个近乎丑角的人物来取笑他，久而久之，倒没有人叫他的真姓名了。他耳朵听着李排长的话，肚子里很不服气，冷冷地想："等着吧，这两个老百姓能回来才怪！"

可是两个农民到底回来了，而且多出几个人，又添了一盏马灯。当头的是个五十岁左右的老人。那老人擎着油伞，对门外打着问讯，一面把灯举得头那样高，细细地察看外边的人马。他的面貌倒先显现出来：一张古铜色的脸膛，满顶花白头发。

李排长惊讶地叫出声来：

"这不是庆爷爷吗？你认不认识我啦？"

说着，用手抹去脸上的雨水。

老头子张着没有胡须的嘴巴，定睛注视李排长一忽儿，醒悟似的叫道：

"噢，我认识你啦！人上点年纪，记性坏，只是记不起你姓什么啦。"他又回头对那几个农民说："赶快开开门吧！"

这个巧遇，一瞬间使李排长十分兴奋，以为逢见旧人，暂时算是寻到归宿。但他立刻又十二分担忧。还是两年以前，他曾经在这一带活动过。那时，国民党的军队早经逃光，土匪像春天的野草，遍地生长起来，人民正忙着成立联庄会。八路军初来，到处便被人当做天兵天将一样看待。庆爷爷对他们却很淡漠。这个老头子终生遭遇太多的苦难，变得犹如狐狸一般多疑。一次，李排长对他谈抗日的大道理，他却白瞪着眼，不关心地搔着前胸，最后才有一搭没一搭地说：

"咱老啦，听的见的够多了，这些新道理也不想懂。当老百姓

045

的只图过个太平日子,谁坐江山给谁纳粮,哪管得了许多闲事。"

以后,滏阳河边设立据点,这一带变成敌区,两年以来,谁知道庆爷爷转变成怎么样个人。李排长牵着马和他并肩走过泥泞的街道,灯影里,留心窥察他的脸色。庆爷爷的发丝有些全白了,脸上的皮肉显得更松,但是身板骨不弯,腰脚仍然健壮。他的容貌很淳朴,寻不见一丝半丝狡诈的神气。

庆爷爷领李排长走进一座破旧的祠堂,指点他将马拴好,引他迈进屋子,然后放下伞,把灯搁在神主台上,张眼望了望空空洞洞的四壁,不安地笑着说:

"同志们将就着睡一夜吧,天气太晚,谁家的门也不容易叫得开。我已经告诉他们拿几张箔来,铺在地下睡不潮湿。你们吃了饭没有?"

李排长解着身上的武装,一面对他说人马都饱了。

骑兵们有的把马拴到廊檐底下,有的牵进两侧的厢房,陆陆续续地走进祠堂。他们一跨进门,立时忙着卸马枪,觯子弹袋,把衣服脱下来拧着水,又用这些衣服把枪身擦干净。一壁厢,他们对村公所的人问:

"有柴火没有?抱些来咱们烤烤衣裳。"

打喷嚏的声音响起来,当中还夹杂着对天的咒骂。

李排长注意地询问庆爷爷道:

"这里离据点多远?"

庆爷爷举起双手,伸开十个手指头答:

"说是十里,其实不上八里。"

"离滏阳河呢?"

"也就是个四五里。"

"日本人常到这里来么?"

"三日两头,断不了来,一来就要吃的、喝的,糟蹋死人了!"庆爷爷说着,把身子向前探了探,问,"同志,你们要过河吧?看样了,今晚晌雨不会停,恐怕过不去了。"

李排长不答。他把手搭到庆爷爷的肩膀上,眼睛直盯着对方的脸,半真半假地微笑着说:

"咱们来到这,你可别张扬,要是有个一差二错,我依你,我的枪子可不依你。"

庆爷爷的古铜色脸膛涨得如同红铜,愣了半晌才说:

"同志,这是什么话?我老头子当了几年村长,时常也有些同志打过,从来没有出过乱子。不信你买四两棉花纺(访)一纺(访),咱老庆到底是个什么人?"

李排长看他这样认真,觉得自己的话太重。他原是试探对方,于今激起这大的反响,心里倒满意。他把话锋一转,索性开起玩笑来:

"算啦,说着玩罢了。我看你的村长当得倒满牢,好像屁股抹了胶,粘上就不动。"

老头子却烦闷地叹了口粗气:

"干是早干腻啦!不过咱们这里不讲究选村长,谁的年纪高,辈行大,再会办办事,就抓住谁当。成天价吃力不讨好,一不经心,说不定脑袋就会搬家。"

箔已经拿来几张,靠墙壁竖着,预备众人睡时再铺。一个农民抱进几捆干谷草,抛到地当心。火立刻点起来,呼呼地烧着,驱散祠堂里浮荡着的潮气。骑兵们绕着火围拢成一个圆圈,烘烤着衣服和鞋子。大把的谷草不停地朝火堆上加,有时将火苗压灭,冒出一阵苦味的青烟。人们便被熏得流下眼泪,或者呛得嗓子眼热辣辣的,打着干咳嗽。

杨香武脱下湿衣服来。他的脑顶尖尖的,高颧骨,两颊深深地凹下,嘴巴却向上卷着。他用两手抓着军衣,翻来覆去地烤,头偏向一边,细眯着一对眼睛,避开火堆里飘浮上来的轻烟。

李排长从一边投过话来:

"哨放出去没有?"

杨香武眼睛望着跳跃的火焰,头也不抬地答:

"村公所说有联庄会打更,不用咱再放哨啦。"

他的神气很得意,仿佛一切事都早办妥,不用旁人多费心思。可是李排长不满意地摇了摇头:

"不行,快放两个哨——村的两头一头一个。"

庆爷爷打着呵欠,赞同地点点脑袋。

"对!联庄会本来不大认真。先前是防土匪,现今没有土匪,日本人硬指八路军是土匪,遇到这样天气,就叫打更,有八路军来还叫开枪。其实要真来了,老百姓才烧高香呢!"

庆爷爷提起马灯,撑开油伞,对大家招呼道:

"同志们该乏了,早些睡吧。我去叫他们明天清早给你们预备面条吃。"

祠堂外的雨声比较和缓,但是不紧不慢的,更不容易晴。灯一走,大团的黑影溜进祠堂的角落。地心的柴草烧得更旺,四壁颤动着巨大的人影。

第二天,雨停了,低空残剩着灰暗的乏云。这支骑兵潜伏在村中,犹如一群大鱼不小心游进浅水湾子,乖觉地隐藏在水草底下,不敢轻易活动。白天,当然不能过河,退回昨天出发的地方,来往将近一百里,人马过分疲劳,今夜的长行军将更艰难。李排长吩咐众人把马一律备好再上槽,多喂草料,人也收拾停当,不许擅自离开。只要风声一变,他们可以立时向后撤走。更把消息封锁了,不许一个人出村,外来的人便扣住不放。

外表看来,李排长的态度十分镇静,心头却比谁都更不安。这儿距离据点太近了,站在村边,就能够望见敌人新修的白色营房。敌人随时都会扑来,斗争随时都会展开。对于庆爷爷,李排长的怀疑却早像春冰似的融化得无影无踪了。适才,老头子陪他到村边观察地形。田野经过夜来的雨洗,庄稼饱润地举起头来,颜色又浓又绿。大麻长得高过人头,张开巴掌大的叶子,把满地棉花一比,就显得痴肥。李排长奇怪这一带不多见谷子高粱。老头子紧一紧

裤腰带,气愤愤地骂:

"人家还得叫种?不是逼着种大烟,就是逼着种棉花,官价定得又低,卖的钱还不够买粮吃,简直是活遭罪!人家就不拿你当人看,千说万说,只有你们才真是老百姓的救星——我现今看清楚了。"

饭后,李排长又到村头察看一番,叮咛哨兵要格外留心,然后转到村公所,躺上炕,阖上眼睡去。门上没挂竹帘,大群的蝇子飞进屋子,讨厌地叮着他的脸。他从身边扯出手巾,蒙着脸,许久许久,才沉到蒙眬的状态中……

一会儿,他迷迷糊糊地听到有人在耳边叫喊,陡地醒了过来,揭开毛巾,睁开眼,看见杨香武站在炕前。

杨香武说:

"刚刚哨兵来报告,说是敌人好像要出击。"

李排长一骨碌爬起身,跳下炕来。现在,他倒很沉着。他吩咐骑兵火速集合,一边跨着快步朝村头走去。杨香武急急地摆动双手,追随着他。

放哨的骑兵隐身在一棵老榆树后,瞧见他们,紧张地招招手,待他们走近,便指点着前边,压低嗓音说道:

"你瞧,敌人好像正集合呢。"

平原上,一个人站得略高,便可以望出去十几里地开阔。夏秋的时候,高秆农作物还能隐住村庄,但在这里,多半是大片的棉田,遮不断人的视线。李排长梗着脖颈,用两手打着凉棚,直直地朝前盯视。据点前边,隐约地显出一些小小的黑点,飞快地移动,好像人们奔跑着集合。不过小黑点移动的方向十分古怪:忽而没入庄稼地,忽而出现在通达本村的道路上,最终沿着这条道跑下来。

杨香武瞪着眼,冒冒失失地推了李排长一把,焦急地道:

"这不是来了么?"

李排长并不搭理他,暗暗寻思着。敌人如果出击,差不多总是使用汽车,于今仅有六七个小黑点,无秩序地乱窜,事情倒有些蹊

跷。情况不弄清楚,他决不肯望风捕影地蠢动,于是眨眨眼说:

"你们谁到前边侦察侦察……"

杨香武不等他说完,答应一声"俺去",提着枪走进麻地,麻叶一阵摇摆,他便不见影了。

耳边传来急匆匆的脚步声,李排长侧转脸,看见庆爷爷赶来。老人家光着膀子,肩头搭着件紫花布小褂,右手摇着一把大蒲扇。庆爷爷赶到近前,竖着脚尖,用蒲扇遮着眼,一边了望据点,一边不安心地问:

"怎么,鬼子是要出来么?"

他又望望天,差不多半头晌了。大块的灰云不停地流动,时时将太阳遮住。庆爷爷继续说:

"鬼子每回出来,正是这时候。依我的笨主意,你们不如向后退退……我催同志们走,可不是怕受连累……你要信得过今晚晌咱老庆保送你们过河,看咱怕他个鸟!"

杨香武一头骂,一头走出麻地,鞋底拖着很厚的烂泥,裹腿和鞋子溅满泥水的污点。他把枪把子朝地面一蹾,恨恨地骂:

"真他妈败兴!"

李排长直盯着他的面门问:

"到底怎么回事?"

杨香武哼着鼻孔道:

"哼,不知哪个王八蛋的牛跑了,老乡在捉牛。"

听的人都笑了。

火轮般大的太阳沉落后,暮色苍苍茫茫地袭来,李排长的心境却相反地晴朗起来。他不再担心敌人的侵扰。过河的事,庆爷爷一手包揽,预先便把事情铺排妥当。不走桥,而用船渡。但想安全地突过这道封锁线,并不是轻而易举的事。只要走漏一些儿消息,敌人决不肯轻轻地放过。

李排长从腰里掏出粮票草票等,要算还这一天人马的吃食费

用。庆爷爷推开他的手,再三地拒绝。李排长霍然醒悟了:这是敌区,如何能用粮票,便要付钱。老头子笑道:

"嘿,你想错啦。咱们照样缴公粮,连据点还有人甘心情愿偷着送呢。咱是想:同志们轻易不来一趟,吃点饭还不是应该的。"

结果,李排长还是把粮票等付清了。

二更天光景,大地睡去了。生长在大地胸膛上的人们却展开保卫土地的活动。庆爷爷一定要亲身送他们渡河。李排长以为他的年纪高,深夜露水很重,怕他招受风寒,百般阻止他。老人更加不肯。庆爷爷惯常倚老卖老,假若旁人说他老时,他可决不服气。他会握紧拳头,伸直强壮的右胳膊,瞪着眼说:

"别瞧咱老,五六十斤的小伙子叫他坠着打提溜,还不算事!"

渡河的地方离据点仅仅十来里路,隐隐地可以望见那边的灯火。李排长一群人到达河边时,庆爷爷早就派来一些农民等候着。堤上放着两盏马灯,照见那些汉子都脱得赤条条的,有的扠着腰站着,有的无意识地搓着胸膛上的灰垢,也有人很响地拍着大腿。

杨香武低声叫道:"吹灭灯!还怕敌人看不见?"

一个农民却很大意地答:"不怕,鬼子黑夜从来不动。"随手只把灯苗捻小。

滏阳河平静地流着,很黑,很深,水面闪着一层油光。两岸十分静悄,只听见各色各样的虫叫。

庆爷爷走近一个汉子,小声问:

"船还没有来么?"

这时,下游响起缓缓的水声,河面推过来纤细的波纹。不久,一只小船轻飘飘地傍岸泊下。这是庆爷爷那个村的一条小渔船。敌人封锁滏阳河时,曾经尽量把农民的大小船只搜集到一堆,点一把火烧成灰烬。庆爷爷他们事前将小船摇到水草深处,装满泥土,把船沉到水底下,这才不曾毁坏。今天夜晚,庆爷爷派来一部分农民先把船里的泥土用铁锹挖掘干净,从河底捞起船来,又洗刷一番,依旧变成一只轻快的艇子。

船既然小，所以只能渡人。庆爷爷用商量的口气对李排长说：

"头口顶好卸下鞍子，叫他们给拉过去。"

骑兵脱离鞍子，就像海螺跑出甲壳，失去机动的能力。但又没有更完善的办法，只好冒险。李排长叮嘱每个人要携带着自己的一套马具过河，不许杂乱地堆在一起。这样，即使情况突然转变，急切间还可以备马，不至于乱成一团。李排长动手解马肚带时，警惕地朝据点望了几眼。那隐隐的灯火还没熄灭，犹如几只狡猾的魔眼，亮晶晶地穿过漆黑的大野，窥探这边的动作。

杨香武手脚利落地把马卸光，交给一个农民。那人跳下河去，使劲地拉着缰绳，但是马昂起头来，屁股只是向后偎，不肯下水。一个矮汉子操起一把铁锹，对准马屁股重重地一击，马又痛又惊，扑通地跳进水去，激起很大的波浪。

杨香武生气道：

"你怎么不顾死活地打！"

另有谁的一匹马也怕水，挣着缰绳要朝后跑，把牵牲口的农民带了个斤斗。杨香武抬起脚，狠命地踢着马肚子骂：

"你还敢调皮！"

他又东跑西跑，帮助农民把马匹都赶下河去，才来整顿自己的鞍子。马生来便识水性，一个个在浪花里摇动着身子，农民就全爬上马背，低声吆喝着，一同凫到对岸。骑兵各抱着鞍鞯，争着上船。先摆过五六个去，李排长和杨香武全等第二批再渡。庆爷爷打着一盏灯走来，轻声地咳嗽着，一面亲热地说：

"你们走啦？回头可来呀！"

李排长从心里感激地说：

"就是太麻烦你老人家啦。"

小船摆过来，第二批人也渡过河去。一袋烟的工夫，这支骑兵便重新备好马，坐上马背。李排长转过头，望见庆爷爷还站在河对岸，不知对农民指挥着什么。古铜色的脸膛，花白头发，依稀地映着灯光，显出的不是老迈的神情，而是充满生命力的青春气概。李排长用两腿把马一夹,领着头跑起来,急急地要脱离这危险的境地。他们跑出将近二里路,后边忽然传来爆炸的声响。杨香武低声嘲笑道:

"敌人出击了不成?马后炮,吓唬谁,横竖追不上老子啦。"

李排长用缰绳鞭着马,更紧地催促马奔跑。马便放开腿,领着后边的马群,一阵风似的驰向茫茫的黑夜。北极星正挂在他们的对面。

半个月后,这队人完成任务,果然转回来了。他们平安地偷过那座离据点极近的板桥,赶到庆爷爷庄上时,约摸将近半夜。四十里路的急行军,每人的喉咙都有些干燥。李排长决定在这里歇息一刻,喝点水,然后再走。他们不费事地叫开栅栏门,把马缆在街上,一齐走进村公所。上宿的农民都起来,敞着怀,趿着鞋,对待老朋友似的招呼他们,但是精神带着点不自然。

杨香武一只脚踏着凳子,两手玩弄着他惯用的柳条鞭子,眨着眼问:"庆爷爷哪去啦?"

一个农民苦涩地答:"死啦!"

每个骑兵都睁大眼,李排长的脸露出更大的惊异。他想:老人家真像熟透的瓜,说死就死,只是不知道怎么死的。不待他问,那个农民接下去说:

"那天黑夜送同志们走后,他老人家也就送了命!"

李排长懊悔地叹口气说:

"嗐,我叫他不送,他偏要送!老年人怎么经得起冒风犯露的?那天黑夜我就听见他咳嗽,恐怕他要害病……"

但是农民打断他的话道:

"他不是得病死的……"

老人是这样遇到他的不幸:

那天夜晚,骑兵渡过河去,庆爷爷正吩咐大家把小船拉到原地藏匿起来,几个人亮着电筒,从他身后走过来。冲着电光,庆爷爷辨不

清来人的面貌,但见穿着军衣,心想是李排长一伙人,就焦急地道:
"你们怎么还没过去?"
当头的一个人粗声说:
"我们来晚了么?他们过去多大时候啦?"
庆爷爷说:
"刚刚才听不见马蹄子响。"说着,他提高声音,急忙对河里叫:"伙计,船别拉走,还有几个同志要过河去。"
那几个人看见船拢近岸,且不上去,却各从腰间掏出一个甜瓜似的圆东西,朝着船抛去。河面红光一闪,响起巨大的爆炸声音,就在这一霎间,小船碎成几块,拉船的几个农民喊都没喊一声,跌进水里,残断的身子在水面转了转,沉下底去。另外十来个兵即刻从夜色里涌出来,把岸上的农民包围在中间。灯光映亮他们的全身,每个人脖子上都显出红色或者白色的领章。
庆爷爷木头似的定在那儿,疑心是在做梦。但绝不是梦。当头的那个人早跨上前来,一把抓住他的前襟,拖着就走,嘴里还骂道:
"老王八羔子,我领你见阎王爷去!"
庆爷爷叫敌人抓去后,好几天没有音信,后来才听说被敌人挑死了……
农民说完这段事情,又补充道:
"都怪咱们太大意,河边的灯点得明晃晃的,人家用千里眼照一照,什么东西看不见?"
全场的人都哀默着,说不出话。桌上,洋油灯的灯苗颤动起来,光亮一时变得很暗淡。灯影里,老人的形象似乎又出现了:古铜色的脸膛,满顶花白头发。他的人虽然死了,他的形象却更清晰、更高大,活生生地刻印在李排长的心中、杨香武的心中,以及每个骑兵的心中。
带着这个形象,当骑兵们再投向漆黑无边的夜色时,每人都具有一种新的力量。这力量刺激他们,使他们急切想撕破夜色,把头高举到天外,从那里,他们可以看见另一个崭新的世界。

风　暴

上

十一月初头，北风从长城外吹来，河北大平原卷起旋转的黄尘，这是结冰的季节了。夏秋两季，辽阔的田野遍是葱绿的庄稼和草木，密丛丛地遮蔽着远近的村庄。现在，庄稼倒了，草木凋零了，每个村庄都赤裸裸地暴露出来。风变成没遮拦的小霸王，打着响亮的唿哨，狂放地到处奔跑，跑过荒寒无边的野地，跑过空虚的村街，无理地摇撼着人家闭紧的窗门，时时还扬起大把的沙土，撒向谁家的纸窗。风驱逐开人类，暂时霸占了这个世界。夜晚，当细细的霜花开始洒落时，人类的踪迹几乎更灭绝了。

可是，就在这样一个恶劣的风夜，一个人却顶着风在快走。那人向前躬着粗壮的身躯，右手压住棉袍的大襟，不时侧转头，避开急遽的风势，但是迎头风依旧呛得他喘不过气来。他走的路是一条五尺来深的道沟。在平原上，这样的道沟纵横交织着，可以阻止日本机械化部队的活动，八路军却可以自由自在地移动在道沟里，地面上不露一丝痕迹。

道沟蜿蜒地伸向苍茫的黑夜，最后到达终点。那个夜行人跨上地面，不觉感到些微的空虚。现在，他已经离开自家的根据地，来到斗争更残酷的游击区。他收住脚,望了望夜空的北极星,辨清方向,然后掏出腰间悬挂的"大机头"枪,把脚步放紧,摇摇晃晃地继续赶路。

前边有狗在叫,村庄近了。他离开大路,把腰弯得更低,插着野地摸向前去,蹲到一座孤坟后。村头上坐落着一间黑虎玄坛庙,庙前竖立一根旗杆。在旗杆的上端,他恍恍惚惚看见一面日章小旗翻卷在夜风里。在这一带,每逢日本军队到来,老百姓便挂起小旗,表面似乎是谄媚敌人,实际却在向各方面告警:鬼子在这里呢!他熟悉这个记号,心不觉一沉,但是决不肯随便相信自己的眼力,于是又爬前几步,蹙起眉头,集中精神望过去。这次,他看清了,旗杆光光的,一丝布条都没有。小庙前一团黑影动了动,有人发出沙声的咳嗽。他辨认出那是游击小组在放哨,才放心地松了口气。

他完全熟悉这村的地形,悄悄地从侧边绕进街,停在一家板门前,用结实的拳头慢慢地敲了两下,略一停逗,又急敲三下。他依照这预定的暗号连敲了四五次,院里才有人轻手轻脚地走出来,小声问道:"谁呀?"

"我。谢三财么?"

"嗯——赵区长回来啦?"

板门轻轻地打开又关上,两个人也轻轻地说着话。等到跨进房屋,赵区长收起枪,低声问道:"你们怎么还没转移?"

谢三财在黑暗里摸索着灯火,抑制着时时都会爆裂的咳嗽,一边答道:"这两天没有什么敌情,你又该回来了,就没移。"

谢三财在桌子边上划亮一根火柴,点起粗磁烧成的煤油灯;跳跃的火光使赵区长感到昏晕,眯缝起眼睛来。

灯影流泻到门外,一块长方形的薄光映照到院落里。赵区长赶紧吩咐谢三财掩上房门,转身从炕上拿起一条紫花布棉被,掩蔽着纸窗,埋怨道:"你太粗心了!深更半夜里,叫汉奸看见灯光不就讨厌啦。"

赵区长解下腰间的布带子,朝两肩扑打一阵,又打了打两只脚背上的尘土,一边问道:"还有东西吃么?"

谢三财掩着嘴,干咳几声,脸色苍白得如同一张纸,半响才说:"就剩冷窝窝头了,我给你弄去。"

窗外,一阵急风掠过,呼呼地吹到远处。在这寂静的空隙间,谢三财的声音从隔壁一间小屋里模糊地传来:"拴儿,拴儿,起来!区长回来啦,快给他烧水喝,把窝窝头也蒸一蒸。"

等谢三财再转回来,赵区长开口便问:"喂,沧石路是不是有铺轨道的信?"

谢三财垂着眼皮答道:"没听见说,只知道路基修好了。这回修路的工程师是个台湾货,把泥里铺了好些麦秸、稻秸,还有柳树条,说是顶结实,再也不怕咱们破坏了。"

赵区长嘿嘿地笑出声来:"哼,走着瞧吧!"

他闭紧大嘴,双手使力地对搓着,随后严肃地说:"你写个紧急命令,这就写,传给每个村,叫他们把乡亲们统统动员出来,带上家伙,明日黑夜到这里集合——二更天以前集合,好破路去。这回要来个大破坏,县里招集咱们开会去就为的这个。好几个县要一齐动手,瞧着吧,顶少也有十万人。"

拴儿端进开水和热窝窝头,舌尖抿着嘴唇,滚圆的嫩脸还带着困倦的睡容。他连连地打着呵欠,一边用袖口揉着带眵的眼睛。赵区长抓起窝窝头,大口地吞食,语音含混地说:"拴儿,这有件顶要紧的公事,你得立时传去,明天吃晌午饭前都得传到。听懂没有?赶紧去收拾收拾。"

在环境紧张的游击区,工作人员永远在夜间活动。万一白天必须露面,他们便得化装。拴儿戴上一顶褐色的破毡帽头,半根麻绳扎紧短棉袄,肩头挑起一个破粪筐子,里边是半筐粪。他把谢三财写好的公事和手枪小心地藏进筐子里,冒着夜色跨出门去。

谢三财跟出去闩上门,转来,两手放到嘴边呵了呵气,然后交插进袖口,弯着腰伏到桌子上,尖尖的嘴巴紧压着腕臂。在昏暗的灯影里,他的眼窝显得铁青。

赵区长关心地问:"你的病怎样了?"

谢三财的眼睛直望着煤油灯,颤声答道:"更坏,天天黑夜都咳嗽得睡不着觉。"

赵区长摇摇头说:"糟糕,你得到后边养养去,这样子不成。"

赵区长记得谢三财初到区里当助理员时,虽然出身是个乡村的小学教员,力气倒不弱。春天敌人大"扫荡",搜索太紧,他们藏到坟圈子里,饿了就吃田里的麦苗,渴了喝沟里的脏水,八天八夜不敢露头,就这样,谢三财失去他的健康。

一阵更加狂暴的大风猛然从远处扑来,剧烈地袭击着门窗。门砰地开了,油灯一下子熄灭,黑暗伴随着狂风同时闯进房间……

中

第二天夜晚,上灯不久,各村的老百姓便陆续地集合来了。他们多半是年轻力壮的庄稼汉子,间或也有上点年纪的老头儿。镐、锄、锹、土造的"独一撅"火枪,晃摇在星光下,闪着金属的薄光。村里村外,到处波动着一片闹嚷的人声。尽管有人严厉地吩咐:"不要嚷,叫鬼子汉奸听见可不是玩的!"可是寂静一刻,语声又起了,不过压得很低,嗡嗡地,像是大群的蜜蜂在叫。

赵区长把各村的村长招集到屋里开会,发觉几个临近据点的村庄不曾到。他怀疑是不是命令未传到,也许传得太迟,一时赶不来。是的,拴儿不是也没回来?但是更梆子响了,他们必须动身,让来迟的人后追来吧。

谢三财沉默地跟随众人跨出房屋,霜夜的寒气侵袭着他的胸脯,不禁咳呛起来。赵区长用手推开他说:"你不用来啦。"

一阵热血向上猛冲,谢三财的脸火辣辣地燃烧起来。他虽然有病,可是永远默默地忍受着痛苦,不肯向人示弱。他最怕人提起他的病,更怕人因此轻视他。他定定地站在黑影里,嘴唇抖颤着,昏眩地凝望着大门外庞杂的人影。

庞杂的人影踏着庞杂的步子,冲着寒夜离开村庄。他们如同一道溪流,弯弯曲曲地流向前去,终于和巨大的洪流汇合起来。这洪流泛滥在沧石路的周围,不见头,不见尾,黑糊糊的一大片,数不清有多少万人。

沧石路横卧在大平原上,就像根刺,插入平原游击根据地的腹部。敌人急欲扩大占领区,缩小八路军的根据地;八路军却要扩大根据地,缩小敌占区。因此,沧石路就变成平原游击战的焦点。修——破;破——修。修是强拉老百姓,破是经过简单的动员。所以,破总比修容易。最后,敌人急了,用武装保护修路,果然把路基修成。但是今夜,八路军也要用武装掩护破路。

这是一次总的大破坏。事前有计划地把路分成若干段,每段指定一区的群众负责,只破半面。假定是左半面,那么下一段的群众就破右半面,再下一段又破左半面……

风落了,星空弥漫着一层薄气:在下霜。冷气侵入人的肌肉,像针刺一样。在高高的路基上,大群先来的农民早经动手破坏起来。赵区长领导大家爬上预先指定的一段路基,悄悄地吩咐道:"赶快动手!"

农民纷纷地挽起棉袍的大襟,扎紧腰带,或者向掌心吐两口唾沫,又对搓一番,然后操起锄头和镐等,一起一落地挥动起来。地壳冻了,铁器落下去,敲出干硬的钝响。这时没有人再敢出声,偶尔,铁锹撞上一块石头,当的一声,平地跳出几星火花。

苍苍茫茫的平原仿佛已经沉睡,千万人齐声发出的粗重气息使人疑心是大地的呼吸。沧石路不再像刺,却像一条死曲蟮,浑身都是烂洞。

泥土里确实铺着柳条一类的东西,带点弹性,破起来比较费力。赵区长混在众人当中,挥了一气锄,热了,把毡帽头推到脑后,用粗糙的手掌抹了抹前额的大汗,深长地松了口气。旁边,一个老头拉拉他的袄袖,把嘴贴近他的耳朵边,乱蓬蓬的硬胡子刺得他发痒。他听见老头沙声问:"不是说有队伍保护么?怎么连个影子也看不见？"

赵区长拍拍老头的肩膀,忍着笑说:"不用担心,咱们队伍早把据点统统包围了。"

老头噢了一声,提高嗓音说:"我说是啊,人家队伍总不能叫咱吃亏!"

老头蹒跚到一边,就地坐下,从身边摸出旱烟管,插到嘴里,嚓地一声划亮根火柴,送到烟袋锅边。

赵区长回身拔过他的旱烟管说:"你做什么?"

老头理直气壮地辩驳道:"怕什么?反正有队伍呀。"

"有队伍也不好抽。"

老头用不满意的声调说:"唉,唉,不抽就不抽。"

忽然,不远的地方放出一道雪白的光芒,直射进夜空,转动两下,便朝沧石路平射过来,缓缓地横扫过原野,扫过来又扫过去。路基周遭的夜色转成灰苍苍的,就像黎明前的景色,人的眉眼可以依稀地辨认出来。

全路的人群立时四处散开,转眼间沧石路上见不到一个人影。据点里的探照灯收敛起光芒,黑暗重新来临。赵区长压低喉音呼唤他的人,一会便又重新集合。就在这时,远处枪声响了,开头很稀落,后来渐渐地繁密,终于掷弹筒的巨响爆炸起来,沉重地震动着田野。群众知道自家的队伍近在周围,再抓到本身携带的"独一撅",信心很坚定,情绪像潮水似的向上高涨。一些气粗的汉子摇着拳头,跳着脚,气呼呼地叫道:"咱们游击小组还不开上去,杀他一场!"

然而,枪声又从许多方面震荡开来,这里,那里,交织成一片。从前一段的群众当中,一句话迅速地传递给赵区长:"赶紧撤退!敌人到处出动,一定有汉奸报告消息了。"

于是,泛滥在沧石路上的人流立刻分成许多支流,各自朝来时的道路奔去,抛在人流背后的是繁密的枪声。渐渐地,枪声从繁密转到稀落,终于完全停息。八路军也撤走了。时候才三更多天,霜在细细地落。

下

觉着刚打个盹,赵区长便被狗叫扰醒,心里不耐烦地骂:"真讨厌,怎么还不打死这些癞狗!"他曾经劝导农民把狗完全杀死,像根据地那里,夜晚行军,没有一声狗咬暴露队伍的行动。起头,农民不大肯听,后来有些人便先后把自家的狗在树上吊死。老太婆心眼窄,还替狗捏些饺子,眼看着它吃,一边哭,一边数落:"吃吧,吃了好死!这不怪我心狠,都是鬼子逼得你没有活路!"

但是打狗运动并未能圆满地展开,敌人对百姓的虐杀使狗得救了。狗仍然搅闹着游击区的环境,白天黑夜乱叫,叫得赵区长心烦。他爬下炕,趿着鞋出去解手,看看天色将近拂晓,回来推醒谢三财说:"起来,敌情太紧,咱们转移吧。"

他们经常在这个时间转移,转到另外村庄时天恰巧放亮,百姓起身了,可以立时寻到房子,免得深更半夜到达宿营地,敲打百姓的门,惹起惊慌。他们夜晚从来不脱衣服,睡觉前,东西又都收拾妥帖,所以起身不久,两个人便背上包袱,踏上夜路,手里的枪张着机头。

刚一出村,谢三财突然扯了扯赵区长的棉袍。

前边不远,一星火光正在跳动。谁在抽烟。他们弯下腰,急速转到另一个方向,想避开正路,插着田地走出去。但是走了不远,就听到模糊的话语。从音调上,他们辨出是日本话。他们紧张地对望一眼,两颗心几乎都提到口腔。

敌人把村子团团围住了。

拂晓,这可怕的消息传遍全村。每家都紧紧地关上门,全家人口聚到一起。天色转白,转亮。大群的日本骑兵从四面八方驰进村庄,望空放了一阵枪,然后跳下马背,把马拴到一边,用牛皮靴子到处乱踢人家的街门,恶声叫唤全村的人到村头旷场上去集合。

村人无可奈何地去了,赵区长和谢三财也混在人群当中。骑兵乱烘烘地闯进每家搜索。他们搜到驴栏、厕所、草堆,又翻箱倒柜,把银钱首饰不客气地塞进衣袋,连女人的绣花红鞋也变成互相争夺的宝贝。

旷场上,翻译官"丧门神"带着死的阴影出现。他是这一带乡民最恨的人。驴脸,八字眉,棒锤鼻子,眼皮又厚又重,永远耷拉着。他很少笑,脸色阴沉得可怕。他的整个神态活像个吊死鬼,因此得到"丧门神"的绰号。

丧门神遵从一个络腮胡须日本军官的指挥,把村人分成男人、女人和小孩三队,绕着每队转了一圈,细心地观察每人的脸色,最后停在男人队前,冷冰冰地说:"昨晚上你们可辛苦了!大冷天,跑出十来里地去破路,真真难得!可惜有人告了密。想知道是谁么?拴儿——一个叫拴儿的孩子。"

他的厚眼皮往上一翻,眼光迅速地扫过众人,冷冷地停逗在赵区长的脸上一刻。这张多纹的粗脸生起轻微的痉挛。丧门神继续说:"拴儿报告了破路的诡计,还说区公所就在这村。今天咱们专来拜访区长。你们说出区长是谁,就可以回家。"

百姓都不作声,眼睛直盯着丧门神,面部凝滞着不可捉摸的表情:恐怖?愤怒?仇恨?

丧门神用手一指地,对一个十六七岁的青年说:"过来!"

青年怯生生地走过去,垂着手,两腿微微地抖颤。

丧门神黑着驴脸问:"谁是区长?"

没有答话。再问,还没有。丧门神的眼骤然一瞪,大声喝道:"怎么,你不说!他妈的,给我脱下衣服来!听见么?脱——下——衣——服——来!"

青年倒退两步,慌乱地脱光膀子。早晨的寒气侮弄着他褐色的肌肉,大粒的鸡皮疙瘩一时涌出来。丧门神却又喝道:"裤子也脱下来!"

青年不肯听从了。丧门神把嘴一噘,一个日本兵便抢上去强剥。青年抱紧裤腰,死命地抵抗,日本兵大笑着向下乱扯,结果把裤子撕下来,一个差不多完全赤裸的躯体暴露在风中,瑟瑟地发抖。羞耻,气愤,同时煎迫着那青年。他用两臂掩着脸,呜呜地哭泣。这引得日本兵和络腮胡须军官高兴地大笑,连丧门神的嘴边也弯起两道弧纹。另一个日本兵兴趣更浓,从井边提来一桶冷水,朝着青年兜头泼去。青年叫了一声,四肢痉挛地缩做一团,牙齿大声地互相击撞,叫着骂道:

"操你祖宗!我操你八辈祖宗……"

骂声未完,一把刺刀插入他的肚子。清冷的朝气里泛起一阵难闻的血腥味。青年的肌肉生起疼痛的颤栗,全场的空气也在颤栗。丧门神不经意地翻了翻白眼,厚眼皮子重新耷拉下去。他掏出洁白的汗巾擦了擦鼻涕,又对一个中年的农民冷冰冰地问:"你说谁是区长?"

那农民决绝地答道:"我不知道!"

丧门神揉起刺刀,刀尖抵住农民的咽喉,吼道:"快说,谁是区长?"

人丛中,一个激动的颤音叫:"放开他,坏种!我是区长!"

谢三财笔直地站到人群的前边。他咬紧牙,苍白的脸色具有不可侵犯的严肃,眼睛直望着东方天边,那儿,太阳一团火似的升上来,胭脂色的光彩射过平原,映红他的半边脸。

丧门神慢慢地踱到谢三财面前,端量他一番,缓缓地点着头说:"你倒是条汉子!好汉作事好汉当,这才算得起英雄——这里还有什么人呢?"

"什么人也没有。"

丧门神不信任地瘪起嘴来,阴沉的鬼脸再转向大家,装出和缓的声调说:"区长自首啦,再有什么人也自己出来吧,别让咱们费事。咱们待人向来客气,决不难为你们。"

这次,如果他的眼光从人缝中捉到赵区长,定会看出可疑的破绽。赵区长这个爽快的大汉,此刻低着头,竟像酒醉似的无力。当他听见谢三财勇敢地自认是区长时,他几乎要抢到前边,大声喊道:"他不是区长,我是区长!别人不怕死,我就怕死么?"但是,一只无形的手却把他拉住。这只有力的手便属于谢三财。今天拂晓,在他们发现敌情后,谢三财一边急迫地埋枪和文件,一边咳呛着说:"想不到,想不到,可别叫敌人把咱一网打尽!"

赵区长粗声问道:"你怕死么?"

谢三财沉痛地一笑:"怕死有什么用?早死晚死不是一样!我担心的是你。这区里工作不大好坚持,没有你,一定麻烦。我知道你顶不怕死,不过顶好不死。少死一个人,就多一分抗日力量。"

而现在,他为了保存革命的力量,更为了解救人民的性命,竟把自己献做牺牲。赵区长受到感动,鼻子酸溜溜的,急忙用手揉了揉。

络腮胡须军官走近丧门神,两个人咕哝一会,丧门神点点头,扬声对百姓说:"好啦,土匪捉到了,没有你们的事,都回家吃早饭吧——慢点!自家要认自家人一道走,不要乱了。"

于是,妈妈寻找儿子,丈夫招呼女人,一家一家人陆陆续续地走了。丧门神打开一具银质刻花的烟盒,拿起一支香烟,在盒盖上蹾了蹾纸烟的一头,送进嘴里,从容地用自来火点燃,尖锐的眼睛却一直从厚眼皮下望着村人,好像是一只捕食的野狼。他深信在百姓各自认走自家人后,旷场上定会留下几个无人认领的野汉子——八路军的工作人员。

赵区长停留在旷场上,四处转动着眼睛,不时搔搔头。他想趁着人乱时溜走,可是总找不到机会。

人渐渐地稀少,只剩十来个,八九个,四五个,末了,男人队里竟孤零零地剩下赵区长了。丧门神把烟尾朝地下一摔,快步跨上前去。就在这同一刻,一个女人扭着腰走到赵区长前,把怀里的小孩递过去,双手挽着松散的发髻说:"走吧,孩子他爹,咱们也回家吧。"

赵区长饥渴似的抱过小孩,猛烈地亲了几嘴,热切地说:"好孩子,你真是妈妈的好孩子!"然后跟随那女人一直走去。将要入村,他掉转头望见几个日本兵把谢三财五花大绑地捆起,赶着他走上不可知的道路。

从北边,从荒漠的古长城外,亚细亚的风暴又吹来了。黄色的尘头沿着原野滚来,带着呼呼的吼声,像是驰突的兽群。尘头越近越响,树木摇晃了,房屋震颤了,天色暗淡了,风暴的领域是更开拓、更辽阔,直扫过遍体创伤的沧石路,吹到遥远遥远的南边。整个大平原翻滚起来了。

临近据点,在一片风暴吹袭的梨树林里,一具尸体僵直地暴露着。从那件麻绳捆扎的短棉袄,从那顶褐色的破毡帽头,人们可以容易地辨认出这是拴儿。昨天近午,当他走向这一带传递命令时,他遭到两个武装汉奸的盘问,搜查,杀害。他们从粪筐里劫去他的枪,更劫去那件重要的公事。告密的不是拴儿,正是那张薄薄的纸。

春子姑娘

我做民运工作做了几年,有个坏毛病,就是好犯急性病。照我想,普天下那些浇着眼泪长大的受苦人,一得到解放,就该像狂风暴雨扫过后的大树林子,刷地扬起头来,迎接太阳。可碰到的事偏不一样。就有这种人,苦也苦透了,乍起首硬是不认识党的政策,倒像你要害他似的,躲着你走。我往往忍不住冒火,甚至于指责群众说:"你们真是狗咬吕洞宾,不识好人!难道看不出我是来救你们的?"有的群众噘着嘴嘟囔道:"哼,我看你是来骂我们的!"堵得我透不出气来。

这类大钉子、小钉子,我碰的也不止一次,不过给我教训最深的要算那个叫春子的姑娘。

说起来话长了。那是一九四五年的冬天,我在东北牡丹江做妇女工作。当地回民多,工作重点也就放在回民身上。有一天,早晨下着好人的"树挂"①,我呵开窗上的冰凌花一望,天空灰蒙蒙地飘着雪粉,院里的树从根到梢挂上一层霜,就像开了一片白花花的梅花似的。这种天气,最冷了。早饭后,我围上一条白羊毛围巾,走出街去,想找几家熟悉的家庭访听访听当地情形。走不几步,嘴里呵的气沾到围巾上,结成白霜,眼睛叫风吹得一流泪,眼睫毛发

---

① 东北天气冷,有时一夜间,树上挂满了霜,一片银色,这就叫"树挂"。

硬,也冻了。当时我煞一煞皮带,两手抄到袖筒里,紧紧脚步赶往马家大院去。

大院里,住着三四十家人,家家都往门外泼水,当院冻着挺厚的冰。一冬下的雪扫成几大堆,滋了许多黄尿窝子。住户有开小饺子馆的,摆小摊的,掌鞋的,捡破烂的……多半是贫苦的回民。

一进大车门,我就看出院里闹了乱子。有二三十个妇道人家站在当院,指手划脚地点着西屋,头凑到一堆,喊喊喳喳地紧谈论。一见我,好几个人招着手悄悄说道:"同志啊,你来得正好,春子又受她婆婆的气啦!"这时只听见西屋有条恶狠狠的嗓子骂道:"你哭,你哭,再哭揭了你的皮!人家养鸡下蛋,养狗看家,喂个雀也会叫两声!你可倒好,白吃我的饭不领情,还想摆款!看我送你到个暖和地方去,再叫你怕冷!"

跟着西屋的门砰地打开,那个叫春子的小媳妇被人从屋里掀出来,踉踉跄跄抢了几步,一头跌到雪窟窿里。她婆婆从后边忽地跳出来,两只大脚片,脖子底下揪了好几道红印,像头母狼一样扑上去,撕搏着往下硬剥春子的破棉袄,嘴里还骂:"冻死你这个小婊子养的,再叫你怕冷!"

当院站的那群婶子大娘们围上去,又拉又劝。我也插到当中,想拉开做婆婆的。那个泼妇乱耍着胳膊说:"不用你们管,都是你们把她惯的!今天非收拾收拾这个小杂种不可!"便下死劲撕开春子破棉袄的前襟,抓了把雪塞进她的热胸口,还嫌不解恨,又咬着牙拧了春子的脸腮一把。

我实在按不住性子了,推开那个做婆婆的,叫道:"你发的什么凶!今天是民主政府,有理说理,打人骂人可不行!"

那婆婆正在毒火头上,转过脸要对我发作,一眼看见我身上穿的制服,有点慌神,瘪了瘪嘴,吱吱扭扭假笑道:"哟,是位女同志!我们这是吵家务,哪敢惊动你!"便转过身去,对婶子大娘数落开了,净咬歪理:"你们说说,谁家的媳妇敢这样:大清早晨,饭没做熟,我去趟茅房回来一看,灶口下倒没人了。我心想哪去了呢?一找,人家小姐可会享福啦,拿瓦盆掏了盆棒子秸灰,躲在炕头上烤火呢!还想撒谎,说是给我掏的火——你一天不定几遍咒我死,谁信你花言巧语的,假装孝顺!"说到末尾几句,又咬紧牙,伸手要拧春子,见我正扶着她,恨得拿右手的食指一点说:"你就给我死在这吧,别想进屋!"扭过身朝家走去,用拳头捶着胸口,娇声娇气哼哼着说是气岔了气,走到门口却又故意提高声音说:"管天管地,管不着拉屎放屁!人家管媳妇也不让管,这叫什么世道!"

我也不睬那个泼妇,跟几个妇女搀起春子来,替她抖搂出前胸的雪,伸手一摸,她胸口冰得连丝热气都没有了。可怜一个年轻轻的小媳妇糟蹋得蓬头散发,又瘦又脏,脸上手上全是冻疮。我替她扣好扣子,解下自己的白羊毛围巾围到她的脖子上,扶她到当院一家刘大婶屋里,放到热炕头上。春子半死不活的,脸色焦黄,闭着眼一句话不说,嘴一瘪一瘪的,想哭又哭不出,憋得直耸肩膀。

满屋的人都啧啧着舌头说:"同志,你不知道,她可受罪啦!"

几句话说得春子呜的一声,伏在炕上哭起来了。

我安慰她道:"别哭了,你的事有我们作主,明天咱们找地方说理去。"

春子抬起脸,泪汪汪地望着我。我又说道:"共产党解放军就是来救大家的,你有多少冤枉都告诉我们,不好就离婚。"

春子赶紧使手背擦着泪说:"不,不,我不受气!"

我奇怪道:"不受气你哭什么?"

春子哭道:"我……我……我害怕!"

我大声说道:"这有什么怕的!鬼子、蒋介石我们一样打垮他,一个封建老太婆成得了什么精?"

春子还是说:"别,别,我怕!"接着又趴到炕上哭起来,怎么问再也掏不出半句话来,惹得刘大婶说道:"这孩子,真窝囊!有嘴没舌的,你就不会说话!"说着捋起春子的袖子道:"你们看看,把个孩子磨治成什么样子,还说不受气!一天不定打多少遍,浑身上下,就别想找一块好地方啦!"

我一看那胳膊，青一块，紫一块，又是伤疤，又是血痂子。不过到底是一股什么邪劲扑到她身上，降伏住她，叫她那么害怕？她怕的显然不光是她婆婆，还有旁的情形。

我问刘大婶她娘家还有什么人，刘大婶叹口气说："谁知她有娘没娘？光见有个爹，虎虎辣辣的不大务正，在街上做小生意。再就是个姑姑住在哈尔滨，碰巧来一趟。"

我打发个看热闹的小妞去找她爹，不大工夫，门外横着肩膀挤进个中年汉子来，青棉袍子的前襟抹得油光光的，满嘴酒气，一进屋就嚷："又是什么屁大的事，闹翻了天！我说你们老娘们都发贱，没事寻事，一天不打肉痒痒！"接着一屁股坐到炕沿上，望着他女儿说："哭什么？你就是个冤种，光会哭！叫我是你呀，给他来个蝎子掉到磨眼里，一螫一磨，看谁厉害！"

我听了，又是好气，又是好笑，插嘴说道："老大爷，这是什么话！你姑娘都快叫人打残废了，你也不出头管管！"

她爹倒说："叫我怎么管得了？嫁出的闺女，泼出的水，是好是歹，都是她命里招的！"

我沉着脸说："今天的事，你不管也得管！虐待媳妇是犯法的事，政府要出面调查。你先把春子领回家去，万一有个差错，问你要人。"

我看出她爹心里一百个不高兴，碍着我的面，又不敢驳；他只好对他姑娘酸溜溜地说道："好吧，好吧，起来跟你爹回家去！闹不好咱们打离婚，往后人家要嫌你二河水，没主要你，就在家吃你爹一辈子！"

这一说不要紧，春子哭得更伤心。刘大婶等几个人把春子扶下炕，搀着她慢慢往外走，那条白围巾也揉搓掉了，丢在炕上。我见她穿得实在单薄，拾起围巾又替她围上去。她满脸是泪，回过头来望了我一眼，那眼神像是害怕，带着希望，又像是求救，隐藏着绝大的痛苦。

她的痛苦真是一眼望不见底。刘大婶住在本院年数久了，人又快性，盘起腿坐到炕上，对我原原本本说起春子的事。

春子是个外路人，八九岁上，她爹领着她来到牡丹江，从此落了户。爹是个酒鬼，有钱就花了，常对人说春子她妈一生下春子就死了。有时喝得晕晕糊糊的，封不住嘴，又说自己从根起没讨过媳妇，是个童男。春子从哪来的呢？爱管闲事的人背后悄悄猜测，八成是她爹跟谁养的私孩子。正经主嫌春子来历不明，不肯要，顶到十五岁上，她爹在赌钱场押牌九，输给个叫郭疤的二打流子不少钱，经人一说和，拿春子嫁给郭疤顶了账，落个皆大欢喜。

不欢喜的只有春子。猛一进郭家门，吃霉豆饼，黑夜睡觉不脱鞋袜，一天到晚得伺候人家。一个眼色不到，婆婆把脸一沉，大烟袋锅子没头没脸打下来。

提起她婆婆，可刁啦。两只大脚片忽扇忽扇的，整天串门子，专说媳妇的坏话。串够了，回家就找错。饭晚了骂，早了也骂，做多了骂，做少了又骂。阴天下雨不出门，在家净闹病。不是腿痛，就是肚子痛，躺在炕上直哼哼，叫媳妇给她捶腿、揉肚子。伺候得一不顺心，一脚把媳妇蹬个斤斗，坐起来指着媳妇骂道："小死没良心的，天生不是正经路数！我知道你看着我碍眼，弄副毒药把我毒死算啦，好倒地方给你们快活！"等儿子从赌钱场回来，就媳妇长媳妇短地诉起冤来。碰上郭疤赌输了，没好气，脱下鞋，揪住春子的头发按到地上，砰啪就是一顿鞋底。

郭疤的心计鬼，巴结起个人来，顺风转舵，可会说桌面上话。你看他三跳跶、两跳跶，不知怎么跟伪满警察局勾搭上一条腿，混上个小差事，谱气摆得天大。有一天傍晚，他忽然领回个妖妖娆娆的窑子姑娘，立逼着春子搬到灶口底下睡，腾地方给新人。春子憋着一肚子委屈，蜷在灶口底下哭了一宿，天亮去找娘家爹爹给她做主；她爹一听火了，领着闺女来讲理，一进门，那个窑子姑娘管他叫了声爹，骨头先酥了，女婿又让他坐到上座上，陪他喝了几盅，那酒鬼身子就驾了云，早把闺女的事丢到脑袋后去。

春子坐在灶口下给人烫酒,眼泪哗哗的,都滴到酒壶里去。自己前世造下什么孽,这辈子受这大磨难!爹不务正,男人也不务正,想想将来的日子,一步一个陷坑,这日子可怎么过?哈尔滨倒是有个娘家姑姑,一个姑表兄弟当泥瓦匠,都还疼自己。去找他们吧,道远,哪来的盘费钱?想来想去,越想心越窄,倒不如两眼一闭,死了干净。她立起身,迷迷荡荡走到街上,也不辨东南西北,随着人流瞎走,两眼直瞪瞪的,什么也看不见。一辆粮车迎面赶过来,赶车的紧吃呼,她也听不见,叫大骡子撞了一跤,也不知道痛,爬起来还是走。走着走着,耳朵旁响起一片水声,吓得一看,怎么走到大江边了?也许自己真是该死,鬼使神差,就来到这了?她孤孤零零坐在大江边上,想一阵,哭一阵,哭一阵,想一阵,最后把心一横,撩起衣裳蒙着脸,一头投到江里去……

她失踪几天,婆婆家的人可松心,找也不找。死就死她的!死在外边,还省下一套凯番①来。五天头上,她爹忽然把春子送回来了。你看她憔悴得三分像人,七分像鬼,倚在门框子上也不敢进屋,低着脑袋,吧嗒吧嗒直掉泪。

她爹一进门,朝女亲家作了个揖说:"亲家,没别的,闺女是我的,媳妇是你的,大错小错,看在我面上,你多包涵着点!"

她婆婆把嘴一瘪,哼了一声,麻搭着眼皮说道:"我可不敢担!你闺女那个身份,我们老郭家实在不敢攀,还是你领回去吧!天长日久,万一有个好歹,我也赔不起她那个宝贝命!"

她爹又是一个揖笑道:"得啦,亲家,别叫我为难啦!该打该罚,你看着办吧,谁叫我养下闺女不会管教呢!"就朝窗外拥着脖子叫道:"春子,还不给你婆婆端茶来!"

春子两手捧着碗滚开的水,像老鼠见了猫似的,骨头都软了,颤颤哆嗦地送到婆婆跟前。婆婆把开水往她脚上一泼,咬着牙骂道:"小养汉老婆,你这几天跑到哪去啦?还有什么脸回来见我!"

---

① "凯番":就是白布。回民死了,不用棺材,而用白布缠起来,举行土葬。

春子烫得哎呀一声,咕咚地跪到炕沿儿里,才哭了一声,她婆婆一拍桌子喝道:"你给我闭嘴!"吓得她赶紧憋住声,紧抽着鼻子,浑身乱颤。

她爹看着实在过意不去,净陪不是说:"亲家,你何必跟她一般见识!要说做贼养汉,你媳妇也不敢!我是从医院把她领回来的。昨天就有人对我说,报上登出了:有个女人投了江,叫走船的救出来,送到官家医院去。我疑惑是她,跑去一看,不是她是谁!"

她婆婆一听更炸了:"好啊,你还用死来吓唬我!自从进了郭家门,哪点亏待你!你倒抛头露面,寻死觅活的,我老郭家的脸算叫你丢净啦!我说亲家,咱们有话讲在明处,往后你闺女要真有个三长两短,可别找我打人命官司!"

她爹连连应道:"好,好,好,是死是活,我一概不问!"

刘大婶讲到这,脸都气红了,说一句拍一下炕席道:"你说春子这日子,往后可怎么过?"随后喘了口长气,接下去道:"谁知人家孩子命大,油锅刀山都滚过来,活到今天!自从解放军到了牡丹江,她男人做贼心虚,跑到哈尔滨去,那个窑子娘们也溜了。我儿次对春子说:你还不去伸冤告状?那孩子,真是死心眼,叫人气破肚子,连吱声都不敢吱声,照样受气,说起来就是认命!"

刘大婶这番话可真把我气破肚子了。我气她婆婆,气她男人,也气春子。人家要带她往光明大道走,怎么她前怕狼后怕虎的,不敢迈步。

第二天一早,刘大婶忽然急急忙忙跑到妇女会来,见了我的面,把两手一拍,又往左右一张说:"你看春子,夜来黑间又跑回她婆婆家来了——这不是灯蛾扑火,甘心找死么?"

我变得有点不耐烦,当时派人把春子从她婆婆家要回来,领到妇女会。原想说她几句,一看她那可怜样子,心就软了。叫她坐也不坐,倚在门上,低着头,眼皮都不敢抬,味拿手捽她脖了上那条白围巾。

我把声调放平和说:"春子,你是怎么回事?怎么愿意回去受罪?"

春子的头更往下低,吭哧吭哧地老不搭腔。

惹得刘大婶急躁起来,催她道:"同志问你话,倒是说呀!谁知是谁捏出你来,也不给你安个心,就是那泥胎子!"

这一说把春子说哭了,揪着袄袖直擦泪。我觉得她实在可怜,牵着她的手,拖她坐到炕沿上,摇着她的肩膀哄怂她道:"别哭啦,别哭啦,有什么委屈都告诉我!"

问了好几遍,她才低着头小声说道:"我是害怕……"

我便问道:"怕你婆婆?"

她憋了一会,又小声道:"我怕一离婚,丢脸!娘家也没有妈妈,靠谁去?"

刘大婶说:"靠你爹呀!"

春子抹抹泪道:"我爹夜来领我一回家,直摔打碗筷,见了我就叹气。我心想:要是同志们一走,我不更受气了?还不如先回去好……"

我的心忽搭地打开扇窗户,立时透亮。想不到她是怕离婚!怕丢脸!怕没有靠头!真是石头脑瓜子,不开窍!当时忍不住说:"这有什么丢脸的!离了婚,你就参加革命!"

春子抬起脸来,脸色又呆又木,望望我,又望望刘大婶,似乎不懂我的意思。我又补充说:"你想想,参加工作还不好?"

她又低下头,用指甲掐着炕席,半晌半晌,窝窝囊囊说道:"我想还是到哈尔滨去找他——他要是不要我,就算了。"

我一时没弄明白她的意思,刘大婶早尖起嗓子说道:"痴丫头,你敢情是痰迷心窍啦!找他做什么?还没挨够你男人的揍!"

我睁大眼睛瞪着春子,不知说什么好。这个人,骨头肉都快叫人撕搏烂了,我们要替她打开封建牢狱,放她出来,她可好,灵魂里浸透三从四德一类思想的旧毒,找根绳又把自己绑起来,宁愿受死。我怎么能见死不救呢?就给她讲起旧社会的坏处,以及新社会的婚姻问题等等大道理。讲得唾沫都干了,她呢,闷着头不声不响,全当耳旁风。直到许久以后,我才懂得了她当时的心情:原来她脑子里填满了"嫁鸡随鸡,嫁狗随狗"!又是什么"好马不备双鞍鞯,好女不嫁二夫郎"一类废话。

我说她不听,心里也有点烦,只好先叫她住在妇女会。她的心情更坏,一天家直瞪瞪地,坐着发呆,再不就是睡觉——真是个愁。正赶着我给上级汇报工作,顺便把春子的情形说了一遍。那位上级笑着批评我道:

"同志,你又犯了急性病!要知道,旧的统治虽然打垮了,旧的思想却在群众里留着很深的宿根,一定得经过长期的斗争才能铲净。群众的解放,也要靠自觉自愿,要是他们不觉悟,你就得适当地等候他们、启发他们。你处理春子的问题,完全抱着恩赐观点,好像自己是个侠客,光想用强力把这个弱女子救出来,不碰一鼻子灰才怪。春子是落后,你就得顺着她的道慢慢地来……"

隔一天,恰巧我有事要到哈尔滨一个回民工作队去住个把月,便带着春子一块去找她男人。

在火车上,春子变得有点活气,常常从眼梢悄悄看我,有时拿着古里古怪的话来问我。当中曾经问我有妈没有。我告诉她有妈,在关里老家。她惊奇地睁大眼说:"怎么人家都说共产党没爹没妈,天生是群野种!"

她已经从爹嘴里知道她男人在哈尔滨车站附近开小馆,一下车,我们提着行李直接找去。节令靠年根了,这天正下着鹅毛大雪,飘飘扬扬的,倒不怎么冷。街角停着辆爬犁,上面坐着个上年纪的车夫,浑身落着层雪,眉毛胡子都是白的,一动不动,像个雪人。我们走进饭馆,一阵暖气扑到脸上,赶紧搁下行李,拍打身上的雪。柜台后走出个中年妇女,拿着把笤帚,殷殷勤勤地帮我们扫雪。

春子怯生生地问道:"你们这有个姓郭的没有?"

那妇女先当是来了买卖,一听说找人,住手不再扫雪,斜着眼紧端量春子,一面提高声音说:"你出来看看吧,有人找你呢。"

后屋应道:"谁?"一撩白布门帘走出个油头滑脑的汉子,嘴角有块月牙形的刀疤,不用说,这就是郭疤那名字的来源。他见了春子,有点发慌,瞟了那妇女一眼,假装不认识说:"你有什么事?从哪来的?"

春子垂着眼皮,小声说道:"我是春子,你认不出我来么?"

郭疤道:"什么春子冬子的,你八成认错人了!"

春子急得眼泪汪汪说:"剥了皮我也认识你的骨头,怎么会认错人呢!"

郭疤变了脸说:"你认识我,我可不认识你,这才怪呢!于今是新社会,别放赖讹人!"

春子哭起来了,一句话也说不出。我走上去问道:"你当真不认识她么?"

郭疤欺我也是个女的,把两手一摊,嘴更硬:"不认识就是不认识嘛,有什么真假!"

我气得高声说道:"好,好,你认不认识,自己心里明白!这件事,反正你搪不过去,有地方跟你说理!走,春子,咱们先回去!"

春子早哭成泪人了,抽抽咽咽的,前胸湿了一大块。好不容易搀她走到街上,她再也支持不住,腿一软,坐到雪地上去。我喊车子,那个赶爬犁的车夫抖抖身上的雪,鞭子一扬,赶过车来。我把春子扶上车,回头去取行李,那个中年妇女一把鼻涕一把泪的,正跟郭疤哭着闹呢。

春子随我到了回民工作队,一头倒在床上,拿被蒙着脑袋,饭也不吃。我料理料理事情,再去看她,她的两眼肿得像烂桃,牵着我的手说:"同志,我当你也不理我了!这个世上,除了你,还有谁疼我!"

我说:"疼你的人多着呢——你不是还有个姑姑在哈尔滨?"

她摇摇头说:"你看我弄得婆家婆家不要,娘家娘家讨厌,丢人现眼的,哪有脸见她!"

我便笑道:"你不见她,她可要见你呢。"

说着,她姑姑已经随着我派去的人来了。这是个心慈面善的老大娘,头上脚下,收拾得挺利落,身后跟着个方头大脸的小伙子,是春子的姑表兄弟。

春子一见她姑姑,什么不说,把头钻到姑姑怀里,呜呜地只是哭。姑姑摸着她的头发,掉了几滴泪说:"好孩子,别难过了,哭得你姑姑也心酸!你不知道,你那黑心眼子的男人早跟饭馆掌柜的他老婆勾搭上了,掌柜的一死,就顶了窝!事到于今,干脆跟他离婚算啦!"

要离婚,在春子这方面也是苦事。她姑姑替她作主,我又三番两次开导她,她心里才闪了点缝。临到要办离婚手续,郭疤那家伙又讨起好来,对春子净说好听的,弄得春子哭了两天,差一点又不想离开他了。

离婚以后,我留春子住在回民工作队里,经常叫她帮同志们出去做点群众工作,有意给她些磨炼。起初她还上紧,一来二去,显得松了,整天恍恍惚惚的,常跑到她姑姑家去,再不就坐在墙角想心事,半天半天不开口,像个木头人。我明白她的思想正起着斗争,一时又难明白到底是些什么思想缠绕着她。

有一天晚间,我赶写一篇工作报告,直忙到十点左右,觉得有点冷,搁下笔搓搓手,站起来要添炉子,一回头看见春子坐在我的床上,悄悄地,望着灯影发呆。

我笑道:"哎哟,吓了我一跳!你几时进来的,连点动静也没听见。"

春子笑了笑,怪不自在,看得出是有满肚子心事。我往炉子里加着煤,拿话引她道:"春子,你怎么老是愁眉不展的?是不是离了婚,还是怕人笑话?"

春子红着脸说:"不是,不是。那件事,我早想开了。我是想……"话到嘴边又咽回去了。

我用鼓励的口气对她道："说吧，说吧，有话别烂在肚子里，憋得慌。"

她低着头，拿指头乱划拉着床说："我是想问你，你们是不是就那样过一辈子？"

我问道："就怎样过一辈子？"

她说："就像断了线的风筝似的，吃饱饭就颠着脚后跟绕街跑？"

我说："人家是做工作呀，也不是瞎跑！"

她勉强说："是也是，不过老娘们也有老娘们的事，一天家不做饭，不做针线，光串门子，到老算个什么！"

我忍不住笑道："你说咱们妇女应该关在笼子里么？"

她像怀着鬼胎，偷望了我一眼说："我不是那个意思，要都像我关在笼子里受罪，活得有什么滋味？不过……不过女人家还得生儿养女……"便背过脸去，神气挺不自然地说："我有孩子了。"

我睁大眼问道："几个月啦？"

她支支吾吾应道："哪知道呢？横有五六个月了。"

我发急道："嗐，你怎么不早说！五六个月还不休息，尽自跑路怎么行？"便低着头寻思应当怎样安排她。

她吞吞吐吐先提出来道："你看……我回姑姑家好不好？"

这句话，明明是她早想好的。现在，我才看清她的思想。这一程子，她的亲身遭遇，以及革命的熏染，给她在思想上点起盏灯，也算认清了旧日的痛苦，可是又不能完全从旧思想里摆脱出来，依旧有点留恋家庭生活，硬拉着她走又是急性病。既然有了孩子，让她先回姑姑家也好，就答应她了。

第二天过午，她姑表兄弟叫了辆"斗子车"来接她。我拉着她的手送到大门口，她却像做了对不住我的事，垂着眼皮，连望都不敢望我，好几次想说什么又吞回去。车夫吆着牲口跑起来了，她才掉过脸来瞟了我一眼，眼泪转在眼圈里，露出恋恋不舍的神气。她虽说走了，她的心明明还依恋着这个革命的大家庭。

我望望她,又望望她表兄弟那宽阔的背影,觉得这两人配在一起,倒是天生的一对儿。于是在心里替春子画出一幅幸福的生活来。

转眼过了年。我把应办的事都办完,准备回牡丹江去。自从春子走后,我的事情太忙,老分不开身去看她。她来过几趟,碰上我不在屋,也没遇着。我打算在走前找她谈谈。

当时国民党反动派在东北进攻得正急,特务的活动也较比凶。这天吃下午饭时,饭桌上有位做公安工作的客人,谈起一件昨天晚间新破的特务案子,说有个小学校长借着小学生的嘴散布谣言,说什么共产党呆不长,国民党快进哈尔滨了! 我们去逮他时,恰巧他正召集喽啰们开会,一家伙堵住四个。有个特务想跳窗逃跑,当场叫战士一枪撩倒——这个坏蛋叫郭疤。

我一听郭疤两字,吃了一惊,正想追问追问,有位同志先问起破案的经过。

那位客人咽下口高粱米饭笑道:"还不是依靠群众。是个姑娘给报的信——那人挺窝囊,倒能做点事。"

我的心一跳,立忙问道:"你说那姑娘是不是脖子上围着条白围巾?"

客人睁大眼说:"是啊!"

我又问道:"她的名字是不是叫春子?"

客人更加惊奇,连连点着头说:"不错,不错,就是春子! 你怎么知道?"

我笑起来道:"我是猜的。"便胡乱吞下碗饭,撂下碗筷就走。那心情,就像庄稼人看见自己亲手种的谷子出苗秀穗一样高兴。

工作队的同志取笑我道:"看你慌的,提起春子乐都乐饱啦!"

我头也不回,大声说道:"我要看看她去!"一面走一面解下帽子耳朵,戴上手套,穿过后廊,来到前厅,握着把手打开前门。

门口立着个人,正是春子。

我欢喜得不行,上去挽住她的胳膊,拉她走进我的屋子,让她坐在炉子前烤火，一边不住嘴地说道："想死我啦！想死我啦！我正要去看你呢。你做的事，我刚听说了，到底怎么回事，快说给我听！"

原来春子她姑姑住在个大杂院里，楼上就是那所小学。这些天，院里男的女的一碰头，交头接耳地净谈些没根的谣言。春子心里犯疑，问她姑姑道："是谁说的，国民党要来了？"她姑姑悄悄说道："你可别传出去呀！是楼上小学校长说的。"春子听了，心里翻腾老半天，想去报告，又怕连累了亲的厚的；不去吧，共产党救了自己，怎么能背人家呢？再说，国民党要真来了，穷人不又要打到十八层地狱去……

我截住她的话头问道："你事前知不知道郭疤也是他们的一伙？"

春子道："哪想得到呢？只说他坏，谁知他坏得狗都不闻！"

我望着她的脸又问道："你可怜他么？"

春子把牙一咬说："我恨透他了！光糟害我不算，还跟反动派勾着糟害大家！依着我的意，就该一锥子一锥子扎死他！"

这几句话说得又脆又响。这个我曾经认为思想落后的姑娘，早先浸在苦水里，只是怨命，眼时明白了痛苦的来源，懂得了恨，到底像棵狂风暴雨扫过后的树木，迎着太阳昂起头来了。

她又迟迟疑疑说道："我还是想参加革命，不知你们还要不要我啦？"

我不禁问道："你姑姑待你不好么？"

她轻轻叹口气说："好是好，可是大伙老提媒，要把我许给我表兄弟……我姑姑疼我疼得要命，看那样子，我猜也是想要我当她儿媳妇。我觉得自己就是口菜，走到哪儿人家都想吃你。我靠这靠那，归根到底哪也靠不住，还是靠共产党，才有指望。"

我顿一顿说："可是你肚子里的孩子怎么办呢？"

她的脸忽地变得通红，又羞又愧，窝囊半天悄悄说道："同志，我实在对不起你！"

我不明白她的话,她又说道:"那时候,我光想去姑姑家,又怕你不依,就听了姑姑的话,假装有孩子……"

我忍不住笑起来。想她离开我那天,留恋革命,更留恋家庭,终归走了。现时呢,姑姑的家庭并不称意,又绝了路,想必是那件特务案子更刺了她,才下决心回到革命队伍来了。她算醒过来,我也更清醒地体会了那位上级同志的批评:对群众,你要领他前进,包办命令是不行的,一定要从他原来的水准出发,采取许多步骤使他自然而然地革命化。我替春子高兴,也替自己高兴,哪能不笑呢?可是一看春子羞得脸像个紫茄子,眼泪直转,差一点哭出来,我赶紧停住笑,亲亲热热握住她的两手说:"别难受了,我是欢喜的笑,人要实心,火要空心,你实心实意要革命,谁不掏出心来欢迎你呢。"

到这,春子的故事算完了。且慢,有几桩事还应该补充补充。春子跟我回到牡丹江后,便留在妇女会做回民工作,非常起劲。不过她有个毛病,最恨"破鞋",专领着头斗争"破鞋"。她不知道这些妇女也受旧社会的压迫,只觉得她们无耻,后首才咬破口,看清道理。

一年多以后,"三查"定成分,她的母亲问题,引起了好大风波。她自己说她妈早死了,侧面却听说还活着,也有人说她是个大姑娘养的私孩子。赶巧她姑姑到了牡丹江,她跑去问,姑姑哭了说:"你生母一生下你就死了!"

我觉得事情可疑,又去找她姑姑,老大娘流着泪道:"不瞒你说,她妈是活着!当时生下她,穷得养不起,才给了她这个爹,又怕她知道自己亲妈还在,对人不好,辜负人家养育的恩情,老不敢说。"

我急得问道:"她妈到底是谁呢?"

她姑姑哭起来道:"难道你还不明白——就是我!"

我回来对春子一说,她塑在那儿半天不动,慢慢滚下两滴泪来,小声说道:"真是做梦也想不到,怪不得她那样疼我!我倒错疑她了。"

这事一发生,我担心春子的思想会起变化。早先她不是一再埋怨自己没有妈,没个依靠?现在有了妈,会不会又要求回家呢?春子知道我的意思后,垂着眼皮,有条有理地说道:"同志,你不要门缝里看人,看扁人了。自从参加那天起,我就把革命当成了家。救我的是共产党,教我重新做人的也是共产党。共产党就是我再生的母亲,不靠她靠谁?"

她的话又简单、又动人。我吃惊地望着她,发现这一年来光景,她从灵魂到外貌,完完全全蜕了层皮,变成另一个春子了。她的脸不再像乍见时那样又瘦又脏,长丰润了,脸腮红红的,透出青春的气色。我说出我的意见,她一抬眼皮,笑了——我第一次发觉她竟是这样漂亮的姑娘。

熔　炉

察哈尔的春天,川下的杏花开得白哗哗的,有时风一变,又会飘起鹅毛似的小青雪,盖满了山头。一连几夜,解放军紧往北开,要秘密地运动到平绥西线上,给敌人一个突然的袭击。这天黑间,五连刚来到桑干河南岸,起了大风,还挟着雪豆子,吹得人站不稳脚,一不小心就吹出几尺远。河水又深又陷,不敢徒涉,上级便命令他们临时找个小村宿营。

战士们睡定后,指导员披着块雨布,出来查哨,将到二班门口,看见有个人走出来,走几步又停下,扭回头盯着屋子,也不动。指导员从身影认出这是黄金宝,便走拢去问道:"你怎么还不睡?"

黄金宝吓了一跳,一看是指导员,又像有满肚子委屈见了亲人,想说不说,只吞吞吐吐道:"我心里发烦,睡不着。"

指导员摸摸他的头,有点发烫,就说:"你是不大精神,别尽着站在风地里。"一面领他进屋,点起灯,亲自打发他睡下,替他盖严被,随后安抚他一会,吹灭灯走出来。指导员觉得黄金宝有点反常,两只眼映着灯闪亮,好像含着泪,问他又支支吾吾地不肯明说。指导员查完哨,嘱咐哨兵几句话,回到连部,心里打起个疙瘩,总睡不稳。赶天亮,有人来报告说:"黄金宝跑了!"

这个消息叫他一惊。他翻了翻两只深黑的大眼,寻思半天,猜不透黄金宝逃跑的因由。他素来最能关心战士,天南海北,不管怎样调皮捣蛋的人,一经他教育改造,都能脱胎换骨。黄金宝先前就最难缠,壮得像车轴,门板身子,脾气拧得赛牛,说话冲人。刚在河北涞水从蒋介石的三十五军解放过来时,样样事看不入眼,光说怪话。吃饭一拿起饭碗,就龇牙裂嘴装鬼脸说:"怎么净吃小米,还不敌猪食。人家那边一天两顿面,我还嫌不合口味。"操场上操,更会挑短,笑人喊口令,不是音长,就是音短。叫他练手榴弹,故意扔到房顶上,爬上去捡,顺手偷老乡晒的红枣吃,嘴里吃着不算,还塞得满兜都是。临到帮老乡挑水扫院子,他就唧咕道:"这简直是武大郎玩鹌鹑,花狐骚!老百姓不替咱做,也就算了,何必倒替他们当长工。"

指导员叫他到一边,笑道:"我知道你是察哈尔阳原县人,家里过得好吧?"

黄金宝把鼻子一哼道:"好个屁!统共六亩破地,打的粮食交官也不够。"

指导员叹口气说:"人有本,树有根,原来你也是个苦人,怎么给敌人当了几年兵,就忘了自己是谁,也欺压起穷人来了?你在那边顿顿吃面,还不都是抢来的!谁也不愿意苦,都愿意甜,先苦后甜,甜是从苦里来的。不过凡事也有个规矩,没有规矩不能成方圆。军队里最讲究纪律,老庄稼话就叫规矩。你肚子里一定有许多意见,对我说说吧。一说出来就解决了。"

黄金宝见指导员穿得又破又旧,鞋也绽了线,哪像个当官的样子,心想这个解放军真糟糕,没大没小的,实在不成体统。一听指导员说话,冷不防可碰了他的心,木辣辣的不是滋味。但他正没好气,一扭头道:"说有啥用?行军走路,一说出来,你能把我背到么?"

黄金宝穿着双牛皮靴子,蹩拉蹩拉的,走路确实苦。有一次行军,不到二十里地,早冒了汗,脚也硌得生痛。要进村,班长说:"帽子戴正!"他偏把帽子一歪道:"还戴帽子呢,命都顾不上了!"班长又说:"扣上扣子!"他更嘟嚷道:"扣扣子?皮能剥下来,我还要剥皮呢!"气得班长回过头问:"你捣什么乱?"他索性撒起赖,一屁股坐到地上叫:"我的爷爷天呀!我再也挪不动步了!"

许多战士都要帮他背东西。也有人看不顺眼,冷笑说:"你看他倒壮,原来是绿豆芽,长一房子高,也是菜货。你不走怎么办?"黄金宝发拧道:"爱怎么办就怎么办,反正我不走了!"

正僵着,指导员赶过来说:"让他歇一会吧,我陪他后尾走。"又端量端量他的牛皮靴子,摇摇头道:"你穿这个累赘玩意,怨不得吃力。"便从自己背包上拿出双半新不旧的布鞋,对拍了拍土,递给他说:"换上这个就好走了。"一面动手替他解皮靴带。

黄金宝倒弄得怪难为情,连忙说道:"我自己换,我自己换。"他常听人谈论,指导员怎样舍不得吃,舍不得穿,舍不得花,省下的都帮助了同志,自己净拾旁人扔的破鞋,缝好了再穿。原先他不大信,看起来竟是真的。黄金宝像个做错事的孩子,自知对不起人,眼也不敢抬,急急换好鞋。队伍正在前进,指导员早把两只皮靴带结到一起,把靴子搭到肩上,拿过他的枪说:"咱们也慢慢走吧,到村里我给你买点麻花吃,找点水喝,就有力气了。"

这一天,黄金宝再没掉队。他长得尽管像车轴,可是长行军还不惯,咬着牙走了七十里地,赶到宿营地,腰又酸,脚又痛,身子一沾炕,呼呼地睡了。睡着睡着被人摇醒,只见指导员笑着立在炕前,替他端过饭来。他觉得两脚好轻松,揉揉眼一看,不知谁早替他脱了鞋袜,烫了脚,脚掌子磨的水泡也挑破,上了碘酒。他望望脚,又望望指导员,指导员笑道:"这是同志们帮你洗的,一烫脚,明天就能走了。"

黄金宝心里这一阵难受,说不出是什么滋味。千年的石头万年的娘,在家里,娘对他也不会这样体贴。人心都是肉长的,同志们这样亲,哪能叫他不感动,忍不住掉下了眼泪。指导员劝道:"你还有什么为难的事,大家都能替你办,先吃饭吧。"

班里的同志也一齐说:"吃吧,吃吧,走了一天也饿了,何必多想心事。"

房门槛上坐着房东老太太,身上穿的补钉摞补钉,颤巍巍地说:"这个同志想是新出门。你要不嫌弃,我还剩点酸树叶,拿给你就饭吃。腌萝卜都叫该死的'中央军'给我抢光了。"

指导员忙道:"不用费心,老大娘,咱们有菜。这个村看起来烧得不轻,你倒说说是怎么糟害的?"

老太太就咬着牙,点着指头骂道:"还不是头年冬天闹的!那些'中央军'一进村,就叫:点火,点火!一点火,风呼呼的,房子冒着黑烟,眼看家当烧成灰,也不许救!跑不迭的,活逮走,到今天也不知是死是活。我一个快进棺材的老绝户,也给我抢得溜光馨净,只剩一条破棉被。你们再不来,没法活了。"

黄金宝擎着饭碗,一句句话都刺进他的心。两年以前,国民党军队也是这样闯进他的家,乱抢乱翻,临走要抓他。爹护着他,叫人打伤肋巴骨,以后吐血死了。他被抓到军队里,一天一天,竟忘了这个仇,糊里糊涂混下去。看起来,他真忘了本,对不起家里的老娘,也对不起眼前这些同志。他把饭碗往炕上一蹾,没头没脑地叫道:"指导员,你看着吧,往后我再不学好,就不是我娘养的!"

从此,黄金宝果真变了个人。在解放军这个大熔炉里,他先前被埋着的阶级觉悟,一下子挑出来了。这时是一九四八年春天,眼前这次行军,正是华北的一支解放军向察南挺进,对敌人实行反攻的伟大行动。黄金宝夹在进军的行列里,跋山涉水,越练越强。二十四五正当年,思想再一开窍,力气真赛半匹牛,一路光抢着扛机枪身,脚后跟裂了,用线缝,用面抹,也不叫苦。可是到察南后,阳原一解放,他添了件心事,背着人常常发愁。有天晚上,他梦见他娘哭着对他说:"人家不把我当军人家属看待,还当成顽属,饿死也没人管!"他一下子惊醒,揪心一样痛。以后接连几夜,老做这个梦,实在忍不下去,就想开小差了。这夜在桑干河岸上,班里的同志睡得正甜,他听着外面风搅着雪豆子,打着纸窗,盘算来盘算去,要走,又舍不得这个亲亲热热的大家庭。他的胸里好像有两只手,一只往东揪他的心,一只又往西揪,痛得不行。他走到门外,遇见指导员,真想抱着指导员大哭一场。指导员安抚他睡下,昏昏沉沉当中,他娘蓦然又显现在面前,流着泪说:"我就要饿死了,你再不回来,永世也见不着娘的面了!"他这一惊,出了身冷汗,穿上衣服往外就走,望着连部又痴痴地呆了一会,末后想道:"走吧,那个家还是比这个家亲!"便把心一狠,掉头钻到大风里去。

第三天拂晓,部队出现在平绥路上,包围了怀安城。总攻的前一刻,指导员坐在战壕里,正在争取片刻的歇息,有人从沟沿上扑通地跳下来,也不说话,拿胳膊挡着脸就哭。

指导员吃了一惊道:"黄金宝,你这是怎么的啦?"

黄金宝哭得喘不过气来,断断续续说道:"处分我吧,指导员!我对不起你……对不起同志们!"

指导员和和气气道:"你也不用这样难过,谁能不犯错误。孩子在娘肚子里,踢得娘痛,也是错误。知过必改,就是男子汉大丈夫。"

黄金宝还是哭道:"我老惦着我娘,村里一定把她当顽军家属看,给她气受。我跑到半路,有个人问我道:'你是不是开小差的?'我说:'我怎么会是开小差的?'心里可难过地哭了……这多不光彩,多对不起革命!我思前想后,又找回来了。"

指导员噢了一声说:"这个事又怪我了。明天咱们就写信给你村里,告诉他们你参加解放军了。其实就是伪军家属,照共产党的章程,也能分到地,不会受欺负。"

黄金宝猛然止住哭,挺起胸膛,两眼闪闪发亮,直盯着指导员道:"指导员,我要求火线上立功,将功赎罪!"

总攻的炮火响了,轰隆轰隆,尘土遮蔽了怀安城。步兵在炮火的掩护下,也发起了攻击。黄金宝给指导员敬了个礼,回身跳出战壕,随着队伍冲进猛烈的烟火里。十分钟后,城头上竖起一面飘展的红旗,战士们登城了。勇敢的旗手正是黄金宝。

雪花飘飘

前　言

　　桃树爷爷是个说故事的能手，一辈子走南闯北的，阅历多，肚子里什么蹊跷事儿都掏得出来。村边上有一片桃树林子，林子里有两间小房，刷着白粉墙，桃树爷爷就住在这儿，专经管合作社里的果木。就为这个，孩子们都叫他桃树爷爷。

　　桃树爷爷有件时刻不离身的爱物，那就是支唢呐，不知跟爷爷做伴做了多久。桃树爷爷吹唢呐也真吹得好，不但会用嘴吹，还会用鼻孔眼吹，一吹起来引得孩子们成群打伙地围着他转。

　　孩子们最着迷的还是桃树爷爷满肚子的故事。春天，桃花盛开，红艳艳的，简直是半天空落下来的一片云彩。你常常会看见老人家坐在桃树底下，身前围着群孩子，眼睛直竖竖地望着桃树爷爷的嘴，任凭那些做娘的喊破嗓子，叫孩子们回家吃饭，孩子们也不动弹。到冬天，日短夜长，一到晚上，桃树爷爷的热炕头更恋人，差不多总是挤满了听故事的孩子。要不是爷爷撵他们早点回去睡觉，听到天亮也听不烦。

　　这一天傍晚，天阴上来，一会掉了雪花，飘飘摇摇地，雪花一阵比一阵密。桃树爷爷心想，"下雪了，不会有人来了。"早早掩上门，从灶坑里掏了一瓦盆棒子秸火,端到炕上,也不点灯,守着火盆烤火。刚抽了半袋烟,门咕咚地推开,扑腾扑腾跳进两个小小的黑影。桃树爷爷一听,听出是小满和小牛,却故意不言声。

小满问:"桃树爷爷,你睡了么?"

桃树爷爷呼噜呼噜打起挺响的鼾声来。

小牛悄悄说:"是睡了,咱们走吧。"

小满说:"没睡,没睡。睡了还抽烟?"一面爬上炕,凑到爷爷的脸跟前一望,咯咯笑起来:"我说没睡嘛,眼还睁着呢。"

爷爷说:"没睡也不给你们讲故事。"

小满拉着老人的胳臂摇晃说:"你讲一个吧,讲一个我们就走。"

爷爷说:"好好,别缠我,我讲一个。"又盼咐小牛说:"你点个亮,别摸着黑说瞎话。"

小牛点上油灯。桃树爷爷想了想说:"一家子,有个妈妈和个孩子……"

小满怕是编派他,赶紧问:"孩子叫什么?"

桃树爷爷笑着说:"你不用怕,反正不叫小满——人家叫百岁。乖乖地,就听我说说小百岁千里寻父的故事吧……"

本　题

话头要回到一九四五年的冬天。那一年日本鬼子刚败了,百岁家在北京西面的山边上,穷得连指头顶大的地皮都没有,活不下去,只得跟妈妈冒着寒天大雪,到口外去找爹爹。百岁是个挺伶俐的孩子,脸方方正正的,两只大眼秀气得很。七岁那年,他爹曹老贵就逃到口外,一直没回家,只托人悄悄带回个口信,说是在下花园下煤窑。百岁的记性强,还记得爹爹胡子蓬蓬的,时常领他到野地去用马尾圈套雀子;又教他拿大顶,他竖不起来,爹爹就提着他的两只小脚帮忙。百岁记得最真的要算爹爹那支唢呐了。爹爹吹唢呐像桃树爷爷吹得一样绝,远近几十里,没有不知道他的。每逢到镇上赶集,见到爹爹的人老远就喊:"老贵,吹一口好不好?"爹爹准吹。吹得格外出奇的是"百鸟朝凤",一支唢呐能变出各种各样的鸟啸,有百灵,有杜鹃,有白燕,有黄鹂……连站在高枝上唱着的鸟也要止住声,歪着头,侧着眼,听入了神。

就为这支唢呐,曹老贵才惹了祸。原来日本鬼子刚占领中国那年,曹老贵怄着一肚子气,有时一个人蹲在炕头上,弄弄唢呐,呜呜啦啦的,听不出是个什么调调儿。百岁跟他的小伙伴躲在窗外,偷偷听了几遭,百岁忽然懂了,隔着窗子叫起来:"爹呀,我知道你吹的什么啦。"

爹爹在屋里问:"你说我吹的什么?"

百岁说:"你是用唢呐讲话。"就单腿跳着,拍着巴掌念起来:"日本鬼,喝凉水,喝饱了肚子,挨枪子!"

起先曹老贵只是背着人吹,吹常了,胆子越来越大,有一回竟在集上当着多少人吹起这几句话来。你想想,集上什么坏人没有?一传传到日本兵耳朵里,当场开了枪抓人。曹老贵连家都没敢回,从此逃到口外去,一晃眼就是七八年。

百岁母子动身那天,妈妈舍不得走,一步三回头,走一会坐下,又走一会又坐下。

百岁说:"妈,你是不是走不动?我背你好不好?"

妈妈苦笑说:"傻孩子,别说儿话了,你怎能背得动我?你看那边来了辆大车,去说几句好话,看能不能让咱坐一段路?"

百岁一看,旁边一条岔路上果然来了辆骡车,上边满装着沙锅。赶车的是个粗眉毛的壮汉子,侧着身子坐在车辕上,粗声粗气吆着牲口。

百岁连忙跑到岔路口上,迎着骡子叫:"大叔!大叔!你是不是到城里卖沙锅去?"

赶车的勒住牲口,狠狠望了百岁一眼问:"你想坐车,是不是?"

百岁怯生生地说:"不是我想坐车,是我妈走不动了……"

赶车的把粗眉毛一皱说:"你妈走不动还不是想坐车?别那么转弯抹角的,大姑娘气。"便跳下车,拿鞭杆子敲敲他原先坐的车辕说:"坐上吧。"

百岁妈坐上车,赶车的把鞭子一摇,轰着牲口往前走了。

百岁心想,这个人实在好,脾气可怎么这样坏?好像肚子里装满了气,一碰就炸。一路上,百岁总想找话说,可是赶车的只告诉百岁他叫老边,再多就不大爱吭声。一听说百岁要到下花园去找爹爹,不知怎的,老边忽然来了活气,连连说:"去吧,去吧,下花园跟这边可不一样。"

百岁觉得纳闷,问道:"会不一样么?"

老边变得挺古怪,四下望望说:"呵!就是不一样,那边是解放区嘛。人家说那边的穷苦人都不愁吃,不愁穿,哪像咱们这边——"说到这儿,老边冷丁变了声,气愤愤地骂:"咱们这边可倒好,一天到晚净受那些王八兔子鳖蛋的气!人嘛,谁没有个头痛脑闷的,你稍微多躺一会,东家就在窗外踢着骡子骂:'卧吧!卧吧!你就是会卧!我的草料也不是捡来的,白塞你的肚子!再卧明儿打死你吃你的肉!'"说着老边举起鞭杆子,朝着骡子没轻没重地打,一面骂:"你这个死杂种,吃人食,不说人话,打死你我连你的肉都不稀罕吃!"

骡子惊了,直着脖子,瞪着眼,往后直闪。老边攥紧缰绳,打得更凶。那骡子就挣着缰绳,乱踢蹶子。百岁妈着了慌,一滚滚下车去。这时骡子脱了缰,拖着大车横冲直撞,车轱轳正贴着百岁妈的头碾过去。百岁扑上去,从雪地上扶起妈妈来。再一望那辆骡车,百岁不觉哎呀了一声。骡子的前腿已经陷进大路旁边的雪窟窿里,摔倒了。大车也翻了过来,满车的沙锅摔得粉碎。

百岁赶紧跑过去,想帮着老边拉起骡子来。老边无可奈何地摆摆手说:"腿断了!"就抱着胳臂蹲下去,皱着眉毛发起呆来。

百岁担心地问:"大叔啊,东家知道了你怎么办?"

老边忽地站起来:"怕什么,还要得了命?"又对百岁连连挥着手说:"去吧!去吧!你还站着等什么?前面就是车站,早到'那边'心里早利索。"

百岁领着妈妈走到车站,心里老替老边担忧,不知他会落个什么结果。站上可巧停着列车,要往北开。百岁母子好歹买到两张去下花园的票,爬上车去。

百岁还是头一回坐火车,只听见耳朵旁的风呼呼响,真像飞一样。照这样子,一闭眼准到了。百岁想闭上眼试试看,一闭眼却迷糊过去了。睡了不知多久,听见妈妈对着他的耳朵轻声喊:"起来,孩子,是不是到啦?"

百岁睁开眼,懵里懵懂问,"妈呀,是到了下花园么?"

铁门外头站着个黑胖子兵,胳臂上套着条白箍,神气懒洋洋的。一听见百岁的话,转过眼来紧端量着,一面用又亲热又轻松的声调说:"下吧,下吧,已经到啦。"

百岁妈吓了一跳。这不就是大家背后骂做"白箍"的坏种,谁敢惹他?便牵着孩子躲躲闪闪下了车,想要溜走。

黑胖子兵一伸手抓住百岁的肩膀,还是那么懒洋洋地说:"打开行李。"

行李打开,黑胖子兵翻了翻,又摸百岁娘儿俩身上,一面摸,一面盘问。盘问完,把百岁一推,两只眼又转到旁人身上去。

百岁只想早一刻见到爹爹,急急捆着行李问:"妈,也不知煤窑离车站还有多远?"

黑胖子兵漫不经心接嘴说:"不远,不出五百里。"一回眼看见百岁妈那种吃惊的样子,忍不住打了个哈哈说:"怎么,远么?人家孟姜女万里寻夫,五百里又算什么?"说完,背起手,浪荡逍遥地走了。

百岁母子闹昏了,细一打听旁边的人,才知道这是青龙桥,不是下花园,车就开到这儿,再也不往前开了。百岁妈认为自己买的是下花园的票,赶紧掏给人家看。票是明明白白到青龙桥的。一问票价,旁边的人睁大眼说:"多少?到张家口也用不了这样

091

多钱!"

百岁妈觉得脑子里嗡的一声,腿一软,瘫到地上去。她腰里剩的盘缠不够吃几顿饭的,实指望一到地方能找到孩子他爹,可以有个着落,谁料想被丢到半路途中,上不沾天,下不着地,这可怎么好?

当天晚上,百岁母子蜷曲在小栈房里,冻了一宿。第二天,母子俩问了问路,慢慢往前走,想要走到下花园去。又变了天,大雪片子密密点点地漫天飞舞。百岁妈昨天憋了股急火,牙肿了。今天顶着风雪走了几十里路,又冷又饿,只觉得头发晕,再也迈不动步。百岁着了慌,往前一望,迷迷茫茫的大雪里现出一座堡子,堡子外有间孤零零的小屋,影在雪花里。百岁搀着妈妈慢慢挨到跟前,一看,不知是谁家秋收时候看场的小场房,门上挂着张破草帘子,里面有条土炕,罩满了灰尘。

百岁妈头一沾炕,便发起高烧来,一连几天起不来。

妈妈这一病,百岁的心悬了空。百岁的胆子不小,胆子大得很。过去在家里,五更半夜的,有时独自个溜到村边的桃树林子里去捉还没蜕壳的知了,捉回来分给他的小伙伴,也没害怕过。于今妈妈病倒在荒郊野外,黑夜听见风吹狼嗥,百岁却怕得睡不着觉,只盼天亮,只盼妈妈快好。妈妈可总不见好。百岁白天便拾柴禾,到堡子里向人要点烂土豆子,回来就着口破锅煮给妈妈吃。

堡子里有个老羊倌,也是流落的外乡人。见百岁母子可怜,走来说:"你们还往哪儿走啊?这里离解放区倒不远,也就是个十里二十里,到下花园可就远啦。隆冬数九的,你们又没钱,又有病,怎么走得到?依我看,孩子也有十四五了,不如找点零碎活干,也好混口饭吃,等开春天暖和了,再走也不晚。"

百岁妈流着泪答应了。过不几天,这个好心肠的老羊倌跟他东家说妥当,叫百岁天天帮着他去放羊。百岁妈刚一能爬起来,也替人家洗衣服,做针线,挣扎着赚点吃的。

百岁的东家姓齐,叫齐子仁,农民背后却都喊他做"齐善人"。

齐家有两套院子：一套青堂瓦舍的，是正院；还有一个跨院，里面有羊圈、牲口棚，再就是老羊倌睡觉的下屋。百岁除了放羊，还得挑水扫院子，常到正院去，断不了碰见齐善人。

齐善人是个五十来岁的人，红光满面，两撇刷子似的黑胡子，模样儿挺体面。他住的那一排正屋简直是禁地，平时绝不许闲杂人进去。有一天清早晨，百岁在院里扫雪，东家奶奶掀着门帘喊媳妇去给她梳头，百岁从帘缝往里扫了一眼，望见堂屋的迎面墙上供着幅神像：赤红的脸，好威风。齐善人坐在一张方凳子上，盘着腿，闭着眼，正在打坐。百岁心想："这供的是什么神呢？怎么好像戏台上出来的关公？"

百岁猜对了，正是关公。百岁没望见墙上还挂着张照片，云雾腾腾里，隐约现出一位天神来，骑着赤兔马，横着大刀。据齐善人千真万确地告诉人说，这是"关帝爷"显圣的日子，拿照相机对着天空拍了一下，洗出来就是这样，你看灵不灵？

百岁也常听人谈起齐善人的善行。人家说早先年齐善人在北京城发大财，洋钱票子堆成了山，每逢回一趟家，见到穷亲戚、苦朋友，就从腰里掏出票子一把一把送人。究竟齐善人的手腕有多大，银钱能像海样淌来淌去，谁也猜不透。不过风言风语还是有的，说是齐善人专门勾结当地的警察，造假票子。这话也不一定可靠。一个善人怎么会干这种事，岂不是活活糟蹋人么？

到今天，齐善人的心肠还是出名的软，看见谁家没有吃的，就会赶着说，"你看你！我家里有的是粮食，又不是外人，去拿去呀，客气什么？"

拿了可得还，一斗要还一斗三。百岁亲眼看见个孤老头子还不了齐善人的债，三九天被逼着脱下身上的旧棉袍子，摔给齐善人顶了账。第二天，那孤老头子死了，死在他自己的冷炕上，肚皮是瘪的，一点食也没有。

百岁寒了心，一闭眼，就看见孤老头子死的那个凄惨样子。妈妈见百岁整天站在风地里放羊，手皴得起了鳞，脚后跟裂了好几道血口子,常常摸着儿子的手掉泪说:"这不是咱久待的地方啊。"一开春,雪化了。母子俩商量商量,百岁就去找东家算工账,想往北走。

齐善人听说百岁要往北去,大惊小怪说,"哎呀呀,你的胆子有多大,敢去摸阎王爷的鼻子,北边是什么地区,你不知道?要不看你小,判你个共产党的罪名,也不冤枉。不过你也不用害怕,只要在我这里好好放羊,官府问起来,我会替你遮掩。往后放羊,也得多加小心。这些日子挺不太平,八路军常从北边窜过来,打家劫舍的,什么伤天害理的事都干——记住没有?"

这一篇话说得百岁半信半疑。

齐善人素来是古道热肠,看见地面不太平,便在堡子里敛钱买枪,还招了帮游手好闲的人,好酒好肉养着,保护地面。每隔十天半月,齐善人就要骑上快马,带着几个人,进城去会"白箍"的头目,谁也摸不清是商量什么军机大事。

风声一天比一天紧,这儿抢,那儿夺,闹得鸡狗不宁。天天太阳一落山,堡子便关上门,庄稼人也被赶着去守门。堡子外头孤零零地只丢下百岁娘儿俩。小场房也没有门,到黑夜,母子两个挡上几捆秫秸,拿棍横别着,再压上几块大石头,好歹能挡住狼罢了。百岁那个年纪,正贪睡,倒下就打呼噜。妈妈胆颤心惊的,一星半点声音就惊醒,一夜一夜睡不安稳。

有一晚上刚交半夜,百岁妈惊惊惶惶把儿子摇晃醒,悄悄说,"你听!你听!"

百岁骨碌地坐起来。门外呼呼刮着大东风,吹得满山满野的庄稼唰唰一片声响。远处噼噼啪啪响了一阵,又响了一阵。妈妈小声说:"你听!准是八路军又过来抢了。这个日子,可怎么过呀!"

百岁听了听,悄悄问道:"妈,不是说解放区好嘛,怎么还会有坏人过来行抢?"

妈妈说,"你问我,叫我问谁呢?别总是那个老毛病,询根问底的,追得人心慌。"

百岁不再问。娘儿俩坐在黑影里,又听了一会,光是风摇着小屋,呼呼乱叫,别的声音都听不见了。百岁直打呵欠,妈妈拍着土炕说:"睡吧。别熬坏了,明儿还得放羊去。"

百岁才要躺下,恍惚听见外头有零零碎碎的脚步声,又像是风吹树叶子响。正在惊疑不定,有只手拉着挡门的秫秸,哗啦哗啦响,接着有人柔声柔气喊:"老乡!老乡!开门!"

百岁妈慌地应道:"里边没有人。"

外头嗤嗤笑起来:"没有人,你是个鬼不成?不用怕,老乡,咱们是过路的,嗓子干,顺便找口水喝。"

里头还是不开门,外头就骂起来:"你不让进去,是不是?狗娘养的,给他撞开!"就有几个人撞那秫秸。百岁母子赶紧跳下炕,拿肩膀抗着。秫秸倒了,把百岁母子挤到炕角落里。

百岁挣扎着推开秫秸,看见屋里两道手电筒的白光乱晃。只听见喊:"点灯!点灯!"就有人划了根火柴,伸手去点灶头上的小洋油灯。火柴影里现出张怪怕人的脸,抹着很厚的锅灰。借着灯亮,百岁再一望旁边的人,吓了一大跳。那人胖胖的,脸上也抹得浑儿花的,嘴巴上还戴着挺长挺长的红胡子,活像戏台上的二花脸。一开腔,百岁听出刚才在门外说话的就是他。也怪,怎么这个人的音调模样,仿佛曾经见过似的?

红胡子端着枪,朝百岁母子喝道:"钱藏在哪儿?快拿出来,别费事!"

百岁妈哆嗦着说,"你瞧瞧这个破屋……连张炕席都没有……哪来的钱?"

红胡子往前逼了一步喝呼说:"你不说,呃?"朝背后站的黑脸汉子一摆头说:"给我搜!"

黑脸汉子翻柴火,揭锅,破缸底有点腌柳树叶,也泼翻了。红胡子跳上炕,拿枪挑开烂棉被,露出一口袋粮食。这是百岁妈从冬里到春里,一针一线劳劳碌碌积攒下的一点吃食,就靠着这个活命。黑夜睡觉,拿着当枕头使。红胡子见搜不到钱,捞点粮食也好,省得空着手走。拖着粮食口袋要下炕。

百岁妈急忙爬上去拦住说:"老总,你抬抬手,给留下这点吃的吧!权当积阴积德,赏给我们娘儿俩一口饭……"

百岁忽地站起身,使劲一拉妈妈的胳臂说:"你讲这些有什么用?拿就让他拿去,权当叫狼叼去了。"

红胡子一下子站住,慢慢松了拖粮食口袋的手,朝下直对着百岁,咬着牙慢慢冷笑说:"小——猴——崽——子,你——倒——乖!"说着两手飕地倒抢起枪,朝着百岁就是一枪托子,把百岁打了个趔趄。

百岁的膀子滴着血,不哭,也不叫,微微仰着脸,气虎虎地斜瞅着红胡子,眼睛里闪着蓝火。

红胡子抢起枪又要打第二下,黑脸汉子小声喊:"堡子里有动静了,快走吧!"

红胡子骂道:"小兔崽子,把脑袋先寄存在你肩膀上,下回不给你揪下来才怪呢!"便跳下炕,扛起粮食,一脚刚跨到门外,又回过头说:"告诉你,我们是八路军,没吃的来借粮食。你要敢张扬出去,哼!"说着举起枪恶狠狠地比了比,一掀草帘子跳到黑地里,跑了。

原来堡子里守夜的庄稼人听见了风吹草动,纷纷上了墙,像赶狼似的吆呼着,才把红胡子轰走。

齐善人听说百岁家遭了抢,急得什么似的,赶忙派人送来两碗米,传话说:"本来想多赒济点,偏赶上青黄不接,粮食也紧,就能拿出这点,还不还都不要紧。"还替百岁妈出主意说:"地里野菜正多,手脚勤快点,先挖些吃。到秋里,粮食下来了,要借十斗八斗也有。"

百岁妈感激得差点流了泪。从此晴天好日,百岁妈就拐着篮子去挖野菜,回来择一择,煮着吃。百岁上山放羊,也往回带野菜。有一天傍晚,百岁回到小场房里,看见妈妈躺在炕上,直哼哼。百岁有点焦急,妈妈苦笑说:"你睡你的吧。我是熬虚了。三日两头不自在,别的也不怎么的。"第二天早晨,百岁一看,吓得几乎叫起来。妈妈的头肿得有斗大,胳臂肿得有水桶粗,完全不像原样了。

百岁这一惊,飞跑着去把老羊倌找来。老羊倌看见病人那个样子,愣了愣说:"哎呀!准是吃了长虫咬过的野菜,中了毒。快到镇上去买服解毒药吃,还有救。"

百岁立刻就跑着去找齐善人借药钱。进了正院,也忘记忌讳,一直要往屋里闯。东家奶奶急急忙忙迎出来,掀了百岁一把骂:"小促寿的,你要作死啊!急头赖脸做什么?"

百岁喘的透不出气,说:"我妈……病了……头……这么大……"张着两手比了比头。

东家奶奶拿袄袖掩着嘴笑起来:"头那么大,那不成了大头怪啦?话一到你嘴里,蚊子也会变成老鹰,连个影都没有。"

百岁喘着说:"妈是病啦……求东家……借点药钱。"

东家奶奶一扭脸说:"借钱的事,我可不敢作主,等你东家打完坐,你去问他吧。"

百岁等不及,又要往屋里闯。

东家奶奶朝百岁脸上狠狠戳了一指头骂:"你的眼长到哪儿去啦,到处瞎闯。你东家正打坐,惊了他的神,你担得起?快给我滚!再不滚,看我打你!"说着从窗台上捞起根棒棰,赶着百岁就打。

百岁抹着泪跑回家去。老羊倌听说借不到钱,气得把脚一跺,想骂,又咽回去,说了句:"不要紧,我去想法。"转身走了。

百岁妈仰着脸躺在炕上,吃力地喘着,也不能翻身。嘴动了动,想说什么,又说不出。百岁爬到妈妈跟前,把耳朵凑到她嘴边上,听见妈妈在嗓子眼里咕哝说:"孩子呀……你妈不能带你去找爹爹了!妈要死了……妈舍不得你呀!"

百岁喊:"妈!我也舍不得你,你可不能死!"

百岁妈的眼肿成两条细缝,渗出点泪,又咕哝说:"妈也顾不上管你了!妈一死撇下你一个人……叫你靠谁呀?"说到这儿,她的脸发了青,气也喘不出来。她的胸口已经肿了。

百岁哭着叫:"妈!妈!"

妈妈又挣着力气说:"妈不愿意死——不愿意死呀!"就闭上嘴。百岁再哭着叫,也不应声了。

老羊倌东挪西借,凑到点钱,亲自跑到镇上买回药来,想往病人嗓子里灌,早撬不开牙关了。

妈一死,百岁伏在妈妈躺过的地方,脸埋在胳臂里,只是哭。哭完了,睡;睡醒了又哭——哭得昏昏迷迷的,一连几天不动地方。老羊倌见这孩子实在可怜,千劝万劝,才劝得百岁搬到齐家那个跨院的下屋,跟老羊倌一起住。

从此百岁变了。原先百岁欢天喜地的,不大懂得忧愁。一上山,老爱掏兔子窝,摘山枣。羊群里有只骟过的山羊,长得特别肥壮。两只大犄角弯在头上,看见人就摆出要撞的样子。百岁才不怕呢,动不动骑到羊身上,手扳着羊犄角,绕着圈跑。可是现在百岁既不爱玩,也不爱笑,老是闷闷的,像个成年人一样严肃。本来寡言寡语的老羊倌,倒要搜寻些闲话逗着百岁说:"百岁,跳上那只大骟羊,玩一套猴儿跑羊吧。再不骑,想骑也骑不着了。"

百岁问:"要杀它么?"

老羊倌说:"要献给山神爷了。东家说,今年山神爷管狼管得严,一只羊也没伤害,打算挑最肥的羊供神。"

那只大骟羊正仰着脖子咬野榆树叶吃,忽然回过头,怪温柔地望着老羊倌。

老羊倌叹口气说:"瞎!你看我,我也救不了你。人家养活你,就是为的要吃你呀!"又握着自己的瘦手腕子说:"我年轻时候,你没见,那才壮呢。这些年,肉叫人一点一点吃光,剩下这把瘦骨头,熬汤都熬不出油水了。"

头一枝山菊花裂了嘴,秋天的信儿透出来了。一个下露的夜晚,百岁牵着大骟羊,老羊倌提着篮子,两人替东家去给山神爷献供。山神庙盖在一座山尖上。老羊倌在神桌上点起小油灯,摆好上供的馒头,百岁就撒开羊,让羊吃草。照旧的说法,围着小庙吃一圈草,羊就算献给山神爷了。

露水重,满山的野草湿漉漉的,飘散着一股带点乡土气味的青气。百岁的心一阵痛,他想念母亲,想念着家乡。百岁并不想回家去,他想往前走,去找爹爹。爹爹是他在世上独一无二的亲人了。百岁每天都不止一次地找到爹爹,法儿都是离奇古怪的。他会一跺脚钻进土里,借着"土遁"溜走,一会把地皮一顶,恰好就是爹爹住的屋子。百岁又会翻筋斗,一个筋斗翻进云彩里,骑着流星走了。走到哪儿去呢?不用说是到了爹爹的身边。不管百岁用什么法儿走,每回走前他总要给齐善人点厉害瞧瞧。最厉害的手段是拔齐善人的胡子。百岁能把齐善人那刷子似的黑胡子一根一根往下捋,捋得溜光——再叫你装神!

于今百岁立在山尖上。四围是黑茫茫的夜晚,他又在心里细心细意捋齐善人的胡子。猛然间,山背后一个堡子里响了枪,零零碎碎的,像爆豆。

老羊倌正蹲在山神庙里打瞌睡,听见枪声,一口吹灭神灯,摸出庙门问:"百岁!哪儿响枪?"

百岁在小庙背后答应说:"是山下。你看,怎么灯笼火把的,像过正月十五一样?"枪不响了。山下果真出现几十支火把,乱摇乱晃。有十几支火把飘上山来,听得见一片闹嚷嚷的人声。

百岁说:"是赶狼吧?"急忙牵住羊。

老羊倌小声喊:"别出声!"把百岁按到地上,两个人瞪大眼望着那一片摇晃的火把。忽然间,半山腰的橡树棵子有了动静,接着哗啦哗啦一阵乱响。

百岁悄悄说:"你听,这不是狼?"

老羊倌还没来得及答言,半山腰忽然有个惊惊惶惶的声音,喘着骂:"快!快!你娘怎么把你做的……没给你安上腿?"

百岁一听,心都定住了。这是谁的声音啊?难道会是那个人么?百岁简直不敢相信自己的耳朵。可是那个熟悉的声音又在嘶哑着低声喊:"快翻山梁! 翻过去……就往桦树林子里钻……"橡树棵子又响了一阵,响声远了,听不见了。

十几支火把紧跟着追上山来。火把照得满山通红,擎火把的都是年轻轻的农民,另一只手提着枪,也有拿着镐的,大呼小叫地嚷嚷着。他们一发现这一老一小两个羊倌,平时又面熟,就问:"你们看见有人跑过去没有?"

百岁抢着说:"才往桦树林子里钻啦——那是些什么人?"

一个头上络着羊肚子手巾的农民说:"八路军嘛,还能是什么人? 这些家伙,抢来抢去,抢到咱们堡子,给他一打一追,就乱了群——原来是草扎的,吓唬家雀的玩意儿。"

百岁问道:"你准知道是八路军么?"

那个农民说:"他们自己报的字号,还有错。"

百岁还想说什么,老羊倌赶紧暗地里踢了他一脚,不让他说。那群农民爬上山梁,火把举到头顶上,望望那片又深又黑的桦树林子,不再追了。有人摘了几个又酸又涩的野梨吃,解解渴,然后大家摇着火把下山去了。

老羊倌埋怨百岁说:"你这个孩子,肚子里一点藏不住话,什么都想往外冒。"

百岁撒开羊,让它继续围着小庙吃草,一面问道:"刚才你听没听见草棵子里有人说话?"

老羊倌说:"我又不聋,你当是就你长了耳朵。"

"你听出那是谁?"

"我听不出。"

"我听得真真亮亮的,要不是齐善人才怪呢。"老羊倌没言声。百岁又说:"咱们东家怎么鬼鬼祟祟的,几时又干起八路军来啦?"

老羊倌冷丁气愤愤地骂:"什么八路军,明明是假装的,你还不懂? 这个老王八蛋,怪不得经常进城去,原来是去勾结'白箍'干着男盗女娼的事,有意糟蹋八路军的名声。我说呢,打日本鬼子那工夫,咱也不是没见过八路军。挺仁义的,不是土匪呀。"

百岁好像大梦刚醒说:"照你这样说,抢我们家的,也是这伙人了。".

老羊倌哼了一声说:"那还用问?"

百岁气得叫:"我告他去!"

老羊倌又变得平平静静说:"傻孩子,你到哪儿告去?不但不能告,今儿晚间的事,对谁也不准漏一句。一漏口风,咱们两个人别想活命啦。你还年轻,不懂得世道多难啊!要记着,有话放在肚子里,千万别乱说,反正也烂不了。"说到这儿,老羊倌打了个哆嗦,又望望天上的星星说:"哎呀,大半夜了,好凉!咱们也该回去啦。"

两人拾掇拾掇上供的东西,牵着大骟羊,冒着露水摸回堡子去。刚叫开堡子门,一个打更的农民提着纸灯笼迎上来,照了照说:"给山神爷献羊去啦?好肥的羊,正好宰了,犒劳犒劳城里来的当兵的。这伙人黑灯瞎火地赶来,不知在哪儿跟八路军干了一仗,还抓了个活的来,你看多稀罕!"

百岁在黑影里瘪了瘪嘴。抓了个活的来——抓个鬼!还不知是谁家冒牌的假八路,冤家路窄,掉在网里,这倒有热闹好看。百岁嘴乖,故意问:"是抓了个活的来么?我还没见过八路军呢。什么模样?不会像咱们东家那么体面吧?"

打更的农民嗤地笑了,用手遮着嘴,悄悄对老羊倌说:"你们东家今儿晚间可体面透了,也不知在哪儿滚的,浑身是泥,脸也破了,刚才一进堡子就发脾气。听说是带着人打土匪去啦,我看哪,敢情是叫人倒打了一耙……这会子跑回家去款待客人去了。"

百岁跟老羊倌摸着黑往回走,一路上碰见好几个当兵的,都是"白箍",喝得醉醺醺的,满口说着下流话。当街横七竖八停着些大车,上面的东西堆得老高,黑地里,也看不清是些什么,反正是在什么地方抢来的。

齐善人家像办喜事一样,大门敞着,正院飘出一阵一阵的笑声。百岁朝院里探了探头,望见上房点得明灯蜡烛的,人影晃来晃去;厨房里擀面杖响,菜刀也响。东家奶奶唠唠叨叨地不知在抱怨儿媳妇什么。

百岁牵着羊刚一迈进跨院,冷不防有人喝了一声:"哪一个?"

老羊倌慌忙应道:"我一个。"

对面骂道:"你一个鬼!我看你是掉了魂,连话都不会说啦。"

百岁偷眼一看,牲口棚上挂着盏马灯,摇摇晃晃的。对面那人恰好站在灯影里,长得黑黑的,胖胖的,走来走去,带着股懒洋洋的神气,好像什么事对他都乏味得很。百岁的心一下子提到口腔,吃惊地想:"这不是青龙桥那个黑胖子兵么?怎么到这儿来啦?"认出黑胖子兵,百岁心里立刻又跳出另一个影子来:满脸锅灰,嘴上戴着红胡子,抡起枪把子朝他就打——不也正是这个家伙么?怪不得那晚上觉得红胡子的形影声调有点熟呢。

牲口棚的柱子上绑着个壮汉子——该是那个活捉的假八路军了。百岁怕黑胖子兵认出他来,背着脸,把大骟羊拴到一根木橛子上,悄悄瞟了那个假八路军一眼,也没十分在意。走两步,忍不住回过身来又望了那人一眼。刚巧那人睁开眼,皱着粗眉毛,也朝黑影里瞪着他。百岁不觉惊得倒退了一步。

这当儿,东家奶奶把头伸进跨院喊:"老羊倌,是你们回来啦?家里有客,快把祭神的羊宰了,先割下块鲜肉来,好敬客。"又骂:"小死羊倌!你钻到耗子洞里去啦?光贪玩。还不给我滚过来,帮着烫酒。"

百岁连忙跑过去,从厨房里端出盆木炭火,搁到屋檐底下,趴在地上用嘴吹火,火上便烫着几壶酒。他的心乱糟糟的,紧自扑腾。今儿黑间真有鬼,净出怪事。碰上黑胖子兵,还不稀奇。这种人原本属狗的,哪里有屎往哪里奔。可那个绑在牲口棚前的,不明明是那个叫老边的赶车的么?怎么会落到这儿来?莫非说他也像齐善人和黑胖子兵一样坏,假装八路军,到处行抢?该不会吧。人家是个刚强人,走得正,坐得稳,大天白日见得人。也许那天翻了沙锅车,他跟东家怄气,一横心跑到解放区,果真当上了八路军?

百岁正自思疑,齐善人在上房叫:"拿酒来!"

百岁应了一声,拿着壶酒送进上房去。百岁还是头一遭走进这块禁地,看见在关帝像下,齐善人正陪着几个"白箍"军官吃酒。齐善人早洗了脸,穿得整整齐齐的,两撇刷子似的胡子梳得黑亮,可惜红漆面子上划了好几道血痕子,挺不雅观。

百岁转身往外走时,听见齐善人对上首一个军官说:"来,兄弟我再敬你一盅。你今天旗开得胜,马到成功,应该连喝三盅。"

那个军官说:"好,好,我再喝你这一盅……其实呀,我今天带着人到匪区去,无非扰乱一下,探探虚实,不想碰见一伙土八路,一打就跑,剩下一个做掩护,叫我们绕上去活捉了,真像探囊取物一样。"

齐善人问:"捉个活的该有赏吧?"

那军官说:"赏是有的,要紧的是回去一砍,把脑袋挂在城门口,镇压镇压老百姓,倒有点意思。"

百岁立在门外黑地里,听到这儿,心里火烧火燎的,恨不能把齐善人和那军官砸成烂泥。百岁还不十分清楚八路军究竟是干什么的,既然像老边那样好人都当八路军,八路军必然是好样的。他不能让人砍老边的头,他得救他。这个主意猛一冒出来,百岁自己都有点吃惊;既然冒出来,这主意便一口叮住百岁的心,拔都拔不掉。炭火上还坐着另外几壶酒,沸了,窜到红火炭上,嘶嘶一阵乱响。

东家奶奶在厨房里骂:"小死羊倌!整天偷懒耍滑的,天塌了也不管。"

百岁赶紧跑上去把酒壶挪到火边上,一面说:"我给掌柜的送酒去来。"

东家奶奶隔着窗骂:"你不用瞎说八道的,准是困了打瞌睡。快去看看羊宰了没有?人家紧等着剁饺子馅呢。"

不用百岁去,老羊倌早托着一大块从羊后腿割下的嫩肉,送到厨房来,一边说:"有多余的酒菜没有?让看差的那个老总喝点吧,正骂呢。说是深更半夜的,露水又凉,连口酒都不给喝,骂咱们不讲交情。"

东家奶奶忙说:"可真是,我怎么就忘了。你去请他到厨房里暖和暖和吧,也好吃点东西。"

百岁在院里抢着说:"大叔,你来烫酒,我叫他去。"说着便往跨院走。走到跨院门口,又停住脚,那颗心就像敲鼓似的,咚咚直蹦。百岁只想要救老边,正愁没法。要能调开黑胖子兵,就好办了。

马灯的油剩得不多,灯苗忽闪忽闪的,老不稳。老边仰着脸,望着天,好像在数天上的星星。黑胖子兵变得很不耐烦,用枪把子捣着地,骂骂咧咧的,抱怨别人都睡死了,不来换班。

百岁壮一壮胆子,走上去说:"老总,你不饿呀?到那边去喝两盅吧。"

说话的当儿,百岁老是背灯站着,怕黑胖子兵看清他的脸。黑胖子兵且不答话,两只滴溜溜转的眼睛在百岁身上滚来滚去。百岁觉得出,这家伙已经认出他来了,一时间好像脖子里叫人塞了一把毛毛虫的毛,浑身都不自在。幸亏这孩子心眼灵透,装得好像一点不认识黑胖子兵的样子,又催促说:"去喝两盅吧,老总,东家奶奶请你呢。"

黑胖子兵哼了一声,背起枪,跟着百岁就走,走不几步又停住,自言自语说:"不去啦。"

百岁急得问:"怎么又不去啦?"

黑胖子兵说:"我去了,谁看俘虏?"

百岁说:"怕什么?我替你看。"

黑胖子兵冷笑一声说:"你替我看?我就是怕你这个小猴崽子把他放走。"

百岁仿佛兜头挨了一闷棍,半天说不出话。

黑胖子兵斜瞪了百岁一眼骂:"小兔崽子!不用在我面前耍歪掉猴,我早看透你是哪流货啦。"

百岁委委屈屈说:"人家好意请你喝酒,你倒多心。"

黑胖子兵说:"好意怎么不把酒端过来,偏叫我去?"

百岁忙问:"那么给你端过来好不好?"

黑胖子兵懒声懒气说:"敢情好。"

百岁便装出一股股勤劲儿,先从下屋里搬出一张小炕桌,一条小板凳,安到牲口棚前,转身又去端酒端菜。黑胖子兵闻见酒菜味道,馋得直流口水,还装出胃口不佳的模样,勉勉强强坐到小桌旁边,拿筷子扒拉菜,自言自语骂:"这是猪食啊,也好意思拿给人吃。"然后懒洋洋地吃喝起来。

百岁面对牲口棚站着,不知怎么办好,拿眼直瞟老边,又朝黑胖子兵呶嘴儿。老边早认出百岁来,见百岁这种神气,他猜透他的心意,就朝牲口槽旁边歪了歪嘴。百岁顺着老边的嘴一看,原来有一面筛子靠在牲口槽旁边,还有一把铁锨,想是有人新起了圈里的粪,顺手丢在那儿的。

百岁想往前蹭,黑胖子兵猛然抬起头说:"你做什么?鬼鬼祟祟的,还不给我滚远点!"一面拿起枪,用刺刀对着百岁的胸膛比了比,又把枪往身边挪了挪,靠在小桌上。

百岁嘻着嘴说:"我怕你要酒要菜的,没人在跟前,不方便。"

黑胖子兵喷喷着舌头说:"听你的小嘴,有多甜!我担当不起,快走开,别围着我转,惹我讨厌。"

百岁弄得没法,只好走回隔院去。去了不久,又拿着壶酒跑回来,往小桌上一放说:"喝吧。酒有的是,不够我再给你添。"说着,也不望那个黑胖子兵,一直走到牲口槽前,咕咕哝哝说:"什么时候了,也不添草!喂不饱,明天牲口怎么干活?"便绕到黑胖子兵背后,伸手去抓那把铁锨。可是百岁的心又慌又乱,手又发颤,一把没抓住,铁锨倒了,钢啷一声,百岁的心都要震裂了。

黑胖子兵惊得一回头,瞪着眼叫:"你弄什么玄虚?想找死么?"

百岁说:"我喂牲口……"赶紧拿起筛子,从地上胡乱撮起堆新铡的草,左右摇着筛,倒进槽里,又用手拌着草,眼睛却慌慌张张地瞟着老边。

老边闪着眼,不动声色地点了点头。百岁的胆量又回来了。百岁蹲下身子,又去撮第二筛子草,手却悄悄地去摸铁锨。铁锨摸到手,百岁抓紧,一踊身子跳起来,横着锨刃抡过去。就在这要命的一刻,黑胖子兵听见动静,转身要站起来,锨刃恰好砍到他的头上,咕咚一声跌到地上。百岁跳上去,又砍了几锨,丢下锨就去解老边的绑。可是百岁的手再也不听使唤,紧自颤颤,左解右解也解不开。

老边低声喊:"快!用刺刀。"

百岁抓过刺刀,三下两下割断绳子,两个人刚要往外跑,只听见齐善人在正院高声问:"那院不是还有位弟兄看俘虏么?辛辛苦苦的,该给人家弄口酒喝……喂,送去啦?好,好……"听声音,齐善人正朝这院走来。

百岁慌了神,拖着老边要往牲口棚里躲。老边摆摆手,上去把马灯的芯子使力往下一捻,灯灭了,全院变得黑洞洞的。

齐善人走进跨院,又高声说:"怎么也不点个亮?黑灯瞎火的,上厕所多不方便。"

百岁应声说:"灯里没有油,刚灭了。"

齐善人说:"你是死人!没有油,你不会添?"又用关切的口气问:"不是弄酒过来了么?怎么不给人喝?"

黑地里,有个人影坐在小桌前,怀里抱着枪,不住嘴地吃着东西,一面回答说:"这不是喝嘛。"

齐善人嘴里喷着酒气,笑起来说:"看看!我们家有多大方!请人喝酒,连灯都舍不得点。"

那黑影就说:"不要紧,反正喝不到鼻子里去。"

齐善人转身要走,忽然发觉什么,觑着眼凑到牲口棚跟前望了望,大声问道:"那个土匪呢?"

那黑影轻轻一笑说:"在这儿。我正当板凳坐着呢,还跑得了他?"

齐善人松心地笑了,吩咐百岁说:"点起灯来,别那么小气。酒不够,到厨房去拿。人家是客,要好好待着。在大户人家里做营生,也该懂点礼数,别像块木头骨碌似的,光会吃饭。"一头教训,一头背过身去,没等迈步,黑影飕地站起来,一刺刀扎进齐善人的后心……

百岁路熟,领着老边穿来穿去,绕到堡子的一头,爬上堡子墙去。这一带的墙最矮,墙上又横生着几棵小榆树,有个抓手,容易往下跳。

老边要跳墙了,忽然弯下腰,一把抱住百岁说:"好孩子!我走了,你打算怎么办呢?"

直到这工夫,百岁才想到他自己。

他才想到自己,可又好像老早就想到,就毫不犹豫地说:"我跟你走。"

百岁就跟着老边一起跳墙走了。

百岁跟着老边投到解放区去。老边正像百岁猜测的那样,自从那天翻了车,跟东家大闹一场,赌气不干了,到解放区当上游击队。百岁却万万猜测不到,老边早就在家乡暗地里闹革命,于今是一支游击队的副小队长。那天国民党军队过境抢劫,游击队无意中遭遇上,打了一阵,看看"白箍"人多势众,游击队的小队长带着人先撤,老边掩护,一时措手不及落到敌人手里去。

可巧百岁救了他。老边把百岁领到游击队去,大家见这孩子又机灵、又勇敢,都爱,争着说:"别走啦,小家伙,跟我们一起打游击吧。"

百岁红着脸一笑,不知怎么回答好。百岁喜欢这些同志,一个个热呼呼的,实在是好。百岁也眼馋人家有枪。他要能领到一支,往肩膀上一背,气有多壮!要是碰上齐善人那类坏蛋,干脆请他吃个黑枣,才不受那个窝囊气呢。可是百岁还是想去找爹爹。他离乡背井的,妈妈磨难死了,自己受尽了苦楚,还不是为的爹爹?要能把心割做两半,一半留在游击队,一半飞到爹爹那儿去,那才好呢。可惜不能。

老边看透这孩子的心,问道:"你爹还在下花园么?"

百岁说:"我想是在。"

老边说:"那好,过两天咱们转移,离下花园一近,你还是去找你爹好啦。"

不曾想当夜,百岁正睡着,老边就把他摇醒说:"起来,马上转移。"

天刮着大风,东边天上一闪一闪地滚着响雷。百岁插在游击队里,跟着老边急急地走,心里算计着,照这样,明后天就可以见到爹爹了。

百岁忍不住拉拉老边的后袄襟问:"明天我能去找我爹么?"

老边却像没听见,根本不答腔。走了不远才说:"上来!"

百岁走上去,跟老边并排走着。老边忽然一把握住百岁的手,握得紧紧的,哑着嗓子说:"你不能去找你爹了。"

百岁急的问道:"为什么?"

老边压下一口怒气说:"国民党仗着美国的势力发动了内战,已经占了下花园了。"

百岁的心一凉,身子一软,脚步也慢了。

老边粗声问:"你跟不上么?"

百岁把腰一挺说:"跟得上。"

老边大声说:"跟得上就走吧!有那些卖身投靠的王八蛋们在一天,你就别想能见到你爹啦。"

百岁的心火辣辣的,举起手抹了抹脸。他的脸上沾着泪。这是火热的仇恨激起的浪花。百岁不再说第二句话,紧跟在老边背后,顶着满天的风雷,顶着黑夜,一直往前走去了⋯⋯

⋯⋯百岁走了一天两天,一月两月,一年两年,出入在长城线上,从游击队走到野战军,从黑夜终于走到四处响起大进攻号角的黎明。到一九四八年冬天,正当华北的国民党匪军被打击、被歼灭、满地像断了根的枯蓬似的乱滚乱转的时候,百岁所属的那支部队解放了下花园。

这时,八路军早已改叫解放军,百岁在一个连队当通讯员,连长就是老边。两年多来,百岁已经长成人了。脸红喷喷的,两只眼睛又灵透,又秀气,模样儿俊得很。可是,只要你看看他那两条圆滚滚的小腿,你就会知道他曾经走过多远的路啊。只要你看看他那支枪口吃子弹很深的小马枪,你就会知道他前后经历过多少次战斗啊。他看起来还像个孩子,他可是个经过千锤百炼、不折不扣的战士了。爹爹的影子有时会在他心里一闪,好像云彩的影子掠过地面,一飘也就过去了。不过也怪,自从部队逼近下花园,百岁忽然翻肠搅肚地想念起爹爹来了。

边连长最懂得百岁的心情,也不用百岁要求,先给了他半天假,叫他去看爹爹。可怜的孩子啊,那样一颗单纯善良的心,竟磨得疙疙瘩瘩的,还要给他划上多少创伤啊!百岁在煤矿上竟扑了个空,没找到爹爹。人家告诉他说,他爹老了,不能下煤窑背煤了,头几个月离开矿山,不知飘流到哪儿去了。一个老人家,好像冬天挂在树枝上的干树叶,风一吹就会落的,说不定已经死了。百岁悄悄躲到没人看见的后墙根,落了几滴泪,听见边连长喊他,赶紧用手背擦擦泪,又去送信去了。

百岁送的是个又紧急又激动人心的消息:队伍要立刻出发,往南去包围北京。整个队伍一时腾起长江大浪似的欢乐。百岁从心上擦掉他个人的痛苦,也卷进这种欢乐里,气昂昂地往南开去。

百岁还是头一回到下花园,奇怪,一走却有点舍不得。常常会有这种心情:一个地方,只要你在战斗里洒过你的血,流过你的汗,这地方就像你亲自动手造起来似的,对你便特别亲。走了,你会舍不得;走远了,你还会想呢。部队穿过下花园的街道,百岁望着街两旁欢送的人群,心里热呼呼的,鼻子直发酸。老乡们也是亲,满街都摆着茶桌子,一路让你喝茶。有个白发老奶奶扛着一篮子熟鸡蛋,把队伍都插乱了,拦住战士们硬往你口袋里塞鸡蛋。战士们不要,老奶奶气得直叨咕:"我又不是偷来的,吃一个还能连累你!"

看看走到街尽头,人堆里有个摆烟摊的老大爷,花白胡子蓬蓬着,脸上的皱纹里积着黑煤灰,对着战士紧嚷:"抽烟哪!抽烟哪!请抽烟哪!"有个战士问多少钱一包,那老大爷呵呵大笑说:"你问价钱做什么?想买我还不一定卖呢。爱抽只管抽,由我请客。"战士们都不抽,那老大爷急得高声说:"瞧你们这些同志,怎么像个大姑娘,一点不开通?"旁边有人告诉他,也许同志们都不抽烟,不如吹一段给同志们听吧。那老大爷当真从烟摊上拿起支唢呐,使出全副本领吹起来。先吹一段"破阵子",又吹一段"将军令"……

　　百岁老远望见这个老大爷,心里一动。走到跟前细瞅了瞅,一点不像他记忆里的爹爹的模样,自己都觉得自己想得太可笑。百岁已经走过去,可是疑疑惑惑地放不下心。他从队伍里闪出来,又返回去直盯着那个老大爷瞧。

　　那老大爷见百岁这样看他,便对百岁弯着腰,鼓足力气,摇着身子,吹得更欢,脸都憋得发紫。老人那带点孩子气的眼神,唢呐里吹出的那种俏皮音调,使百岁记起一点遥远的孩子时候的东西。百岁明白,这不会是他爹爹,只是不问清楚,又总不放心。

　　百岁就说:"老大爷,借个光,我向你打听个人。"

　　老大爷从嘴里拿出唢呐,累得喘吁吁的,摇头晃脑地说:"有名便知,无名不晓,但不知你打听的哪一家?"

　　围着的人都笑了。也有人说:"你今儿怎么回事?见了解放军,都乐疯了。"

　　百岁却不笑,又问:"听你的口音是关南人吧?你认不认识原先煤矿上有个姓曹的?也是关南人。"

　　老大爷搓搓胡子,笑着说:"天下姓曹的有的是,有个名没有?"

　　百岁说:"他叫曹老贵。"

　　老大爷打了个愣闪,上上下下端量着百岁。

　　旁边有人笑起来:"你算打听对地方了——他就是曹老贵呀。"

　　百岁一听,惊得瞪大了眼。他本来疑心这是他爹,一旦弄清楚这真是他爹,他还是不能不吃惊。百岁朝前走了一步,正正经经敬了个礼,一面叫:"爹!你还认识我么?"

曹老贵完全弄胡涂了,一时塑在那儿不会动弹,半天才张了张嘴说:"你……"

百岁接口说:"我是小百岁呀。"

曹老贵的脸唰地变得煞白,胡子颤颤着,手颤颤着,唢呐一下子掉到地上去。他举起右手,好像要摸儿子的脸,全身却一下子扑到百岁身上,抱住百岁的肩膀,眼泪哗地流下来,哭着说:"百岁,这真是你么?我不是在做梦么?我只说今生今世再也见不到你了,不曾想还有今天……"说到这儿,老人家哭得再也说不下去。他多年的痛苦,多年的相思,多年的凄凉生活,一下子都化成眼泪,流啊,流啊,流满了儿子的肩膀。围在旁边的人都悄悄的,不敢言声,路过的大队战士看见这种情景,也许想起自己无音无信的亲人,也有陪着掉泪的。

百岁也是心酸,满脸挂着泪,强忍着说:"爹,别哭了,风这么大,身子要紧。你哪知道,你儿子这几年找你找得好苦啊。"

曹老贵从儿子的肩膀上抬起头,细细望着百岁的脸说:"孩子,你爹对不起你,苦了你了。总算老天爷有眼,也有今天。从今往后,咱们爷儿俩再也不离开了。走,跟我家去吧。别嫌你爹的住处赖,好歹有个破土窑,不至于挨冻。"

百岁却站在那儿,不肯动弹。曹老贵便拉着儿子的胳臂说:"走啊,跟我走啊。家去好好告诉我你娘的情形。唉!有多少年了,想起来好像隔了几辈子。"

百岁轻轻挣脱爹爹的手说:"爹,我不能跟你家去,我还得走。"

曹老贵像挨了一棒子,睁大眼问:"走?才见了你又走!你还要往哪儿走啊?"

百岁说:"往北京走。队伍还有紧急任务,要去执行。"

曹老贵浑身都打着哆嗦,颤着音说:"孩子,别走!千万别走!你看你爹这么大年纪,孤孤零零的,你一走,叫我靠谁?"

百岁说:"你不用愁,爹。只要革命一胜利,什么都有靠头。"说

111

着,百岁望望前面的队伍。队伍的最前头已经转过一个山嘴,看不见了。远远地,他望见有人向他招手。这是他自己连队里的同志——也许就是边连长自己。于是百岁焦急地说:"爹,我得走啦。"

曹老贵问:"孩子,你一定得走么?"

百岁说:"我是得走。为你,爹呀,我也得走。"就给爹爹又敬了个礼,转身跑了,跑几步又回过头喊:"爹!你好好保重,以后见吧!"

曹老贵痴呆呆地站在风地里,眼泪都冻成了冰,挂在眼睫毛上。半天空零零碎碎飘起小雪花来。雪花飘到曹老贵那愁苦的脸颊上,又轻又凉。猛然间,曹老贵像从梦里惊醒,一弯腰拾起那支唢呐,使尽全身的力气,对着儿子的背影吹起来。渐渐地,儿子那亲爱的影子走出老人的模糊的泪眼,隐到队伍里去。曹老贵满脸流着老泪,嘴里还是吹——他吹的是"得胜令"……

后　语

桃树爷爷的故事说到这儿,便闭住嘴,拨拨瓦盆里的棒子秸火,又咬着烟袋把烟锅对到火上,吸了几口。小满和小牛一边一个伏在桃树爷爷的腿上,听得正出神,一齐摇着桃树爷爷的腿说:"讲啊!快讲啊!后来怎么样啦?"

桃树爷爷说:"瞧你们这个急性子!起来!把我的腿都压麻了,也得容我喘口气呀。"

两个孩子跪起来,急得一上一下颠着身子说:"你看你,还不讲!快讲啊。"

桃树爷爷假装不懂,问:"讲什么?"

小满说:"讲小百岁啊。后来百岁怎么的啦?再看没看见他爹爹?"

桃树爷爷才要张嘴,冷丁摆摆手,竖起耳朵往外听。听了一下就说:"有人来了。"急忙下了炕,走到门口打开门。

门外飘进一团雪花。桃树爷爷眯起眼往外望着,一时乐得高声问:"你怎么顶着大雪回来啦?"

外面有个清亮的声音回答说:"我离开北京的时候,还没下雪,谁知半路下起来了。"只听见雪地上吱格吱格一阵响,一转眼,有个二十几岁的青年推着自行车走进屋子。那青年穿着一套蓝色棉制服,脸方方正正的,长得又高又壮。桃树爷爷赶忙拿起扫炕笤帚,替那青年扫身上的雪,一面怪柔和地责备说:"是不是放寒假啦?怎么整年整年也不回来一趟?"

小满和小牛都不认识这个青年,只是瞪着眼呆看。那青年走到炕边上,脱下手套,轻轻捏了捏小牛的嘴巴,吓得小牛闪到炕里边。

桃树爷爷笑着说:"怕什么?人家也不会吃了你。"

小满的胆子顶大,正面对那青年问:"你是谁呀?我怎么不认识你?"

桃树爷爷说:"你怎么不认识?刚才我讲的是谁?"

"你讲的是小百岁。"

"他就是小百岁嘛。"

小满一愣,接着格格笑起来说:"不是,不是,他不是百岁。人家小百岁才多大?他有多大?"

桃树爷爷笑着说:"人就不长啦?还永远那么大?"

小满又说:"不是,不是,还是不是。人家小百岁是个解放军,也不穿蓝衣服。"

桃树爷爷说:"解放军送他到学校去念书,还不得穿蓝衣服?"

小满还是像拨浪鼓似的摇着头说:"我不信,我不信,不用哄我。人家小百岁到你家来做什么。"

桃树爷爷呵呵大笑说:"我是他爹爹嘛,还不该回来看看我?"

小满越发摇着头说:"我不信,反正不信。你也不叫曹老贵,又不住在下花园,谁相信你是百岁他爹。"

桃树爷爷笑得更开心："哎呀呀，这个小东西，心眼真精。我算说不服你。你回去问问你爹，看我叫不叫曹老贵。你当是你们叫我桃树爷爷，我就再没个真名实姓啦？你再不会记得，北京刚解放那年，我从下花园回家来种桃子，你爹抱你来，你还哭着要我的大血桃吃。"

小满听着有点信，又怕受骗，一下子扑到那青年的怀里，仰着脸问："叔叔，叔叔，你真是小百岁么？"

那青年坐在炕边上，笑着点点头，显得又稳重，又自信。现在我们看见的曹百岁，完全是个成熟的大人了。他正在学科学。百岁不是个爱说空话的人，他在肚子里暗暗打定主意：他要像夺取敌人阵地那样，占领科学的阵地。

小牛一听说这个生人就是百岁，也不怕了，凑上来，跟小满一起缠在百岁身上，叫百岁再讲故事，讲他和敌人打仗的故事。百岁一只手搂着一个孩子说："还讲什么？我爹都讲光了。你们该记着，我们做孩子的时候，不知受了多少苦，才长大的。懂得这个，你们就会知道爱今天，更爱明天后天了。"

窗外正飘着大雪。雪花洒到纸窗上，沙沙的，好像孩子的梦一样柔和。

第二辑

三千里江山

几句表白

自从一九五〇年冬,中国人民志愿军来到朝鲜后,我们曾经多少次为他们所创造的功勋欢呼万岁。胜利自然鼓舞人,但更鼓舞人的却是那些各色各样创造胜利的英雄。一年多来,我几乎一直随着中国铁路工人组成的志愿军一起行动,见到许多人。这些人平平常常、朴朴实实,不失劳动人民的本色。但他们每人有每人的生活,每人有每人的家庭,每人有每人的来历。是什么力量促使我们的工人丢下就要结婚的爱人,参加了志愿军?撇下死而未葬的父亲,来到朝鲜?离开妻子、儿女以及和平的生活,投到最艰苦的战争里去?在他们灵魂深处,闪耀着一种光芒。这是种爱。他们爱祖国,爱人民,爱正义,爱和平。为了这种爱,他们牺牲了个人的幸福,个人的爱情……有些同志甚而献出自己最宝贵的生命。世界上还有比这种爱更伟大的吗?我想写的就是这种爱。

这是我这篇故事的经线。

还有条纬线。中朝人民在共同命运下,共同战斗里,年深日久用鲜血结成的生死交情,将要更发展,更牢固。

现在是一九五二年六月四日深夜三点,附近轰炸正紧。我住的朝鲜小茅屋震得乱摇乱晃,红光射进门缝。轰炸过后,我走出屋去。月色很静,远处一只布谷鸟不住叫着。正是插秧的季节,几天光景,满眼的水田都插齐了。什么暴力也破坏不了我们的生活,什么工作都在正常进行着。我就在这种情况里写完我的最后一个字。但我并没写出人物事情的万分之一啊!我写着写着,感到自豪,自豪于我们有这样的人民;我也苦恼,深深地苦恼,苦恼于我的笔太笨,表现不出我们人民的英雄性格。饶恕作者吧!是我损害了我们人民应有的光彩。

感谢曾经帮助我的同志,就让我把这本书献给我们所有的中国人民志愿军。

头

一九五〇年秋八月,北朝鲜一家庄户人的后墙根开着一种花,一丛一丛的,花瓣是紫红色,类似玫瑰。秋令风露大,天天早晨,那花瓣上挂满露水珠,顺着花须往下滴,新鲜透了。

一个不到十岁的小孩掐了枝花,跑着叫:"爷爷,爷爷,这叫什么花?我怎么不认识?"

爷爷足有七十岁,胡子雪白,穿着件对襟白袍子,迎面结着飘带,头上戴着顶黑色的"坎头"①帽,看上去,倒像中国古画上画的人物。老人背着手,慢慢笑道:"别说是你,连你妈也叫不上花名来。这叫无穷花,四十年前,朝鲜遍地都是。"

小孩的妈妈是位性格温柔的阿志妈妮②,手拿着铁耙,正在当院晾着一堆黍子。黍子新割下来,有股青气,像是鱼腥。听了老人的话,阿志妈妮柔声说:"记得先前我问过你老人家,你也说不知道花名。"

---

① 坎头,朝鲜一种帽子,黑纱做的,古时封建官僚才能戴,现在一些老年人也戴了。
② 阿志妈妮,朝鲜语,大嫂的意思。

老人勾起旧事,摇头叹气说:"嗐!先前怎么敢告诉你?怕你们年轻人不知轻重,说漏了嘴,会送了命。"便念出首古老的歌子:

> 有五千年悠久历史的
> 三千里锦绣江山,
> 无穷花开在东山
> 华丽的朝鲜。

原来朝鲜是个半岛,多山多水。著名的有五大江,六大山。五大江是鸭绿江,图们江,大同江,汉江,洛东江。六大山是白头山,金刚山,妙香山,智异山,太白山,汉拿山。古时候,朝鲜还是个封建王朝,曾经拿无穷花当国花。其实人民倒更喜欢春天漫山开的金达莱花。不过无穷花开得最旺,一个骨朵连一个骨朵,开起来没头,从六七月一直能开到秋末,长得又泼,随便掐一枝插到泥里,就活了,所以繁生得遍地都是。

二十世纪初,日本吞并了朝鲜,这个白衣民族从此便失去自由。日本凶手因为无穷花是那旧王朝的国花,见了就砍,私自种的还治罪,于是遍地的无穷花差不多砍得溜光,都当柴火烧了。

那小孙子听着爷爷这些不好懂的话,瞪着黑溜溜的小眼问:"砍光了怎么咱家还有?"

爷爷理着白胡子笑笑说:"就是这话呀。他们连花木都砍不完,还能灭了咱朝鲜!日本人不行,美国人也是做梦。这许多年来,你爷爷的心都磨硬了,不知见了多少好人一个倒了,一个又上去,跟日本人拼死拼活的!你爸爸就是一个。……"

老人说这话的当儿,美国凶手正从日本手里接过屠刀、踏着日本僵尸走过的死路,想从南朝鲜①往北杀,哇哇叫着:"三天打到中国去!"

---

① 当时的旧称,指今天的韩国。为保留作者原初的创作风貌,故不作改动。——编者注

小孙子歪着头正出神,听见门外另一个小孩叫他的名字:"将军呢!将军呢!"便咬着那枝花,跳跳跶跶跑了。

老人拄着拐杖,挪挪擦擦走出去,两条腿像木头一般硬,不大会打弯。秋季雨水勤,飘飘洒洒的,净连阴天,下得人浑身又湿又涩。今天好不容易碰上个晴天,满眼明晃晃的太阳光,特别干爽。老人变精神了,顺着脚往里委员会①走,想去探听探听前线的消息,没进屋先听见里边又说又笑,又唱又乐。门口挤着堆人,踮着脚尖看热闹。屋里挤的人更多,满登登的,都是二十来岁的青年。炕当间放着几张小桌,摆满酒菜。里委员长②蹲在桌子前,擎着酒盅,挨着个向大家敬酒,说些壮行的话。

小孙子将军呢从人群的大腿缝里钻出来,抱着爷爷的拐杖说:"爷爷,爷爷,我也要当兵去。"

爷爷说:"别胡缠!你还没有枪高,怎么能去?"

将军呢仰着又黑又亮的小脸问:"那么几时才让我去?"

爷爷笑着说:"等长大了就让你去。"

一群青年妇女堵在门口,拍着手笑。屋里有人喊一声:"为了三千里江山!……"门里门外都跟着喊,震得爷爷那颗老心乱颤,不知是什么滋味。爷爷活到七十岁,见的多了,今儿眼见这群好青年又要为朝鲜的自由去作战,不觉想起儿子,想起当年的日本人。这三千里江山已不再是孤零零的半岛,而是保卫人类和平的前哨。开遍整个江山的也不再是旧日王朝的无穷花,而是人类历史上万古长春的英雄花。

第一段

花开两朵,各表一枝。且说那三千里江山的尽北头紧连着中

---

① 里委员会,相当于中国的村政府。
② 里委员长,相当于中国的村长。

国边境,中间隔着条鸭绿江,水又深又绿,流子又急,五冬六夏,水面激起一片波纹,碧粼粼的,好像鱼鳞。江上有座花栏大铁桥,横跨两岸,也跨在中朝人民的心坎上,把两国人民的生活连成一条链儿。北岸中国地面,离桥不远,住着家老铁路工人。这人叫姚长庚,四十左右岁,在铁路上干得有年数了。他有个老伴,还有个闺女,叫姚志兰,也在铁路上做事,当电话员。解放以前,姚长庚一直是个养路工。解放后,新来的局长武震见他为人耿直,懂的事多,又肯出力,一步一步往上提他,眼时提成工务段长了。

姚长庚是个久经风浪的人,多少年来,雨淋日晒,脸比石头还粗,眼像瞇睡似的,老麻搭着,轻易不笑。生人乍一见他,多半不喜欢他,私下会估量说:"这家伙,怎么这样倔?"一般熟人又是种看法,背后常常议论说:"要论人家姚大叔,老成持重,又有骨气,可是百里挑一。"

说他有骨气,是指着件事,他老婆姚大婶对人唠叨不止一次了。原来姚长庚上铁路前,靠着耍手艺吃饭,盖房子,当油漆匠,跳跳跶跶的,混过许多营生。早年伪满时候,他替日本人打夜班盖楼房,有个日本监工的性子恶,拿着把小锤,看谁不顺眼就是一锤子。正赶上六月天,大家脱光膀子,汗顺着脊梁往下直淌。姚长庚正和洋灰,打洋灰座。监工的见他满身是汗,油光光的,故意往他身上扬沙子,还龇着牙笑。姚长庚发个狠,一铁锹把那家伙砸到洋灰座里,两铁板洋灰打到里边去了。

姚大婶瞎了只眼,人很善良,就是嘴碎,爱啰嗦,对着猫狗也说话。有时小鸡闯到屋里,她会抡着笤帚说:"谁请你来啦?出去!出去!"家里活一收拾干净,姚大婶时常带着针线活坐到门口,对着左邻右舍抱怨男人,抱怨闺女,说他爷俩怎么把她累坏了,实际是向人显弄她男人闺女好。

有一回姚大婶絮絮叨叨说:"你可说,叫我怎么好!昨下晚,她爹又熬到半夜才回家,饭也不正经吃,觉也不正经睡,日里夜里,家务事半点不问,身子长到段上去啦。……你没见,旧年冬天,一黑夜刮大风下大雪,人家正睡着,他扒着窗户眼一望,爬起来开开门走了,问他也不答应。后首才知道是怕铁路上雪太厚,火车出事,深更半夜领人扫雪去了。……你瞧他那古板样子,我跟他过了半辈子,没听他说过一句玩笑话。去年秋里有一天,可倒怪,一进门笑嘻嘻的,嘴都闭不死了。我心里奇怪:他在哪迎上喜神啦?不用问,人家说开啦:'今儿是怎么回事,见了你,就像初娶媳妇那样,从心眼里往外高兴。'想不到他那天入了共产党。你看看,共产党一来,怎么人都像脱胎换骨似的,变了个样?"

邻居一位嫂子听了说:"大婶,你也算有福。于今大叔是熬出头了,又有个好姑娘,能写会算的,过几天一办喜事,请等着抱外孙吧。"

姚大婶听人夸奖闺女,心都开了花,故意装出厌烦样子,皱着眉说:"罢呀,有什么福好享?有个豆腐。不知哪辈子该下她的,折磨死人了。一个大闺女家,不说在家里学个针头线脑的,天天跟她爹一样去上班,这也罢了,谁知又交上个朋友,闹起自由来了。于今时兴这个嘛,咱老脑筋,看不惯也得看。这不是,眼看要出门子了,连针线都拿不起来,还得我给她操劳着赶嫁妆,不对心事还挑眼,累死也不讨好!"

姚长庚夫妇原本有两个儿子,都没了,剩下个女儿,拿着像眼珠子一样宝贝。姚志兰今年十八岁了,长得细挑挑的,两只眼睛水灵灵的,双眼皮,脖子后扎两根小辫,好像一枝刚出水的荷花。就是有一宗,她妈骂她是书虫子。天天下班,总要从图书馆借回本书,趴在床上看,叫她吃饭也不动弹。看着看着,一个人会嗤嗤笑起来,有时眼圈一红,又掉泪。

姚大婶生怕闺女看些邪魔歪道的小唱本,发急说:"哎哟,这孩子可疯啦!你看的是些什么玩意?"

姚志兰把书面一翻:是《刘胡兰》。她看到刘胡兰临刑那一场,又兴奋,又难受,心想:"人家刘胡兰是人,我也是人,人家能那样,我就不能那样么?人在世,不是为人嘛,怎么不能做点事?"从此处处拿刘胡兰做榜样。

姚志兰的爱人叫吴天宝,是在职工夜校认识的。两人不像爱人,倒像竞赛的对手。一个是电话员,一个是火车司机;一个是青年团员,另一个也是团员。你的工作好,我想更好;你学习跑到头里,我也不甘心落后。两人时常也笑笑闹闹的,拿着真话当玩话说。

姚志兰会拿食指按着嘴唇,瞟着吴天宝说:"咱怎么敢跟人家比呢?人家是火车头,咱得向人家看齐。"

吴天宝就要眯着眼笑起来:"好,好,不用斗嘴,不服气咱就赛赛。"

姚大婶刚见吴天宝那天,有点不中意。你看他个头多矮,又黑,帽檐底下蓬着撮头发,像只八哥。脸色倒鲜亮,喜眉笑眼的。可怎么那样顽皮,不是吹口哨,就是笑——有什么乐头?吴天宝人小,器量可大,看出姚大婶气色不善,也不介意,还是说呀笑的,到底把姚大婶引乐了。

姚志兰松口气说:"妈,午饭吃什么?留他吃饺子好不好?"

吴天宝插嘴说:"包饺子我会擀皮,管保比脚末跟老皴皮还厚。"

姚大婶笑道:"罢呀,你是客,坐着喝水吧。"

姚志兰嗤地笑了:"他那人,还闲得住?叫他劈棒子好啦。"

吴天宝说:"我又不是盐店掌柜的,谁当咸(闲)人?"说着把蓝制服一脱,抡到炕上,挽起袖子,蹲到灶火坑边劈木头,一面劈一面打着口哨。

姚大婶调面,望着吴天宝寻思说:"这孩子,灵灵俏俏的,倒有意思。人也不藏假,就是那一汪子清水,一眼看到底。"心里有意,嘴里就问东问西,拿话套问吴天宝的身世根底。

吴天宝朝姚志兰挤了挤眼,意思说:"你妈相女婿啦。"一面笑着说:"大婶,你问我的来历么?我这人有鼻子有眼,可不简单。一下生就不缠娘,三岁离开爹爹,风吹雨打,不知怎么就长大了。"

姚志兰用手背掩着嘴笑道："你就会瞎练贫，一句正经话没有。"

吴天宝说："这不是正经话是什么？爹娘一死，我住的是黄连寺，吃的是曲麻菜，喝的是栀子水，三伏天，蚊子跳蚤都不叮我，嫌我的肉苦。"

姚志兰翻了他一眼说："你听听，这个贫嘴。明明是苦事，他当玩话说。你为什么不知道愁呢？"

吴天宝说："愁？过去受那些王八兔子鳖犊子气，我恨都恨不过来呢，还愁？要愁早愁死了。于今天下变了，日子好了，我也想愁愁，可是愁什么呢？你告诉告诉我吧，我也好学着点。"

姚大婶笑起来道："这孩子，有你在旁边，木头人也逗活了，谁还会愁？柴火劈的也够了，你要不累，穿上衣裳，到街北头小铺打几两香油来，咱好拌馅。"

吴天宝撂下斧子，拍拍打打手，抓起制服往身上一披，忽然叫道："坏了，一件重要东西丢啦！"急得满口袋乱摸。

姚志兰问道："什么好宝贝？左不过是那个破口琴，整天呜呜啦啦吹，讨厌死了。"

吴天宝乱摇着头，也不搭腔。姚志兰看了看他，捂着嘴笑道："妈，你看他穿的谁的衣裳？"

吴天宝低头一看，衣裳又长又大，原来穿错了姚长庚的，连忙换回自己那件，伸手掏出只口琴，又掏出本日记，里边夹着张画片，五颜六色，挺好看的。

姚大婶一瘪嘴说："我当是什么重要东西呢。"

吴天宝把画片送到姚大婶眼前说："你看看，这是什么？这是毛主席的相片啊。不亏了他，你还想吃饺子，喝西北风去吧。"

姚志兰想拿过去细看一看，吓得吴天宝往后一闪说："你一看，就没我的了。"赶紧合上本子，笑着藏到口袋里去。

从此吴天宝每逢跑车跑到这儿，必定到姚志兰家里来。一来便挑水扫院子，事事上心。他为人手脚灵俏，眼精手快，一会儿忙乎完,就要一跳坐到桌子边上,悠荡着两只短腿,吹起口琴来。但他有点怕姚长庚。有时正吹着,只要姚长庚在门口一咳嗽,他舌头一伸,出溜地溜下来,也不大敢闹了。

姚志兰曾经笑着问道:"我爹也不打人,不骂人,也不闹脾气,你怎么见了他就拘拘束束的,舌头好像短了半截子?"

吴天宝搔搔后脑瓜子笑道:"你那爹呀,可是俗话说的,铁板钉钢钉,硬到家啦。谁有点错处,拿起来就说,一点不留情。"

姚大婶说:"理他呢。他就是那么个脾性,一不高兴,挂着个脸,整天不说话,待人心眼可实落。晌午没吃干粮,不饿啊?做点点心你们吃吧。"

姚志兰皱着眉头笑道:"你看你,妈!人家刚吃饭,又问吃不吃东西,一天不定问几遍,要把人家撑死不成?"

姚大婶生气说:"问问又不好!不在我眼前也罢了,在我眼前,可不能让你们饿着。"

说实在话,姚大婶一天到晚,心里就是惦着闺女。闺女的亲事,她比谁都急。吴天宝那孩子没爹没娘,处处又对她的意,将来闺女过了门,还不是住在一块儿?这一点最对她的心事。于是紧张罗着替他俩订了亲,又对吴天宝说:"我姑娘也快二十了,还能老养着?结了婚,我闺女也有个奔头。"

姚志兰不愿意,姚大婶背地数落女儿说:"我们做姑娘时,只盼嫁个好女婿,有个靠头。你可倒好,心一飞飞到天上,净想些什么?"

架不住姚大婶天天啰嗦,到底把女儿女婿说活心了,便择定十一月七号结婚。那天是苏联十月革命节,吴天宝的包车组正往十五万安全公里跑,那时候也该完成记录了。

姚大婶扳着指头一算,剩不到两个月,便忙得昏天黑地,替闺女办嫁妆。割布,买绸子,缝衣裳,做被卧,又怕女儿不中意花色,样样逼着女儿亲自过目。姚长庚段上事忙,天天戴着星星才回家,老婆也要连汤带水,啰里啰嗦,一样一样告诉他,还要抱怨说:"我一个瞎婆子,心里又没数,你当爹爹的,也不管管,光靠我自己怎么行?"

姚长庚麻搭着眼皮,也不响,说多了,拔起腿走出去,自言自语说:"就是嘴碎!"

老婆一气,对着姚长庚的后影说:"你往哪去?闺女也不光是我的闺女,丢脸丢你的脸!你不管,我也不管!"说着盘起腿,拿起剪子,嘟嘟囔囔又裁嫁衣去了。

第二段

节气交了立冬,鸭绿江上见了霜。喜事一天一天逼到跟前,姚大婶更忙了,天天活像个陀螺,滴溜滴溜乱转。讨厌的是死美国鬼子,简直存心捣乱。姚大婶时常觉得耳朵一鼓一鼓的,有点震动。黑夜朝江南岸一望,天边影影绰绰透出片红光,都说是炮火,看样子,敌人是逼到中国大门口了。鸭绿江上空三日两头出现美国飞机,打着盘旋,飞得贼低,好不好就扫上一梭子,丢下一串炸弹。

人们清清楚楚看出局势的严重。说不定今天明天,他们辛辛苦苦建设的工厂、学校、住宅、商店会落上炸弹,炸成灰烬;他们家庭骨肉的生命财产会受到危害,葬送到敌人血淋淋的魔手里去。炮火逼到中国大门口,也逼到每人家门口。工人、学生、商人,只得忍着痛,离开他们一手经营的城市。城市空了。原先最热闹的街道,两边商店都关了门,半天不见一个人。一到天黑,全市漆黑一片,再不见往日的繁华灯火了。

姚大婶有点发慌,更急着嫁出闺女去。早一天嫁出去,早一天省心。姚长庚的行事越发叫姚大婶不趁心。这些日子是什么鬼缠住男人,夜夜要熬到黑灯下火才回来。有时干脆在外头隔宿,害得姚大婶等一夜门子。第二天见了面,姚大婶本想吵几句,一见男人的脸色黑沉沉的,好像老阴天,便背着脸悄悄咕哝说:"谁惹你啦!"

姚长庚满肚子心事,憋得透不出气来。风声这样紧,他眼睛看的,耳朵听的,没一件不叫人气愤,时刻像揪心一样想:"难道说我们就这样任凭人搓弄么?"

细想起来,他半辈子里不是风,就是雨,不是血,就是泪,才过了几天好日子。这几年,好不容易抬起头,他起早爬晚,操心受累,从来没松劲。他明白:每一锹土,每一把力气,不为别的,都是为建设劳动人民的好生活。生活才开头,谁能坐着让人毁坏自己的建设呢?

姚长庚段上顶要紧的是鸭绿江桥。他得好好看守着桥,特意挑选了批人,在桥上临时编了个党的小组,日夜巡逻,自己也一天去几趟,亲自掌握。这时可巧接到分局工会的号召,要大伙编土篮子,编大筐子,好送到朝鲜,援助朝鲜铁路工人抢修线路。这就更对他的心思。他亲自带人上山割荆条子,黑夜空闲,领着头编筐子。他那两只大手看起来又粗又硬,手背的青筋暴起多高,十根指头却像绣花针一样灵巧,编得又快又好。工人们围着他坐了一屋,都跟他学。姚长庚的兴致变得特别高,一面编,一面麻搭着眼皮,给大伙讲些早先年关东山挖参、打熊瞎子的故事。

姚长庚在段上天天这样,从来没给老婆透过一句话。告诉老婆做什么?男子汉要像个男子汉,老婆算什么,还能绑到老婆的裤腰带上!

对女儿就不一样了。姚长庚爱女儿,有东西分给女儿吃,一天不定望女儿几眼。可是从小到大,他没摸过女儿的头,没对女儿说过一句体贴话。姚大婶有时恨得咕哝说:"这个人,心是石头做的,没点情义!"其实姚长庚的心有血有肉,只是不愿意掏给人看。一个男人家,做什么婆婆妈妈的,做出些温情蜜意,也不怕难为情?他把他的欢喜,他的痛苦,都藏到心里去,从来不露。

女儿近几天的神情挺不对头。这丫头是怎么回事,懒懒散散的,动不动发烦?书也看不下去,常常孤零零地坐在一边,擎着书出神。有时拿眼望她爹她妈,像是有话要说,姚长庚一瞅她,她又低下头,假装看书。

姚大婶三番两次问女儿道:"你觉着怎么样?是不是不自在?怎么饭吃得也不香?"一面伸手去摸女儿的头。

姚志兰一甩脑袋,怪不耐烦说:"谁不自在?人家不想吃,还能强咽?"惹得她妈唠叨半天。

这天早晨,姚大婶像往常一样,怕耽误他们父女上班,天不亮爬起来,点着灯做饭。饭做好,扫扫地,摘下窗帘望望天。天挺晴朗,满地草都黄了,草梢上沾着层霜花,冬天来了。

姚大婶自言自语叨念说:"还剩三天了。再过三天,喜事一办,我才不瞎操心呢。"

姚长庚吃了饭往段上去,走到半路,看见道岔子上停着列车,车旁边蹲着许多战士,十几个人围一圈,狼吞虎咽吃早饭。这些战士可怪,穿的都是纳成长格子的偏襟棉军装,没有红五星帽花,也没胸章,压根不是我们解放军。姚长庚犯疑,放慢脚步,留心听他们谈些什么。

一个战士结实得像小炮弹,盛了满满一碗饭,亮着大嗓门说:"可着肚子吃呀。这还是今年新打的高粱米呢,你闻闻多香!"

另一个厚嘴唇的战士慢慢说:"晚走几天,咱们种的谷子也就收了。这一年习文练武,忙里偷闲种了十几顷地,眼看谷子熟透了,谁知老美不让咱收,撇下满地的庄稼,可不可惜!"

小炮弹咯咯笑起来:"说你农民意识,多想不开。庄稼熟了,终归有人收、有人吃就行了,你操那个心干什么?古语说:前人种树,后人歇凉,咱们是专管开荒下种的。"

正谈着庄稼,不知怎么,话头转到各地出产上。一引开头,战士们七嘴八舌的,谁都认为他家乡出产的东西最好。这个夸口说河北大平原的小麦像海浪,一眼望不见边;那个赞美江南的青山绿水,吃不尽的稻米鱼虾;第三个又谈起山西煤那个多呀,刨开地面就是,永远不愁烧的。四川人摆龙门阵摆出"扬子江心水,蒙山顶上茶",东北的战士便拿出树林子一样的大工厂了。……

姚长庚素来心细,从话口里,已经明白几分,眼看着那一群一群结实朴素的小伙子,说不出地喜欢,肚子里想:"这些人啊!……"再也找不出一句恰当话。当时他还不知道这就是全世界和平与正义的化身,这就是我们英雄的中国人民志愿军。

有人从背后赶上来,拍拍他的脊梁,跟他打招呼。姚长庚回头一看是局里的秘书,叫金桥,原是朝鲜人,早年来到延吉,落了户,入了中国籍。可怎么他也穿着那种怪军装,跟那些战士一样。

金桥笑道:"你不认识我吗,看什么?我参加志愿军了。"

姚长庚问:"什么志愿军?"

金桥说:"援朝大队呀。我们铁路工人组织志愿军了,要过江去。队长兼政委就是武局长——武震同志。你也不报名去?"

姚长庚可是头一遭听见,笑了笑,也没多说,和金桥分了手,走不多远站住脚,望着地皮出了会儿神。

这晚上,他回家回得早。一连多少天熬夜缺觉,筐子编完,想早点歇歇。一进屋,只见老婆不知为什么正骂女儿。姚志兰伏在桌上,嘴巴搁在手背上,眼泪汪汪的,鼓着腮帮子跟她妈怄气。

姚大婶一见姚长庚,好像得了救,尖着嗓子说:"你管管你的宝贝闺女吧,气死人了!我从小擦屎抹尿,喂汤喂奶,好不容易把她养大,不说好好孝顺我,专会兴风作浪,惹事生非,把我往泥窝里踹!我哪辈子造了孽,你给我丢人现眼,打嘴现世的,叫我有什么脸见人!"

姚长庚心里一跳,也不明白原委。老婆又嚷道:"都是素日你爹把你惯的,越惯越不像样!衣裳嫁妆都预备齐全,眼看要办喜事了,你可倒好,说声不愿意,不结婚了。这也是闹着玩的事不成?管你援朝不援朝,不许你去!先结婚是正经的。"

姚志兰噘着嘴直嘟囔:"不结,不结,我偏不结!"

姚大婶气得骂:"你不结我揭了你的皮!你不要脸,你妈还要脸呢。世上哪有这种野闺女,要造反了!"

今天光惦着结婚,姚志兰才觉着没脸呢。这些天,她跟大家学习了美国侵华史,弄清了美国的野心。人家说的做的,都是关乎抗美援朝的事,自己倒要结婚,还叫个人?近几天就为这个,弄得她心神不定。再说电话所那帮女电话员,尖嘴嚼舌的,老拿她和吴天宝取笑,也叫她受不了。其中有个小朱,顽皮乖巧,专爱揭人短处,挑人长相,一说话,撮着小嘴吧吧的,活像只小家雀,顶不饶人。

今儿早晨姚志兰去上班,小朱跟人在楼下唧唧咕咕说话,看见姚志兰换了件新袄,歪着头横端量、竖端量说:"哟,可会打扮啦!怪不得都说人是衣裳马是鞍,越来越俏。你打扮给谁看?"

姚志兰翻了她一眼,红着脸说:"你不用兴头!再兴头,连自己姓什么都忘了。"

小朱吱吱呐呐笑着说:"我倒不会忘,有个人可要忘了。今儿姓姚,明儿又姓吴,到底姓哪个好?"说得同伴都笑了。

小朱又故意问道:"小姚啊,你是一定参加援朝大队的了?咱落后,又不够格,可不敢跟人比。"

姚志兰又臊又急,把小嘴一闭,扭头走了,当时在电话所报了名,还是头一名。

姚大婶一听可炸了,说完硬话,又说软的:"我知道你眼里没有你妈,不过你妈到底多活了几岁,吃咸盐也比你多吃几斤,你也该先问问我呀。你光说走,要是真走了,天宝向你爹要人,叫你爹拿什么话对答人家?"

姚长庚问道:"天宝的意思呢?"

姚志兰鼓着腮说:"我不知道。他跑车去了,我写了封信给他。"

姚大婶忙问:"你写了些什么屁话?"

姚志兰应道:"我跟他挑战,看谁先过江。"

姚大婶一拍炕席说:"你听听,这丫头简直疯了!现放着好齐整的日子不过,没听说一个黄毛丫头也要去打仗,这不是存心作死!"

姚长庚瞟了女儿一眼,觉得心头特别温暖。女儿算有志气,一想到女儿也许要离开自己走远了,又有点不是滋味。他想对女儿说点什么,却只哑着嗓子说:"天不早了,你去睡吧。"

姚志兰回房后,姚大婶掉下泪说:"自从我来到老姚家门子里,一年到头,从早到晚,上炕针线,下炕锅瓢,哪享过一天安生福。总算老天有眼,熬到今天,实指望能过几年太平日子,这个小冤家偏不省心,处处跟你作对。我已经瞎了一只眼,还要我再瞎一只不成!"

姚长庚躺在炕上,闭着眼慢慢问:"你的眼怎么瞎的?"

老婆说:"莫非说你不知道,还用问!还不是哭你那两个儿子哭瞎的!"便哭着数落说:"我那孩子呀,你们的命好苦啊!平白无故叫日本鬼子抓去,也不知卖给哪家炭矿,是死是活,到于今没有音信!要是有你们在跟前,你妹妹愿到哪去到哪去,跑到天边海外我也不管。"

姚长庚叹口气说:"嗐!过去的事,提它做什么?你愿不愿意你闺女再叫美国鬼子抓去,当驴当马给卖了?"

老婆说:"那怎么会呢?美国鬼子在朝鲜,隔着条大江……"

姚长庚冷笑一声说:"隔着大洋大海还来了呢!一条江能有多大,一迈腿就过来了。"

老婆道:"你说得倒容易,他敢!"

姚长庚说:"要都像你这样,净顾自己,你看他敢不敢!街里的情形,你不是不知道。你口口声声说好齐整的日子,要都坐着不动,明天一睁眼,天就塌啦!"

老婆又辩驳一回,辩不过,擦着泪说:"你的话自然有理,我也不是不懂。偏我就一个闺女,叫我怎么舍得?就是要去,也该先结了婚,等开春天暖和了,再去也不晚哪。你明儿不好去找武局长,跟他提提?"

姚长庚哼了一声,翻身朝里躺着,不再吱声。一时又睡不着,心里直打主意。将近半夜,还听见老婆哭一回儿子,骂一回日本鬼子,埋怨一阵闺女不听话,最后咬牙切齿咒起美国鬼子来。

第三段

援朝大队设在鸭绿江边的镇江山上。让我们先认识认识大队长兼政委武震同志。

武震是个爽朗人,三十几岁,黑四方脸,闪亮的圆眼。年轻时候是渤海边上一个水手,使船打鱼,成年累月飘流在大海上。自己手里穷,每年春季要向鱼行老板借钱补网,才能出海。这一年打的鱼,就得统统归那家鱼行收去,大价小价,听凭人家赏。干这一行,秋风海浪的,说不定今儿死,明儿活,谁不图个眼前快活,于是武震喝起酒来。有钱大喝,没钱便当裤子,把当来的钱往酒柜上一摆:"来二两。"站着咕嘟咕嘟喝下去,抹抹嘴,拈几个花生吃着走了。每逢喝醉,就要立在十字路口骂大街。从鱼行老板骂起,直骂到县大老爷祖宗三代。

他奶奶那时没死,哭着说:"你这孩子,怎么和你爷爷一样?你爷爷是醉死的,你爹掉到海里淹死了,早早晚晚,你也落不到好结果!"

武震却靠着种力量换回他的命运。

抗日战争爆发了,坚持抗战的共产党八路军深入到渤海边上。武震扛起枪,走上他应走的道路。这条路是艰苦的、曲折的,却通到很远很远的将来。前后十几年,武震沿着这条艰难遥远的道路,卷在千千万万人当中,跌倒了,爬起来,又跌倒了,又爬起来,风啊雨呀,血呀汗的,走到今天。他早忌了酒,也不再使性子,他的力量都发挥到正处。但他不再年轻了。他的鬓角染上白霜,挂过几次花,肠胃又不好,一九四九年秋天便由军队转到建设部门。

可是武震怎能忘了军队呀。他留恋着旧日的战斗生活,总喜欢穿旧日的军装,洗褪色了,还是穿。行李也简单得很:一条军毯,一床黄布被子,永远保持着军队那一套。闲谈当中,时时刻刻好谈论着往日的战斗,又好挖苦自己说:"我是匹老战马了,跑不动了。

一辈子南征北战的,现在拴到槽头上,也该学学推磨压碾了。"

同志们好意劝他说:"老武,你结婚吧。结了婚,生活就安定了。还能打一辈子光棍?"便替他介绍了位女同志,叫李琳。

武震头一遭跟李琳见面,开门见山一谈,李琳也愿意,过不几天,两人便结了婚。

李琳人很文静,心又细,屋里添了她,气都变了味。原先屋里那个乱啊,现在呢,玻璃窗亮了,地板光了,桌椅床铺,处处摆的都是地方。但她有个毛病,爱添东西。星期天上街一趟,有用没用,准要抱回一大抱来。有一回还买了个布做的洋娃娃,亲自替它缝了顶小红帽,把洋娃娃挂到床头上,一天不定摆弄几遍。

同志们开她玩笑说:"你做个真的多好,省得玩假的。"

李琳红着脸笑,也不还言。其实她早觉得肚子里有了小物件,只是害臊,不好意思说,连武震都瞒着。添置东西时,已经捎带着买小孩用的了。

武震在这方面实在外行,还说:"同志啊,你要开小洋货铺不成?买这些零七八碎的有什么用?"

武震成了家,精神可不在家。生活的表面是定了,他精神上过的却依旧是游击生活,没个长期打算,从来不想建立家务。那种心情,就像战斗以前,你想睡一会儿,睡是睡了,可怎么也睡不稳。武震自己并不理会。李琳却感到了,像针扎一样感到了,反复寻思说:"他是怎么回事呢?感情和人不大一样……是不一样。"

终于有一夜,李琳悄悄把孩子的事对他说了。从此以后,武震忽然不反对李琳添家具了,有时还要出出主意。碰巧一块上街,见到花红柳绿小玩意,武震就要冒充内行,大声招呼说可以买给孩子做这做那的,臊得李琳拿眼直瞅他。

武震也不管人家臊不臊,反而瞪着眼半真半假说:"怎么,我们不该替孩子多想想么?我还要替后代创造共产主义社会呢。"

两个月后的一天早晨,约莫九点钟,武震已经离了家,躺在援朝大队一间冷冰冰的小屋里,蜷着腿,拿棉大氅蒙着头,呼呼好睡。

小屋外头是间挺旷的大屋子,冷地板上铺着干草,许多工人就地坐着打草帘子,做防空伪装。乱草堆里散放着各种学习文件,其中有周总理对朝鲜战争的声明。

金桥从门外进来,跺跺脚,走到小屋跟前,想要开门,警卫员大乱摆摆手说:"还没起来呢——昨儿黑间一直忙到下半夜。"

武震听见点动静便惊醒。睡梦里,他脑子里懵里懵懂的,也在想事。志愿军过江顶十天了,已经和敌人在云山一带接上火,吃的、用的、穿的,哪样不得从国内运上去。专搞铁路运输的援朝大队还停留在鸭绿江北,你说急不急人?昨晚上武震跟朝鲜铁道联队的联队长安奎元通过电话。那人在对岸新义州,一半天要往前线去,意思叫武震第一步先到宣川。

只不知大队准备好没有?金桥报告说饼干、咸盐、炒面都发齐全,工人换了装,也领到枪。所差的是志愿军运输司令部答应派的工务科长还没来。这倒不急,秦司令员在电话上亲口说就要派来,说不定到了呢。

大乱探进头说:"武队长,有人找你。"

金桥迎出去,不想跟姚志兰撞个对头。

姚志兰懊恼透了。她报名报在头里,今儿早晨上班,却见小朱得意洋洋收拾着东西,要往援朝大队搬,倒不让她搬,世界上哪有这个道理。难道她不够格?姚志兰就像害臊,脸通红,坐也坐不住,一扭头奔着大队跑来,她要亲自问问武震。赶进屋,满肚子委屈说不出,咕咚地倚到门框上,翻了武震一眼,噘着小嘴光生气。

武震早明白她的来意,笑着问:"谁该你啦?大清早晨丧着个脸,找上门来要账。"

姚志兰噗嗤笑了,眼皮也不抬,怪心焦说:"武队长几时才叫人家来呀?人家也不是没报名,报了名又不许来,这叫什么志愿?"

武震想笑,又不好笑,洗着脸说:"你要求来,自然是好,不过我们考虑一下,还是不来好,因为你太年轻,又是个女同志……"

姚志兰急得插断武震的话说:"我是女的,小朱就不是女的?

小朱比我还小,为什么叫她来,不叫我来?真真的,急得哑巴也要说话了!"

武震说:"你的情形跟小朱又不同。你不是就要结婚……"

姚志兰一听这话,脸红得像朵石榴花,把头一扭,拿指甲盖划着墙,鼓着嘴咕哝说:"结婚,结婚,老是结婚!人家不结还不行吗?"

武震心里好笑,一面拖着长音说:"同志啊,别急!焦急顶什么用?咱是个团员嘛,首先应该服从组织。"

姚志兰心里一酸,唰地滚下两滴泪来,连忙拿袄袖一擦。她委屈透了,她的委屈向谁说呢?母亲——母亲不让她来,队长——队长不让她来,老拿结婚降着她。她是什么人,这时候还顾那个?她不是小孩,都当孩子看待她,恨死人了。她宁肯死,也不结婚——你试试看。

武震见她难过,想劝劝她,可巧炊事员老包头端进饭来,便说:"哭什么?有什么好哭的?大约还没吃饭吧?在这吃吧,咱们吃着谈。"

姚志兰不应声。武震催她说:"来呀!赌气还跟肚子赌气?"

姚志兰嗤地笑了,又笑着哄怂武震说:"你让我去吧,好不好?你看,武队长,把人急得饭都不想吃。你让不让人家吃啦?"

武震擎着筷子说:"吃吧!吃吧!"

刚要动筷,冷丁忽呀一震,轰——一下子,屋顶塌下一大片石灰来,落得满饭盆都是。

武震把筷子一摔,跳起来说:"可真是不让吃饭啦!"打开窗户探出头去。

只见市内落了几处弹,冒起火焰,三卷两卷冲上天去。对江烟火更大,江桥被烟包围着,什么也看不见。天空漫起片大烟,那个黑呀,连日头也遮住了。半空中哇哇哇哇,子弹像泼水一样扫。头一刻前还是晴朗干爽的好天气,一眨眼光景,黑夜来了。

武震跳出窗去,跳到门口停的吉普车上,又对窗里大声叫:"金秘书,赶紧带人到桥上去!"坐着小车先上了桥。

天起了风。对岸新义州变成火海了,顶棚纸烧的黑灰刮过江来,满街飞舞。武震一到桥头,光听见一片人声,连哭带叫地从桥南头滚过来,转眼就有无数朝鲜人从烟火里涌出来:老婆、老头、女人、孩子,挟被子的、背小孩的,衣服烧了,脸烫糊了,哭呀、叫呀,一拥拥到街口上,喘得上气不接下气。

姚长庚迎面从桥上跑下来,脸色又苍白,又严厉,带跑带急,呼哧呼哧说:"桥烧了!"

桥上烟气散了,火苗绕着桥板直打滚。援朝大队和当地的铁路工人分多少路从四下跑来,拿着水筲、绳子、挠钩、撬棍,立马追驹冲上桥去救火。姚长庚听见背后有人发话说:"这简直是冒险!飞机还在头顶上,要是打死人,谁负责任?"气得姚长庚狠狠瞅了那人一眼。

武震叫:"女同志都跟医务人员过江去救人吧,新义州不定烧成什么样了!"

姚志兰夹在女同志当间,随着一群背红十字包的人跑上桥去。

小朱那人没心眼,嘴又快,来时候半路上,在姚志兰背后唧唧咕咕说个不停。

姚志兰说:"你呀!炸成这样子,还唧咕什么?"

小朱问:"你害怕吗?"

姚志兰没好气说:"嗯,我怕,你是英雄,你不怕!"心里却想:"你不用逞强,咱们看看倒是谁怕。"

桥上烟火往脸上直扑,呛得姚志兰辣嗓子,眼直流泪。桥叫炸弹一崩,钢轨弯了,板子飞得七零八落,枕木空很大,一磴一磴的,往底下一瞅,水滴溜转,头晕眼花的,吓出一身冷汗。水里炸死的鱼,翻了白肚,大大小小漂了一江。江水澎到桥面上,冻了冰,滑刺溜的,镜子似的亮。工人们冲到烟火里,用挠钩、撬棍把燃烧的桥板掀下江去,又用吊桶从江里打水,往火上泼。水一泼,嘶嘶冒起青烟,火焰一会儿又蹿起来,工人们便跳上去拿脚踩,脚后跟烧起了泡,也不知道痛。

姚志兰正担忧:回头抬伤员怎么走呢?就有人喊:"找几个灵俏人,先修人行道,好运伤员!"语气又干脆,又响亮——这是武队长。这个人哪,脑子灵,魄力又大,什么都想得到,什么都做得到。姚志兰常常痴想:"星星他也摘得下呢。"

新义州的上空烟腾腾的,也不见太阳,天都烧糊了。遍地插着烧夷弹壳,没收割的稻子烧成灰,风一吹,稻灰扑到脸上,还烫人呢。满眼横躺竖卧的,净是炸死的朝鲜老百姓。

姚志兰心都木了,回头一望小朱,小朱脸色煞白,嘴唇没一点血色,上唇直打颤颤。姚志兰想说话,嘴也不由自己,干哆嗦吐不出一个字来。

忽然有个朝鲜小姑娘赤着脚跑来,裙子撕得稀烂,迎着风乱忽搭。姚志兰上前迎了半步,小姑娘看见她,好像看见世间上最靠近的亲人,一把抱住她哭起来,拉着她的膀子往家拖。

家早不是家了。屋子毁了,东西烧了,剩下的只有一堆焦土,还在燃烧。这是很奇怪的。什么都没有了,光是堆焦土,这堆焦土可腾着火焰,呼呼烧着。

在火旁边,姚志兰看见了小姑娘的妈妈。这位可怜的妈妈仰卧在泥洼里,头歪到一边,粗糙的大手抚着胸口,前胸满是血污。她不动了,肌肉的轮廓却很柔和,姿势还是活的。一位同来的医生跪下条腿,剪开血衣,小声说:"她还活着呢。"她是活着。她的肋骨崩断两根,一喘气,呼扇呼扇动着。

医生对姚志兰使个眼色,叫她帮着缠伤。纱布一缠上去,湿透了血,沾了姚志兰一手。姚志兰心一颤,脸唰地白了,指头乱颤颤,不受使唤。

医生问道:"你怎么的啦?"

姚志兰拿胳臂腕子一擦脸说:"我不知道!"便用牙齿紧咬着下嘴唇。

那妈妈慢悠悠地叹口长气,醒过来了。她的脸色又痛苦,又疲倦,定睛望着姚志兰,望了好大一会儿,嘴角一牵一牵的,想笑,又抬起手来,不知要做什么。姚志兰往前凑一凑,那妈妈惨笑了笑,拿手轻轻给姚志兰擦脸上的汗,又摸她的脸。

那是只怎样的手啊!又粗,又黑,磨得净老茧,摸到脸上却是那么温柔,那么熨帖。这只手一辈子引针拈线,播种插秧,从来不忍心捻死只蚂蚁。她只像是只燕子,整天一嘴泥,一嘴草的,絮着自己的窠,替儿女建设着家业,替子孙打算着将来。将来要成为现实,创造将来的母亲却倒在血泊里了。该死的凶手啊!

敌机又飞到鸭绿江上空,嘎嘎嘎嘎,两岸的土打爆了烟。忽的一下,江水窜起来,比桥都高。姚志兰急得抬起上半身,只见一个人冲着尘土跑下桥来,一会儿不见了,一会儿又出现在江边大坝埂子上。炸弹又是呼通一下,那人骨碌骨碌滚到大堤下去了。

从身影上,姚志兰认出这是她爹。

姚长庚滚下大堤,哗哗几阵土把他都埋下了。他从土里钻出来,只觉得像翻了个过儿,脑袋星星的,乱迸金花,一时想不起为什么跑到这儿。

对了,他是来救李春三的。李春三是个养路工,生得方面大耳的,挺有意思。人到姚长庚这年龄,把二十岁左右的人都看做孩子。李春三这孩子说话帅,做事也帅,从来不会藏奸取巧,挺对姚长庚心意。爱给人起外号的人却叫李春三是"寒毛虫子"。典故出在河北。据说河北有种鸟,叫"寒毛虫子",不做窠,每晚上叫:"冻死我了,明天我搭窠!冻死我了,明天我搭窠!"赶第二天太阳出来,暖和了,又抖抖毛叫:"得过且过!得过且过!"这外号对李春三又恰当,又不恰当。在过日子方面,李春三是有个毛病,钱到手就光了,海来海去,没个计算。要讲做活,那个泼呀,有多大力气使多大力气,极好人敌不过他。就拿今儿桥上事来说,他光顾救火,棉裤后屁股烧得一大溜烟,也不知道,旁人给他泼了筲水,他还咧着嘴笑。才刚空袭,姚长庚分明见他趴在桥栏上,炸弹一震,跌下去了,幸亏跌到水边上。这孩子,千万可别跌坏了。

姚长庚记起这些事,朝水边一望,李春三不知爬到哪儿去,不见影了。姚长庚招呼着,没人答应,顺着脚走到那段一座旱桥上。下边有人听他招呼李春三,应声说:"谁呀?请你帮帮忙吧!"

姚长庚觉得声音不对,往下走着问:"你是李春三吗?"

下边说:"不是,我是郑超人。"

郑超人是谁,姚长庚并不认识,走到跟前皱着眉一瞅,就是上桥时背后说怪话那人。郑超人的脸像纸钱子色,身子贴在旱桥墙上,贴得那样紧,恨不能把墙压个窟窿,缩到墙缝里去。

姚长庚从心里不喜欢,问道:"你怎么的呢?"

郑超人愁眉苦脸说:"我也不知怎么的呢,腿也站不起来了。"

姚长庚扳着他的腿看看,并没伤筋动骨,想扶起他来。郑超人痛得嚎嚎叫,左腿丢当丢当的,拖在地上,扑咚地又坐下,哭起来了。

姚长庚绷着脸瞅了他半天说:"我看你是吓掉魂了。一个男人家,怎么像个老娘们,光会哭!你得架拢点呀!"

郑超人说:"我不是怕死,我是怕弄残废了,变成废人。我还年轻,能做好些事,万一残废了,国家岂不白培养我啦。"

姚长庚没工夫多说,扯着他胳臂,头钻到他胳肢窝里,扛起他上了大坝,奔着桥头去了。

武震立在桥上指挥修桥,那张黑四方脸明光铮亮,像涂了油。一见姚长庚,连忙接过郑超人说:"唉,老姚,你看你累的!"又端量端量郑超人问:"这不是我们大队的技术员吗?你哪儿伤啦?"

姚长庚喘着粗气说:"就是腿有点毛病。"

武震架着郑超人走了几步,见他已经能走,只是不大灵便说:"多半拧了筋——大乱,你扶着他遛遛。"

郑超人哼哼着说:"我这腿,真是个愁,一睡冷地板就转筋。"

大乱嘻着嘴说:"你不是腿肚子吓转筋啦?"

武震瞪了大乱一眼,又问姚长庚:"后尾还有没有人?"

姚长庚说:"还有李春三。"晃晃荡荡又往回走。

旁人拦住他道:"你往哪儿去?你要累死不成!"

姚长庚说:"我已经四十岁的人了,死了也没关系。那小伙子正能做事,有个差错可不行。"

武震好歹把他拉住说:"你就别操心了,我另派人去了。"

姚长庚的心只觉一个劲忽搭忽搭蹦,两条腿也不好使唤,忽忽悠悠的,到桥北头坐下去,不能动了。汗也出多了,棉袄湿得稀透。武震见他乏得像滩泥,吩咐人搀他回家,好好歇歇。

姚长庚摇着头笑了笑说:"活正紧,不是歇的时候啊。武队长,你是知道我的。我在这桥边上住得有年头了,当年我亲眼看见日本鬼子从这桥上过来,祸害我们十几年,于今才喘口顺溜气,我不能眼睁睁看着美国鬼子又从这桥上过来,再来祸害我们!那种日子,万不能再重复了。"

武震歪着头盯住他,不明白他的意思。

姚长庚麻搭着眼说:"没别的,我想了想,只有一条路,我也要参加援朝大队。"

有人指着桥南头说:"小姚来了。"

姚志兰来了,不是自个,却和另一个工人左右搀扶着李春三,一步一步慢慢走来。姚志兰只当她爹爹出了事,空袭过去,气急败坏扑着大坝跑来,不见爹爹,却救起李春三。但她累得不像样了,浑身沾着泥血,小辫也烧了,辫子梢蜷蜷着,又焦又黄。

武震望望姚长庚,又望望姚志兰。他眼前一下子闪过十几年的日月。十几年了,这不是条容易走的道路。当天空还仿佛是最黑暗的年代,在那些最艰苦的战斗里,风里雪里,雨里雾里,武震处处见过这样的父亲、这样的女儿——这样的人民。有这样伟大而朴素的人民在一起,什么暴力能站得住脚,什么暴力能不被砸得稀碎!他当时批准了他们父女参加援朝大队的要求。

这时南岸朝鲜还是一片烟火,不见天日;北岸却烟消火灭,透出蓝天,到处闪耀着阳光。风从北边吹来,吹得烟气往南飞散,阳光便从北岸照到桥头,照到江上,照到南岸。于是桥亮了,江亮了,南岸也亮了。

这黑夜,武震带着大队到了南岸。

第四段

那黑夜特别尖冷。阴历初四、五的月牙,像条小船弯在西山头上,肉皮上有些看不见的东西紧刺人:是下霜呢。大队出发以前,武震怕队伍懒散,带上自己用了六七年的七星子手枪,早早到了集合场去。黑糊影里,只见工人们披着草帘子,满头插着草,哗哗啦啦走来了。说话都喊喊喳喳的,生怕惊动了什么似的。

武震心里一闪:"怯了!"故意高声笑着说:"哈哈!孙悟空有七十二变,你们也有一变,都变成刺猬精了。"

他说得那样轻松,就有人笑着问:"武队长,你看我们伪装得好不好?"

伪装得倒好,着装可是个邪门。背包多半打得鼓鼓囊囊的,吊在后脊梁上,干粮袋往肩膀上一搭,拖得多长,一走一打后屁股。

武震笑起来:"同志,你们要唱界牌关吗?这样拖肠带肚的,像个啥呀!"拿起干粮袋挂到他们脖颈子上。

武震属于这类人:和平环境里,心里也许有些小波浪,不大如意;一上战场,什么不如意都抛到九霄云外去了,只有一个想头——应该胜利。他手下的干部很使他满意。姚长庚报名后,上级分配他当了工务科长,自然是好的。电务科长叫周海,电工出身,名符其实是员闯将。这人身量很矮,两只眼睛跟龙灯似的,滴溜骨碌透活。性子有点急,一急,鼻子尖就出汗。说起来也怪,矮人高嗓子,十个里有九个是这样。周海人不高,说话可像打雷,咕喽咕喽没个完。他嫌人到得迟,正在发急。

武震笑道:"你不用慌,先查查人数,谁没来,派人去联络一下。那些电话员怎么样?"

周海说：“那些女孩子倒省事，处处要强，没一个愁眉不展的，就怕落在男同志后头。你听，那不是唧唧咕咕笑呢。”便吆喝着问："你们一天到黑嘻嘻什么？"

小朱高声笑着说："怎么能怨人笑呢？你看小姚，什么都带来了，就是忘记带盐，急头赖脸往回跑，跑两步才想起来，盐拿在手里呢——真是骑着驴找驴！"

话音没落，山坡上叮当叮当的，一路乱响。只听场子外头笑着嚷："闪开，闪开，包老爷来啦。"

包老爷是炊事员老包头的绰号。他原是沈阳的一个抬煤工，大老远赶到援朝大队来报名，人事主任看他胡子扎撒的，五十开外了，想打发他回去。老头子急得脸红脖子粗说："抗美援朝还分岁数，这是谁定的规矩？"

人事主任想了想说："你做饭行不行？"

老包头说："行！啥都行，就是叫我回去不行。"

说实话，他哪会做饭。不是串烟，就是糊，净给人半生不熟的饭吃。人家指给他个道，教他怎么做，他丧着脸说："有吃的还不知足，挑什么眼？要是美国鬼子打来了，你啃地皮去吧。"说是说，他可慢慢地照着旁人教的道把饭做好了。他就是这么个戆眼子：你说是，他偏说不，你说好，他偏说坏，还专喜欢讲丧气话，什么不好听讲什么。人们摸熟他的脾气，也爱逗他，越逗，他越噪儿巴喝的，整天不住嘴。

武震走上去，想瞧瞧是什么叮当响。原来老包头背着口行军锅，锅上挂的又是菜刀，又是铲子，又是勺子。走一步路，铁器碰得叮零当啷响，热闹得不行。

武震帮老包头整理好，忍不住乐。他喜欢老包头，也喜欢每个工人。

看看眼前这些人吧，他们有家有业，吃得饱，睡得暖，有的姑娘正要结婚，他们却抛开这一切，在这漫漫的冬夜里，冒着风霜，冒着寒冷，站在祖国的边沿上，再过一刻，就要离开国，离开家，离开他们祖辈父辈生养劳动的土地,跨到另一块国土上。那块国土有火,有烟,有痛苦,还有死亡。工人们谁计较过一句生死,谁计较过一句自己?

武震望着眼前一片黑糊糊的人影,知道他们一生从来没闻过火药味,乍上战场,样样事都不摸门。他得好好爱护他们,应该嘱咐他们几句话,便又简单扼要谈了些军事常识,做了次政治动员,而后上了桥。

江桥衬着背后火光,大花栏的黑影都刻出来,轮廓分明。白天江心落了几颗定时弹,桥新炸坏一段,只剩下光溜溜的钢梁。武震紧紧鞋带,骑着钢梁出溜过去,后面的人呼呼都跟着爬。

当地修桥的工人悄悄说:"不行啊,照点亮吧。"便点起盏灯,却被人一口吹灭。

只有一件损失:老包头背的行军锅掉下去了。

老头子急得懊懊躁躁说:"真倒霉,往后不用吃饭了!"

回想一下每人头一脚踩到朝鲜国土时,心里都会悄悄喊:"朝鲜了!这是朝鲜了!"似乎朝鲜的一山一水、一草一木,都该是另一样。你不能不回头,回头望望你的祖国。祖国却落远了,一步一步落远了,望得见的只有渡口三三两两的渔火。

武震望望天,月牙落了。天上是北斗七星,脚下是黄土,这和祖国是一样的天,一样的地,可又不是那个天地了。

满眼是红烫烫的大火,净火堆,一刮风,火星子乱滚。车站烧得溜平,有一处火堆前蹲着个朝鲜人,伸着两手烤火,望见大队,搓着手迎上来。这是朝鲜车站特意派来接头的。那人浑身上下没一丝棉絮,嘴里喷着挺重的酒气,也不多说话,领着武震去找个姓崔的站长。

武震走着问:"车站搬远了吗?"

那人摇摇头,说话来到一带土坡后。紧靠土坡有两间屋子,又矮又小,上头苫着大披肩似的稻草顶,夜里看起来像是窝棚。那人不走前门,绕到房后,拉开扇板门,招呼武震跟他进去。

　　武震往里一走,头擦着房檐,弄了头灰,差点迷了眼。屋里洼下去一尺来深,飘散着淡淡的松柴香味。原来是间厨房。厨房右首有座洋灰台,跟锅灶平连着,上边摆满草鞋。那人迈上高台,又开开一扇门,一股暖气扑到武震脸上——这才是正屋。

　　武震脱了鞋走进屋去。那屋子也不分地,不分炕,可着屋子是一条地炕,铺着苇席。炕头上并排躺着四五个年轻轻的人民军,睡得呼呼的。炕当中有张小桌,点着盏铜灯,灯苗摇摇摆摆的,有蚕豆大。

　　武震靠着小桌坐下去,一回眼看见那盏铜灯有四寸高,很像敌人飞机打的机关炮壳改装的,擎起灯座看了看,底下果然刻着外国字母。他不知道点的汽油还是敌人扔的汽油筒,没耗干,从里头舀出来的。

　　门吱地开了,一个人带着股冷风,满脸是笑冲进来,握住武震的手紧摇晃说:"哎呀,来啦!够呛!够呛!"

　　这人年纪有四十几岁,白净脸,戴着眼镜,上身穿着件蓝布偏襟短棉袄,纳成一道一道长格子。不用说是崔站长了。

　　崔站长握过了手,热呼呼地望着武震,光是笑,想了想提笔写道:"有朋自远方来,不亦乐乎!"

　　武震笑起来。看样子崔站长不大会中国话,可懂古文,这怪不怪。金桥走进来了。金桥真是桥,每逢语言不通,武震便要叫:"过不去河啦,搭桥啊!"有金桥在场,谈话便顺利了。

　　武震奇怪崔站长古文根基那样深,说破了也不稀奇。原来三十年前,朝鲜也有私塾,念的净是《论语》《孟子》《千字文》《百家姓》一类书。他们过端午,过中秋,也过旧年。直到而今,许多中国古代的风俗、习惯、语言、服装,在朝鲜还看得见。

　　崔站长又笑着写:"中国、朝鲜、兄弟之邦也。"

　　大家又说了一回,武震打听起朝鲜铁路的情形。崔站长两手一摊,摇着头苦笑说:"炸得厉害呀!三天两天通一次车,机车又缺。你往前走时看看吧,沿路车摞着铁,铁摞着车,数不清有多少炸弹坑。铁路就绕着炸弹坑弯来弯去,活像耍龙。美国鬼子是真歹毒,你看把朝鲜毁的,什么都没有了——我们有的却是股刚气。"说着,他的眼光变得特别柔和,望着武震微笑说:"何况我们还有你们,还有世界上特别勇敢的中国兄弟和我们一道。我们还怕什么?还有什么好怕的呢!"

灯影一晃,武震看见他的眼闪着亮光。兴许是眼镜的反光,也兴许眼睛发了潮。

崔站长又像赔罪似的笑着说:"说了你别见笑,我见了中国同志,就是亲,亲得礼貌都忘了。你们千里迢迢来到朝鲜,没有茶待客,连杯白开水也没有?我们朝鲜人向来只喝凉水和温水,也不记得给客人烧开水——等我去烧一锅来。"

武震拉住他说:"你别忙乎了,我只求你一件事。"

崔站长忙道:"别说一件,一千件也好办。"

武震歪着头说:"今晚上开趟车,把我们弄到宣川——行不行?"

崔站长连声答应说:"行!行!这还不行?我们早就准备了。现在九点整,至迟十点可以开车。你先休息休息,我到站上去看看。"

武震呀了一声说:"我的表慢了,才八点!"

金桥说:"不慢,朝鲜时间早一点钟。"

崔站长一走,武震惦着大队,也出来了。工人们靠着土坡蹲了一溜,悄没声的。也有困的,一仰一哈打着盹儿。

武震摇摇睡觉的人说:"别睡了,看冻着。"

武震不愿意撇下大家,回到暖屋里去,便拣个背风地方蹲下去。他明白有他在场,可以叫大家定心,也便于掌握队伍。霜下得正浓,不大一会儿,他的帽子湿了,衣裳挂上层白霜。

远处一闪一闪的,净志愿军汽车的灯亮。灯亮一闪,蹭蹭蹭不断有红火球飞到天上。有人悄悄喊:"信号弹!信号弹!特务这样多!"这山头哞哞的,那山头哞哞的,到处是牛叫。必是主人牵着牛逃难逃到山上,深更半夜牛抗不住冷,冻得叫唤。

约莫一点钟后,崔站长招呼大家上了平板车。临开车,不知和武震握了几回手。车上漫着大霜,大家都脱下披的草帘子,垫着坐好。

机车想是打伤了,有点煞气,呼哧呼哧喘着粗气,也跑不动。武震翻起大衣领子,原想一路多看看朝鲜,光见两面全是黑魆魆的高山,火车顺着一条大沟往前爬。这光景,倒像自己当年打游击时,来往活动的山地。当年那些相亲相爱的战友都在哪儿呢?他想起那些战友,想起那些战士。他记得当年几次远征察绥,老战士走在平绥路上,回想着几年的历史,曾经唱着:

　　东八里练过兵,
　　大同城外防过空,
　　五回岭上掉过队,
　　绥远城外受过罪!

想想那些年月呀!在苦寒的大草原上,在风雪漫天的长城线上,他们共同爬大山,吃冰饭团,枪冻得拉不开栓,还在进行着惨烈的战斗!谁能忘记那些艰苦的年月呢!谁能忘记那些吃尽千辛万苦创造胜利的人呢!现时在他眼前的只有大乱一人了。这孩子从眼泪里爬出来,在战斗里站起来,一天一天长大了。当年的老战友远是远了,新战友却拥到周围,于是他像在总攻时刻听见头一声炮响,轻轻舒口气想:"战斗开始了!"

武震有点困,直发迷糊。迷迷糊糊当中,不知不觉想起李琳那副文静的笑脸。李琳在他走时,替他打点着行李,悄悄叹口气说:"你走自然是好事,可惜我不能一道去。不过我也明白,你心里从来没有我。"

有。谁说没有呢?只是不占顶重要的分量。顶重要的是党和人民的事业,其次才是你——我的爱人。

第五段

后半夜三点多钟,前头出现盏红灯,慢慢摇晃着。火车到了宣川,闹腾半天,钻进大山洞去。

朝鲜是个山国,到处有山洞,可以藏车、藏人、藏弹药物资等,敌人明知也没办法,气得干瞪眼,因此朝鲜人都叫山洞是"救国洞"。用机车乘务员的"行话"说,却叫山洞是"客店"。夜夜行车,先要计算好天明前落哪家"客店",只要一落店,敌人有天大的本事也没咒念了。

洞子里黑得不透半点缝,气也变重了,喘得怪不顺溜。

只听小朱又焦又恼叫:"哎呀!这是谁呀?乱闹一气!"

姚志兰的声音说:"老实点吧,谁和你闹啦?"

小朱用要哭的声音说:"还说没闹呢!这是什么冷冰冰的,往人家脖子里头塞!"

武震用电筒一照,只见小朱从脖子里摸出根凌锥,气得摔到车底下。原来洞子高头结着挺厚的冰,挂满凌锥,车一震,有的裂了纹,可巧掉到小朱后领子里。

大乱不知什么工夫溜下去,从下边摸着武震的脚说:"前头有间小屋,你下来歇歇吧。"接着武震跳下车来。

这孩子机灵得出奇。脸蛋红红的,带着股稚气,专好嘻皮笑脸跟人斗嘴。又好摆弄枪,三日两头掏出来擦,说是怕锈了。那枪也怪,只要他的手一痒痒,准出毛病,非上山试两枪不能好。要论做事,办法是真活。到一处生地方,不出半天,周围环境就摸得不大离。人家笑他的鼻子是吸铁石,能闻见铁味,从前每次打扫战场,敌人埋在土里的子弹,他也挖得出来。

洞子不算宽,火车一停,两边剩点小夹缝。地面挺潮湿,一迈步溜滑。火车头热得烤人,又漏气,刺刺直响。大乱打了个大喷嚏,捂着嘴说:"好大的烟,真呛人!"领着武震钻到车头前面。

就地坐着两个朝鲜人,拢起堆松树枝,火苗通旺,正烧苞米花吃,巴咯巴咯好响。再过去就是间小木头屋,里头对面钉着两条铺,当中安着洋铁炉子,炉盖上搁着盏瓦斯灯。大约是看山洞子人住的,可不见人。

大乱的红脸蛋抹得浑儿花的,像个小花脸,伸手摸摸烟囱,是凉的,便拿火钩子通灰,想要生火。

武震拍拍他的后脑瓜子说:"别忘了纪律!不动朝鲜人民一草一木、一针一线——你怎么好烧人家的煤?"说得大乱伸了伸舌头。

武震也真乏了,原想略歇一歇,头一沾铺就睡着了。赶醒来一看,两条铺上睡满了朝鲜铁路工人。对面铺靠墙睡着个年轻姑娘,胖乎乎的,穿着紫上衣,系着水红裙子,一条胳臂弯在脸上,睡得正香。

火生起来,炉子烧得通红,上头坐着一饭盒饭,盒盖上刻着"禹龙大"字样。那个叫禹龙大的人蹲在炉门前,不到三十岁,精瘦精瘦,脸像木头一样,两手托着腮发愁。

武震翻身坐起来问:"做饭吗?"

禹龙大像没听见,一声不响。武震眯了眯眼想:"怎么不高兴呢?是不是嫌我们挤得人家没处睡啦?"便推醒旁边睡的金桥,翘起大拇指头比量比量,意思是要烟。

要到烟后,武震自己点着一支,又拿一支递给禹龙大。禹龙大点点头,伸出瘦手接过烟去,戳到炉子上点着,默默地抽着。

武震目不转睛瞪着禹龙大说:"你看,老金,他的气色多坏!是不是太苦了?"

金桥揉着睡眼说:"可不是苦呢。连穿的都没有,还得成宿打夜做活,冻急了,只得弄口酒喝挡挡寒气。"

武震说:"怪不得到处有股酒气。"

金桥接着道:"吃的更差。一天领四百公分大米,不到半公斤,顶多吃个八分饱——他是司机,待遇也不会高。"

武震端量着禹龙大问:"这一点点口粮,怎么养家呢?"

禹龙大愁闷闷地抽着烟,手指头猛一颤,纸烟掉了,也不去拾。他忽然用双手搓着脸,自言自语悄悄说:"还有什么家呢!昨儿新义州一场大火,烧得都没影了,到现在不知下落。我要是能知道点信多好——死也好,活也好,只要是有个准信,我就死了这条心了。"

痛苦折磨得他吃不好饭,睡不好觉,一刻都不能安生。他的心痛得流血,但是痛苦并不能把他压倒。昨儿晚间正是他,忍着揪心的痛苦,把援朝大队送上来的。

武震想说点什么,实在没有什么好说的。对于这种刻骨的悲痛,人类的语言又有什么用处呢?

饭盒里的饭咕嘟咕嘟响。禹龙大拾起纸烟含到嘴里,默默站起来,从后腰扯出条毛巾,垫着手揭开盒盖看了看,提起饭盒默默走了。

武震望着他的后影想:"真刚气,一滴眼泪都没有!这样民族,永远不会倒下去的。"

禹龙大一走,姚长庚摸进来了。姚长庚张着两手走到炉子跟前,跺着脚,又跷起脚烤。

武震问道:"睡觉没有?"

姚长庚答应说:"睡不着啊,冻得脚痛。再加上有个病人,闹腾得欢——不用我说,你也猜得着是谁。"

武震一时猜不着。

姚长庚不出声地笑了笑:"还不是那个姓郑的!说是腿转筋了,又说是胸口痛,干哕,医生也看不出个头路来。依我看,他也不是别的病,明明白白是恐美病。"

武震皱着眉说:"不叫来吧,吵着闹着要来,来了又装病,玩的什么花样?你去叫他来。"

好半天,郑超人捂着胸口,挪挪擦擦走来了。

郑超人可是个体面人,苍白的脸,头发梳得溜光,言谈举止,又文明，又高雅。他很满意自己，处处特别爱惜自己。吃得考究，穿得考究，吃完饭必定刷刷牙，时常对着镜子摸着自己的脸。这种习气是跟他的家教分不开的。他生在个有钱的商人家里，一支兼两脉，从小父母拿着像宝贝蛋似的，顶到头上怕摔了，搁到嘴里怕化了，不知怎么高贵好了。睡觉有人守着轰苍蝇，咳嗽一声也怕吓着他。一天不定几遍，他妈要摸摸他的头，摸摸他的手问："你是不是头痛？你发不发烧？"没病没灾，也叫孩子喝金银花露，常年吃着太平药。日久天长，把个孩子养得又娇又嫩，吃腻了，玩厌了，心里发烦，就嚷着这痛那痛，自己也不知是真是假，弄得浑身净病。直到现在，手上割了道小口，他也要痛得直哼哼，哼得满天底下人都知道，单好满天底下人都可怜他。

同志们批评他太过于看重自己，郑超人说："个人算什么，我是替国家爱惜人才啊。"

郑超人念过教会大学，会说英文，说起来舌头直打嘟噜，软得像面条。到厕所去，胳臂底下也要挟着本书，又大又厚，还常常是外国文原版，吓死人了。每本书看完后，他都能提出自己的意见，他的意见常常比原书更惊人。一些中国书，他是不屑一读的。不过为了参考，有时也浏览浏览毛主席写的"小册子"。有一回翻了翻《大量吸收知识分子》，大加赞赏说："毛主席的这篇文章有意思。"至于技术方面，更没比了。在他眼里，总工程师什么也不会，科长是个熊蛋包，只有他姓郑的是个人才。可惜不得志，到现在还是个技术员。偶尔请他给工人讲讲课，他会冷言冷语说："一个工程师，担起教书匠，讲些对牛弹琴的话，滑稽无过于此了。"满肚子委屈没处发泄，就专在小事上表现自己。他好考人，好打听别人小毛病作为攻击的材料，因为把人考倒了，拿着人取笑一阵，到底足以证明他高人一筹。

抗美援朝运动展开后，郑超人报了名。人家都报名，他能不报？抗美援朝闹个落后，太玩不过去了。要干就得干得出色，比别人不同。他写了篇慷慨激昂的决心书交给上级，要求参加志愿军。

既然他有这种决心,正好在斗争里可以改造改造他,上级便批准了他的请求。

当天他病了,气喘不过来,手心发热,怕是肺病,不得不到医院检查。医生一按电钮,爱克司光照到他的前胸,他的心一上一下跳着,千头万绪怕得不行。他怕肺上真有黑点。如果真有黑点,一辈子缠上这种麻烦病,可怎么好?他又怕没有黑点。万一没有黑点,再找不到理由不去朝鲜了。原本想报名的人那样多,怎么巧会让他去,谁知偏偏就让他去——国家太不爱惜建设人才了。医生一扬手宣布说:"干净!"他真不知该是高兴,还是失望呢。他没有肺病,也有旁的病,一路病病怏怏,自比做《独木关》的薛礼,带病出征。

郑超人来到小木头屋时,不是平日那种整齐样了。浑身滚得净泥,搭拉着头,怪可怜见的。叫他上床也不上去,罗锅着腰坐到个空木箱上。

武震一看他那神气,明白一个城里长大的知识分子,吃饭顿顿有菜有汤,睡觉要垫多少东西,初过这种战斗生活,够他受的,就问:"你吃不惯这个苦吧?"

郑超人答应道:"苦点算什么。武队长吃得惯,我吃不惯?"

武震又问:"那么你是什么病?要是挺不住,不如趁早回去。"

郑超人说:"我既然来了,就有决心抗美援朝到底。只恨我身子不争气,一来就病,心有余而力不足,自己急,别人也急。"

武震瞪着他单刀直入道:"旁人讲你怕美国呢。"

郑超人唰地红了脸,急忙辩白说:"武队长,你相信这话吗?依我看,有些人是初生犊,不怕虎,对敌人的估计太不够了,这样没有好处。"

武震的脸发了黑,尽力压下口气,勉强笑了笑,小声说道:"你估计得够,你说说看。"

郑超人并没理会武震的脸色,也忘了病,满谦虚说:"我研究过美国,多少知道一点,分析问题也许客观。美国的海军不能算弱,朝鲜三面临海,这对我们是不利的。据我知道,美国从开国以来,从来没打过败仗。麦克阿瑟说要在感恩节前结束朝鲜战争,吹牛是吹牛,不过我们遇见这种敌人,也不能不格外小心。……"

武震喝道:"住嘴!"他控不住火了,下了铺避开就走,又回身把帽子往铺上一摔说:"你先去,咱们以后再谈!"

郑超人头脚一走,武震瞪着瓦斯灯苗悄悄说:"我还是太暴躁啊!他再不走,我要骂出来的。"他像思索,又像是对姚长庚说话,实际是一半跟人说话,一半思索。

姚长庚哼着鼻子说:"这种人,阎王爷都不上账,见了他我就讨厌!他的话,你听十句,顶多信三句,可会说桌面上话啦。"

武震睐了睐眼说:"讨厌?光讨厌解决问题吗?我欠冷静,你又太直戆,都是毛病。古语说:良言一句三冬暖,恶语伤人六月寒!做个领导人,说话更该慎重。党的力量就靠你,靠我,靠我们每个党员来发挥呀!"

大洞子里有人乱噪噪,瓮声瓮气的,像在大缸里一样,听不真亮。武震高声问了句,姚志兰摸进来,双手笼在嘴上呵着气取暖,一面笑吟吟说:"不知谁埋怨包老爷丢了锅,老头子气炸了肺,正噪噪呢。"

瓦斯灯苗发了红,不似先前那么雪亮了。这是天明的征候。

武震问:"天亮了吧?"

姚志兰说:"蒙蒙亮了。天阴着,要下雪呢。"

对面铺那位胖乎乎的朝鲜姑娘欠起上身,掠着头发,用一对细眼凝视着姚志兰。

金桥笑道:"小姚,你碰见同行了,她也是电话员呢。"

那姑娘挪挪身子,腾点地方,含着笑招了招手。姚志兰一笑,嘻嘻嘻滚到她一堆去了。

武震打算天亮后去跟朝鲜方面接头,拿起电筒走出去。

山洞子很深,远远一望,洞口有钱眼大,露出鱼肚皮色。耳朵边上哗哗哗哗,响得挺欢,地面上定准有股小水流。

老包头站在黑影里,叉着腰,噪儿巴喝囔得好凶:"什么都怨我,吃不上饭也怨我!一口破锅,丢了又怎么样?天塌了有地接着,脑袋掉了碗大的疤,该杀该剐,你看着办吧!"

旁边有人笑出声说:"你吃了戗药不成,噪噪什么?"

老包头嚷:"你惹的我嘛!你们年轻人才吃几碗干饭,毛没长齐,还想训我!我又不是搪板石,由着你们敲打。"

武震走上去说:"你少说一句好不好,还能当哑巴把你卖了?"

老包头听出是武震,两手一拍,诉起委屈来:"你看看,武队长,光怨我行吗?为大伙吃饭的事,你当我不急?天不亮我就跑出去,山前山后跑了个遍,也找不到家人,都逃光了。这就怨我不该丢锅,我愿意丢吗?"

武震说:"有锅也不准动烟火,小心暴露目标。"又对大乱说:"你告诉大家,饿了吃炒面。可以到洞口透透气,别憋坏了。"

一时,工人们接接连连到洞口来了。一个个像从灶坑里钻出来,熏得不像样,流的鼻涕都是黑的。洞子里流出股泉水,浮头冻着层冰。周海蹲到水旁边,敲碎冰凌,舀了一搪瓷碗水,猛喝一口,哇地吐出来叫:"好凉啊!扎牙花子。"又没旁的水,大家还是得用冰水拌炒面吃。

人堆里闪出个人,脸熏得像小鬼,乌黑一片,光露着口白牙。大乱一眼认出是小朱,嘻着嘴笑起来:"哎呀,真好看哪!小朱擦胭脂抹粉,美起来了!"

小朱斜着白眼瞅了大乱一下,鼻子一蹙说:"小样!屎壳郎戴花,臭美不觉得,还笑人呢!"

山坡上走下个年轻轻的朝鲜人民军战士,走到跟前问大家道:"这里有位武队长吗?"

武震笑着迎上去说:"有一个!"

那人民军战士脚跟一并,行了个漂亮的军礼说:"我们联队长请呢。"

原来是安奎元打发来的。安奎元天天盼着援朝大队,天天派

153

人到站上问,今天问着了,立时来请。

第六段

说实话,武震是不大喜欢山的。历年来行军作战,他不知爬过多少大山,于今翻过山头,到了平地,从来没闲心游山逛水。常见一些城里人春秋两季特意跑多远去逛山,他会笑着说:"让他们打两天游击,管保过够山瘾了。"

但对朝鲜的山水,武震也不能不看两眼。他随那人民军战士往联队部去,半路立在高处一望,远远近近都是山。远山灰蒙蒙的,一重比一重远,一重比一重淡。近处山岭长满密丛丛的赤松,霜雪一洗,碧绿鲜亮,透出股淡淡的青气。松树又爱招风,光听见四面山头呼呼好响,不知风有多大,山洼的栗子树、苹果树,却只轻轻摇摆着。大沟里高高低低净稻田,稻子收割了,还没运走,乱堆在野地里,一个一个尖顶小窝棚似的,数不清数。这使人想起战争。敌人到过这带,没站稳脚就被中国人民志愿军轰跑了,处处留下了敌人焚烧的惨象。

那人民军战士指给武震看他们的城市。在北朝鲜[①],你还能找到一座好城?这座城也不例外。烧得焦黑一片,横在山脚下,好几处还渺渺茫茫冒着青烟,影得背后的山岭和落叶松微微发颤。

逃难的人还没回来,到处显着很荒凉。武震跟着人走进条深山沟去。漫山坡是栗子树,树叶黄了,风一吹,成团成团飞舞。栗子早熟透了,也没人打,落得满山都是,带刺的外壳裂开了,一堆一堆的,像是无数小刺猬。一只锦毛大野鸡正啄栗子吃,听见人声,咯咯咯叫着飞进赤松林去。

山脚有几间小草房,屋脊爬着葫芦,蔓子干黄干黄的,挂着几

[①] 当时的旧称,指今天的朝鲜。为保留作者原初的创作风貌,故不作改动。——编者注

个好大的葫芦。房檐底下晒着烟叶,金黄的苞米,还有整棵整棵的红辣椒。

小屋正面的隔扇门哗地拉开,一个校官探出身,左胸闪耀着金煌煌的国旗勋章,登上短统皮靴,隔老远笑着伸出手,迎着武震跑上来,一把握住武震的手说:"你来啦!想不到在这儿又见到你们了!"便拉着武震的手往屋里让。

不用说,这是联队长安奎元。人有三十左右岁,高身量,细腰,眉毛像漆的一样黑,穿着身笔挺的绿哔叽军装,领子、袖子、马裤的外缝,到处缘着火红的丝绦子。言谈举止,显得又洒脱,又精悍。在握手时,武震觉出他掌心有块镜疤。

进了屋,先前那人民军战士亲自从厨房端进一铜盆热水,放到炕角上,请武震洗脸。武震想学朝鲜人那样跪着洗,无奈硌得骨头痛,只得蹲着擦了两把。

安奎元把个黑布描金圆垫子往炕头一推,笑着拍了拍,请武震坐下。他们是初会,但在安奎元的态度上,武震觉出有点特别东西。不是客气,不是尊敬,却像多年的老朋友久别重逢,又亲热,又靠近,一点都不拘束。武震想问问朝鲜的情形,没等开口,安奎元盘着腿坐到他紧对面,先问起中国来。

武震不知他愿意了解哪方面事。安奎元很热切道:"随你说吧。你有多少说多少,我什么都想知道。"

武震犯了难。那么大一个国家,千头万绪,一下子哪说得完。刚一犹豫,安奎元就发了问。他问毛主席,问朱总司令,问解放军那些著名将领的近况。东北的工业建设,华北老根据地人民土地改革后的生活情形,都是他关心的问题。他更关心的是延安。

武震歪着头盯住他问:"你到过延安?"

安奎元的黑眉毛一扬笑起来:"怎么没到过?我在延安整过风,挖过窑洞,听过毛主席的报告。有时我真想回去,看看我亲手挖的那些窑洞。"

武震一下子明白了安奎元,明白了他的感情。这个人原是朝鲜义勇队的一员，参加过中国的抗日战争，参加过中国的第三次国内革命战争①，如今回到他的祖国朝鲜，怎能不留恋他的第二故乡呢。

安奎元最留恋的是延安那段生活。这是他历史上的光荣。一九四五年秋天，他怀着怎样的心情离了延安啊！他兴奋地背上行李，离开了培养他的那块土地，走向更阔大的天地。但当他踏着滚滚黄尘，将要离开那一刻，他几乎不想走了。他舍不得走。他几步一回头，望望延安城，望望宝塔山，望望宝塔山上的宝塔，心里好凄楚啊！望望吧！再望望吧！谁知这一去哪年哪月再回来呢。也许从此永远不能再回来了。别了，延安！人们将永远记着你。

安奎元记着中国共产党，记着中国共产党多年给他的教育。他骄傲自己曾经是毛泽东的战士。他在联队里常常谈起中国人民解放军的革命传统，常常谈起中国人民解放军执行三大纪律、八项注意的故事。他的联队作战十分勇敢。在人民军里，保卫祖国就意味着勇敢，意味着顽强，意味着胜利。自从一九五〇年六月二十五日起，安奎元的联队从北到南，从南到北，他亲眼看见多少好同志为朝鲜人民尽了忠，英勇地倒下去了。

最难忘记的是汉江桥。在这座桥上，安奎元亲自带着联队冒着敌人的狂轰滥炸，从六月到九月，一直保持住这条咽喉，让人民军的步兵、炮兵，有名的白虎坦克队，源源滚滚涌过汉江。

可是美军从仁川登陆了，铁道联队参加了汉城②保卫战。敌人白天攻进城，黑夜铁道联队冲下山，又把敌人赶出城去。杀出杀进，足足打了八天八夜，直待南线人民军撤到汉江北岸，安奎元才带着队伍离开汉城。

他们撤出汉城，撤出开城，撤出沙里院，撤出平壤。……在平

---

① 旧称，指解放战争。为保留作者原初的创作风貌，故不作改动。——编者注
② 当时的旧称，指今天的首尔。为保留作者原初的创作风貌，故不作改动。——编者注

壤牡丹峰顶竖着一块石碑,碑上刻着:"从日本的奴役下解放朝鲜人民并确保朝鲜的自由与独立的伟大苏军万古留芳!"这是朝鲜人民解放的纪念碑——从奴隶到主人、从痛苦到欢乐的纪念碑。过去的日子不能再重复,死就死,谁也不愿再当亡国奴了!

烈性子的人叫:"往哪撤呢?死就死在这,活就活在这,我不走了!"

也有人大声地说:"不,我们不能死!我们没到绝路!"

这是个十月的夜晚,月色很新,满天飞着霜。遍地草都黄了,西风一吹,萧萧索索的,好凄凉啊!安奎元领着队伍退到清川江北,踏着满地黄草往北走。他的心也是苦的。他明白战争的胜利不在一城一地的得失,但是闭着眼一想,有多少土地落到他的脚后,有多少生长在那片土地上的人民落到敌人手里,死活不知,他的胸口就透不出气,闷得要死。敌人的炮火隐隐约约逼在背后,往北一望,不远就是鸭绿江。退路绝了,再退往哪退呢!

这时,月亮地里,迎面开来一支队伍。这是支奇怪的队伍。每人背着一支枪、一把镐,披着一条白布单,穿着像人民军一样的服装,不说不笑,不噪不闹,只听见脚步嚓嚓嚓嚓,擦着安奎元的肩膀往南扑去。这是哪来的队伍呢?

有人破着嗓子叫了声:"中国同志呀!"眼泪唰地掉了,话也说不出,大家上去抱着哭起来。说啥好呢?在这种最痛苦又是最欢乐的片刻,人类的全部语言也不足以表达感情。眼泪就是最深刻的语言。让每个人好好哭一哭吧。

安奎元也哭了,一面流泪一面说:"我知道你们不会忘记我们的。"

联队里每人的心坎都点起盏灯,亮堂堂的。一些新战士互相叹气说:"哎呀,民主阵营有这样大力量呀!"

这力量表现在中国人民志愿军身上,也表现在许许多多日常生活上。墙上挂着件安奎元的黄呢子大衣,是匈牙利人民的慰劳品。门口摆的皮靴子,应该感谢捷克人民的好意。就连安奎元拿出来敬客的香烟,也含着东欧人民海样深的情意。……

武震看着烟卷上印的牌子,叹息着说:"全世界人民都支持你们啊!你们拿命挡住头吃人的野兽,不让它去祸害人,谁不真心援助你们?中国有句老古语说:一人为大家,大家为一人——将来有一天,人类谈论起今天保卫和平的事业,一定要念念不忘你们的。"

安奎元一把抓住武震的手说:"哪里的话!倒是我们朝鲜人民应该记着你们。没有你们,我们早就完了。"

武震又觉出安奎元掌心那块疤,扳着他的手问:"你负过伤吗?"

安奎元擎起手笑笑说:"可不,我早领教过美国子弹的滋味了。"

武震又问:"几时负的伤?——在汉城?"

安奎元摇摇头说:"不,还要早呢。一九四八年在张家口。"

武震睁大眼问:"怎么,你打过张家口?"

安奎元说:"打过呀。怎么的?"

武震照着安奎元的胸脯啪地一拳:"好家伙,我也打过呢!东北一解放,我们就盼着东北解放军进关了。你们一进关,把国民党反动派像碾蚂蚁一样,碾得稀烂,仗打得可痛快啦。"

人在谈话里无意中提到个共同认识的人,说起件共同知道的事,特别是谈论起共同参加过的有意义的大事,感情一下子会加深几十年,不亲的人也会变得十二分亲。

安奎元是个热情人,一听武震的话,眉毛飞起来,双手拉着武震的手说:"哎呀,真想不到,我们还在一起打过仗呢!"

武震说:"不但一起打过仗,还一起流过血呢!我也是那回挂了花,才脱离部队。"

安奎元说:"让我们再在一起打一回仗吧!那次是为中国人民的解放,这次是为朝鲜。"

武震笑着说:"别分什么你呀我的吧。我们这两个民族是一条藤上结的瓜,苦都苦,甜都甜。过去一块吃过苦,现在中国人民胜利了,朝鲜人民一定也要胜利的。"

由于一个冲动,安奎元一把搂住武震的脖子,武震也抱住他,互相拍着后脊梁笑起来。

门拉开。门外零零碎碎掉着几点小雪花,一股冷气扑到屋里。先前那个年轻轻的人民军战士立在门口,拿着张纸,想进来,又拿不定主意,红脸蛋上飞舞着一片光彩。

安奎元闹得怪不好意思。要照八路军的老习惯,同志们见了面亲热起来,打闹一阵,抱着滚几个滚,也不稀奇。人民军里可更讲究礼貌。安奎元对武震调皮地挤了挤眼,戴正帽子,略一点头,那人民军战士满脸是笑走进来,递上那张纸。

安奎元挺着细腰,脸色很矜持,眼光在纸上扫了扫,忽然露出遏止不住的喜色,勉强用平静的声调说:"这是前线来的消息,我念一念。"便很严肃地念起来:

  中国人民志愿军进入朝鲜,与朝鲜人民军并肩作战,自一九五〇年十月二十五日开始到十一月五日结束,在云山、温井地区对美国侵略军进行了第一次大规模的胜利战役,粉碎了麦克阿瑟所谓"感恩节前结束朝鲜战争"的攻势,把迫近中国东北边境的侵略军打退到清川江南。

安奎元念完了,仰起脸望着武震。

武震听出了神,还等他往下念呢。安奎元把纸一抛,再也忍不住,从心底爆发出一阵欢笑,回过头叫:"饭好了没有?"

那人民军战士笑着应道:"好了。"

"有酒没有?"

"有一点。"

安奎元嚷道:"见你的鬼!你好意思当着远来的客人说这样话。有一点!你得给我们酒喝呀!让我们喝个足,喝个饱,喝个痛快!"

酒是足够喝的。据说是一种矿石做的化学酒,味道不醇,倒很尽兴。他们面对面坐在黄油纸糊的热炕头上,每人眼前摆着张黑漆小茶几,上面是一铜碗白饭,一铜碗干鱼萝卜汤,一铜碗辣椒泡白菜,还有铜勺子、铜壶……黄澄澄的,净铜器。饭是朝鲜农家的平常饭,武震却认为是他有生以来所吃的顶贵重的一次饭。下酒的不是什么山珍海味,却是两个民族最深厚的生死交情,却是两个民族共同赢得的巨大胜利。

饭吃完,工作也谈好。目前朝鲜铁路只通到宣川。援朝大队决定当晚分散下去,配合朝鲜战士和工人抢修铁路,架设电线。武震带着队部暂时留在宣川,掌握全盘情况。

这天傍黑,全大队人在铁道联队吃了顿饱饱的热饭,分头走了。白天,你望望吧,四处荒荒凉凉的,人芽也不见。一到天黑,地面就像滚了锅,闹腾起来了。不管是甲级公路,乙级公路,到处拥挤着人马车辆,压面一样往前涌。这里有朝鲜农民赶的大轱辘牛车,有东北来的四套马胶皮大车,有汽车,有炮车,还有——这是什么东西震得地面轰隆轰隆响?原来是大队坦克往前线开。

志愿军的战士一律轻装快步,正路让给车辆,顺着公路两边走。迎面的汽车有时亮一亮灯,晃得他们眯缝着眼,背过脸去。只这一霎,你可以从那些结实朴素的黑脸上看出多么高贵的中国人民的品质。他们正往炮火里走,他们的脸色却那么浑厚,那么善良,那么坚定而又英武。

他们可又那么天真,那么会笑。

一辆大卡车压到运辎重的老牛车后头,插不过去,只得慢慢跟着走。只听见一条铜锣嗓子叫:"哎呀,牛拉汽车!"

那卡车上涂着白五星,显然是敌人送的礼。司机紧催牛车让路,按着喇叭呜呜直响。又一条脆生生的嗓子叫:"吓,好大的嗓门!"

那条铜锣嗓子应声说:"这是麦克阿瑟的嗓门,专会吹牛!"

那卡车不知犯了什么毛病,嘟一声,嘟一声,嘟到最后不动弹了。司机走下来,把车门砰地一摔骂:"操他祖宗,油又冻了!美国卡车就是怕冷,跟美国兵是一流货!"

铜锣嗓子笑起来:"我说呢,冻歪了嘴,怪不得牛都吹不动啦!"

忽然有个战士喊道:"正月十五挂灯了!"只见正南敌人打起几颗照明弹,上头拖着股白烟,晃晃悠悠挂在半空,贼亮贼亮,地面一时都照白了。正愁黑路不好走呢。战士们叫:"借光!借光!"于是人马车辆,赶路赶得更顺溜。

援朝大队的工人插在当间,见了照明弹,有人想趴下。战士说:"没关系,没关系,你们快走!"工人们便顺着人流走下去。

第七段

姚志兰是电话班长。那晚上分散时,见她爹带着人走了,周海带着人也要走,单单丢下群女电话员留在队部,急得她找到周海说:"我们是来工作的,也不是来晒干,留在后边做什么?我们也去。重活插不下手,做点零活还不行?强似闲着。"

周海张罗着要动身,没工夫多说话,一甩手说:"嗳,我的姑奶奶!队长叫你们留下就留下吧,别添麻烦啦。等电线架好,你们高兴落上去,唧唧喳喳叫一阵,倒还有趣。这工夫,谁有闲心陪你们玩。"

姚志兰噎得说不出话,两根小辫一甩,扭头走了。

这晚上,电话员们宿在深山沟一间空屋子里,地炕上乱堆着稻草、破胶皮小船鞋和纺了一半的线穗子等。炕当间倒着口缸,里面是小半缸泡白菜,撒了一炕酸水,冻成了冰凌。姚志兰拾起把稻草,拧成辫子,划根洋火点着了,照着亮领人把屋子收拾干净,铺上防空衣,大家将就着坐下。门是个空框子,也不行啊。刺骨头的山风忽地闯进来,打个转身又出去,出出进进由着意串,一点不客气。

小朱在黑影里说:"风这么大,炕又凉,一宿不冻成冰棍啦。"便摸到根麻秸点起亮说:"走!谁跟我到外头找东西挡挡门?"

一个长着大脑袋的电话员伸了伸舌头说:"外头有鬼,你敢去呀!"

小朱撮着小嘴说:"有鬼也是大头鬼,寻你来的。你不去有人去。"

又一个小胖子笑着戳了小朱的鬓角一指头说:"你听听她这嘴,真损!你死了非下割舌地狱不可,再叫你尖嘴嚼舌地笑话人!"

小朱跟小胖子笑着出去了。

天阴得很浓,门外黢黑黢黑。山风吹着小朱手里拿的麻秸火,火灰落下来,飞着一串火星。

姚志兰悄悄坐着,心想:"明儿是十月革命节了。"

人在雷风暴雨里,顶容易忘记日子。别人会忘,姚志兰不会忘;别的日子能忘,这一天可不能忘。姚志兰的好日子本来择的明天。大家的好日子看看过不成时,谁有心思只图个人眼前的欢乐?姚志兰嘴里这样讲,心里这样想,偏偏在心眼深处,有一丝感情缠绕着她,一空下来,就觉得像丢了点什么东西。她想天宝呢。不是,她是想妈。她也说不清到底想谁,也许谁都想。临走那天,吴天宝正在旁的线上跑车,没见着面。见不见着无关紧要,横竖人家想得开,不会恼她。

妈哭得太可怜了。姚大婶先是气,顶气男人。不说劝劝闺女,自己也拔腿就走,丢下她一个瞎老婆子怎么办?

姚大婶一屁股坐到锅台上,气呼呼说:"你当是就你们会走,我不会走!明儿我也拾掇拾掇回娘家去,守着这个破家做什么,我也不过了!"又指着女儿说:"你不用逞强!在家一天三顿饭,稀的是稀的,干的是干的,还挑肥拣瘦的,嫌不好吃。到那边啃石头子去吧!五天半不哭着回来才怪,有你丢人现眼的时候!"

气头一过,明知留不住,姚大婶哭了。一面哭,一面拿面瓢舀面,忙手忙脚地要做一顿顶好的饭给他们父女吃。一面忙着,一面又哭着说:"你们别当我是那劈不开的死牛头,什么不懂。这好日子是哪来的?我一辈子操心劳累,天亮忙到断黑,还不是为的你们！既然你们对,你们就走,也不用管我,也不用惦着我。要想我不惦着你们,除非是我两腿一伸,咽下这口气去!"

那天,妈一直送他们父女到大门口。姚志兰从来没听见爹对妈说句体贴话,这回可说了。她爹说:"难过什么?往后的日子,工会按时把节自然会照顾你,也不用愁。你家去吧,看风吹着,又该犯咳嗽病啦!"

走出好远,到拐弯的地方,姚志兰一回头,看见妈还倚在门上,望着他们。江风吹得她的脸发青,妈显得多老啊!

妈是好妈妈,就是心路窄,遇事想不大开。做闺女的又何尝不惦着你呀!姚志兰长这么大,几时离开过家门口。在家时,天天回去,一进屋先问:"妈呢?"妈在后院说:"死啦!"有时妈不答应,姚志兰就:"妈!妈!"屋前屋后叫着找,惹得妈没好声说:"看你像叫魂似的,烦死人了!也没见长这么大,还像尾巴根子一样,几时才离得开我的怀?"

今天她可离开妈的怀了。她离开了,就像春天的"平地一声雷"①花草一般,东风一吹,从土里冒出头,经得住风,经得住雨,越在风雨里越透着新鲜。自从过江以来,姚志兰不怕风险,冷热无所谓,扑腾扑腾到这,扑腾扑腾到那,几时想过家?只是想:"你看,这不是打仗去啦!"倒觉怪有意思的。

今晚上不知怎的,弄得她有点心神不定。

小朱在隔壁骂起来:"这是谁这么缺德,拉屎往锅里拉,真是地方!准是美国鬼子干的。这不是,锅都砸碎了。"

半天,不知小朱打哪儿翻腾出张破席,拖回来钉到门上。

屋子冻得要命,怎么睡法?大伙只得把裤子褪下点,打个结,包住脚,大衣往头上一蒙,背贴着背,腿插着腿,糊弄着睡下去了。北风撒开了泼,围着小屋又吼又闹,吹得外头高粱秸叶子哗哗乱响。小屋一时好像只大风浪里的破船,东摆西晃,眼看就要鼓

---

① "平地一声雷",一种花草名,春天发芽最早。

翻了。

睡到后半夜,姚志兰冻醒了,腿抽了筋,痛得坐起来,咬着牙搓腿肚子。小朱忽然在她身旁哭起来,哭得那么伤心,吓了姚志兰一跳。

姚志兰摇着小朱问:"小朱,小朱,你怎么的啦?"

小朱呜呜哭着说:"我妈死了!"

姚志兰忍不住笑:"傻闺女,你是做梦啊!还不醒醒?"

小朱蒙蒙眬眬问:"我是做梦吗?"

姚志兰说:"不是做梦是什么?白天看你那个泼,像个母夜叉,怎么也想起家来了?"

小朱不好意思说:"谁想家来?"

姚志兰说:"梦是心中想,不用哄我。"

小胖子缩了缩腿,睡梦里吧嗒吧嗒嘴。姚志兰悄悄说:"咱们别说话啦,看吵醒人家。"

夜晚表面很平静,连声狗叫都没有。山风带着股松脂油的香气,扑进屋里,吹得门上的破席呼搭一下,呼搭一下,好像是人掀的。远处响了声枪,竖起耳朵一听,又听不见了。

小朱推了推姚志兰小声问:"你睡着了吗?"

姚志兰悄悄说:"睡不着,冻得慌。"

小朱说:"我也是睡不着。我才想,咱这几个人,过去东一个,西一个,有的连认识都不认识,哪寻思能碰上?眼时聚到一起,像亲姐妹样,也是缘分。单好一辈子能在一块,那有多好!"

姚志兰道:"傻丫头,又说痴话了。哪能一辈子不离开?等胜利了,就得分手了。"

小朱说:"一分开,多叫人难过,还不得哭。"

姚志兰笑着说:"那我先哭。"

小朱抢着说:"我先哭,我先哭,我得先哭。"

姚志兰搂着小朱喊喊喳喳说:"别瞎扯啦,那时候叫你哭也哭不出,光剩笑了。你想想,仗打胜了,我们又回到祖国,回到家里,见到自己的亲人,该多高兴啊!你还会哭?天快亮了,这回可该睡啦。"

一转眼,她俩亲亲密密拥在一起,互相拿身子暖和着,呼呼睡着了。

日子暂时可是艰难的呀!天天挺黑挺黑,姚志兰摇醒大家,一个个半睡半醒的,打着冷颤,摸摸索索摸到厨房里,二三十人抢一个小盆洗洗脸,然后往下塞苞米楂子。也没菜,每人手心里一捻盐花。吃了饭,还得钻到山沟去防空。山沟又潮湿,一踩一咕哧冰水。姚志兰想出个道,不知打哪儿捡到张断了齿的破铁耙,领着大家上山拾柴火。

五年的旧松针黄了,老了,落了一山坡,铺着厚厚一层。松树塔掉得满山坡都是。橡树叶子有巴掌大,叫霜打成紫色,干在棵子上。满地一片黄色里,冒出一撮一撮小绿缨,十分鲜嫩——这是刚发芽的小松树。

姚志兰领着头耙松针,一把一大堆,拿棉大衣包回来可以烧炕。小朱鬼精灵,有时爬到松树上,两手抱着树一摇晃,陈年老针唰唰落下来,落得姚志兰满头满脖子都是,吓得她扑落着头跑开。

电话交换台一时安不起来,武震吩咐她们多和朝鲜女电话员联络联络,可以研究研究业务,彼此学学话。姚志兰只想多做点事,便发动女同志帮男同志洗衣服,补袜子,做些针线活。附近车站上抢修电线,她们就争着去干。深更半夜也不怕,常常几个人抬着多重的铁线,一脚泥一脚水的,摸着黑赶一二十里路,把铁线送到工地去。

说来也怪,不管环境多么困难,这群女孩子却总是那么欢欢喜喜的,不叫一声苦。小朱帮人洗衣裳,手常泡在水里,皴得裂了血口子,也不停手。她的花样又多,时常搓着搓着衣裳,想起来就嚷:"来,咱们碰球。"便先说:"一球碰二球。"大脑袋在她身旁,接着笑道:"二球碰四球。"姚志兰占的地方数第四,赶紧笑着说:"四球叽哩咕噜碰一球。"小朱叫:"好,你找寻我!"赶紧说:"一球叽哩咕噜乒乓碰四球。"姚志兰用手背掩着嘴,又往空一拍,也顾不得再碰,笑得说不出话。小朱尖着嗓子吵:"嗳,你输了!"按着姚志兰就弹脑壳。姚志兰推开她说:"不和你玩这个,咱俩瞅眼,看谁先笑。"绷着脸就瞅小朱。小朱立时把眼一瞪,眼皮动都不动,直瞪着姚志兰,倒把姚志兰逗笑了。

那个穿紫的胖乎乎的朝鲜姑娘和姚志兰在山洞里见过一面,再一碰头,亲热极了,时常到姚志兰住处玩。她挽着姚志兰的胳臂,在姚志兰耳朵边上轻轻说笑着,半说半比划,把她记得的中国字、苏联字都搜寻出来,好让姚志兰能听懂。姚志兰听不懂,也能猜出她的意思。一个眼色、一个笑脸、一个手势,尽足以表达感情了。关于她的事,姚志兰听出她叫康文彩,家在南面,大半家里有个老人下落不明,因为她直理胡子,理完胡子就用略微带斜的细眼凝视着远处,半天不作声。

有一天,周海从现场回来,满身油光光的,棉袄撕了几道大口子。小朱一见吓了一跳:"哎呀周科长,你怎么瘦成这样子?"

周海说:"没吃的呢。饥一顿,饱一顿,有时一两天水米不打牙,今儿就是回来领粮食。"

姚志兰叫他脱下棉袄,替他缝缝。

小朱抢着问:"小贾可好吧? 上回他托人带话来,要双袜套,早缝好了,你给他带回去吧。"

姚志兰问:"谁是小贾,我怎么不认识?"

小朱说:"你忘啦,那回从山洞子往这搬,替我背东西那个人。黑灿灿的,大眼睛——是咱们电务段的。"

姚志兰停下针线,拿针按着嘴唇,歪着头笑了。

小朱红着脸叫:"你笑什么? 我知道你没好意。"

周海提着高嗓门笑道:"那小伙子,跟小朱真是一对,顽皮死了。连敌人他都耍着玩。有一回黑夜架线,我在高头一望,不知是谁存心找死,在河滩点起堆火,围着火坐了一圈人。恰巧美国飞机来了,好炸一气。我急得跑去一看,谁知都是小贾扎的草人。后来因为晚上做活慢,做得还腻味,都要白天做。有一天晌午我到车站去,老远望见小贾爬在电杆子上接线,敌机来了,好像没听见,还做他的。我急得对他嚷,你猜人家呢,跟飞机藏起猫猫来啦!飞机从东来,他转到电杆子西面去;从西来,他又转到东面去。后首飞机开了枪,人家也乖,两手抱住杆子,出溜地不见影了。事后他还对人说:别看美国鬼子会飞,架不住我会坐电梯,看谁的本事大!"

姑娘们掩着嘴,唧唧嘎嘎笑起来。小朱说:"像这种人,才配称志愿军。要像那个姓郑的技术人员,光会卖嘴,一动真的就颓萎了,真不害臊!"

周海瞪着眼说:"技术人员也不是一个娘肚子爬出来的,好的还不有的是?"

小朱尖着嗓子说:"人家只是一句话,看把周科长急的,脸红脖子粗,像吵架一样,吓死人了!"

周海笑起来:"我这个脾性,你还不知道?可别记恨。"又问姚志兰道:"缝好了没有?上回临走,可把小姚得罪了,有意见吧?"

姚志兰笑了笑说:"有是有一点,也不大。我觉得男同志总有点小看我们,认为我们不行。这是什么时候,这是什么事情,还分什么男女?往后顶好别这样。"说着用牙齿咬断线,把衣服摆过来。

她说得一字一板,有根有梢,说着说着一翻眼皮,那种神气,使周海不由地想起张陈年百辈的年画。画上画着个大胖孩子,穿着他父亲的大马褂子和云头鞋,用墨抹着两撇胡,嘴里叼着根长烟袋,神气活现,可像个大人啦。

当天晚上,可巧武震要坐摩托车①到前面去看线路,叫周海带上粮食一块走。姚志兰要帮着把粮食送到车站,周海摆着头说:"不用,不用。黑更半夜的,六七里路,你们背不动。"

---

① 摩托车,一种在铁轨上跑的汽油车。

姚志兰把头一扭说:"又来了! 我们女同志天生不行嘛! 怎么就背不动? 非去不可。"

站上黑魆魆的,见不到一盏红灯绿灯。地面坑坑坎坎的,一脚高,一脚低,一步不留神就晃个跟跄。站口铁蒺藜拦着堆煤,不知烧了多少天,还冒烟呢。黑地里停着两列敞车,星星光里,只见上面蒙着雨布,布底下突出一根一根好粗好黑的玩意,硬挺挺地斜指着天空。

小朱最爱多嘴,拉拉姚志兰的后衣襟悄悄喊:"高射炮啊! 真多! 真多!"

对面有人用朝鲜话招呼道:"吆包①! 吆包!"

大乱高声问道:"干什么的?"

对面忽然乐得叫起来:"是你们啊!"忽隆忽隆跑上来,握住武震的手连连说:"你们来啦! 你们来啦!"

武震一看是个志愿军伤员,左胳臂吊着绷带。他们谁也不认识谁,见面连姓都不问,握着手就亲得不行。认不认识有什么要紧,他们说的不是一种共同的语言? 这种语言,在远离国土的时候,远远听见一句,即便听不真,光从音节语调上,就觉得特别亲切、特别好听,就会使你想起你的国、你的家、你的亲人——因为这是祖国的语言啊!

那伤员笑得闪着口白牙,自己说是从云山下来的,走了几天了。又回过头叫:"快来吧,碰见自己人了!"就又有两个黑影走到跟前,用拐杖支着身子,跟着笑。

他们挂了花,要回国去,打听今晚有没有火车往回开。武震不清楚,领他们到朝鲜铁路指挥所去问。

指挥所设在地下,就着原先的炮弹坑,挖深了,挖宽了,高头盖上板,堆起土,变成一座坚固的地下室。那个吊绷带的伤员瘦是瘦,精神可好,在荒山野坡滚了二十几天,看见什么都新奇。指挥

---

① 吆包,朝鲜语,喂的意思。

所装起电灯,他一进去,指着叫:"嗳,这还有电灯!"站上喊的一声,他又叫:"哎呀他妈的,又听见火车叫啦! 快一个月没听见火车了!"

他很爱说话,等车的工夫,滔滔不绝地谈起前线的故事。根据他的说法:美国鬼子是个大气球,吹得个头挺大,给他一针,连个响屁都放不出,刺溜地就瘪瘪了。他捉到两个俘虏,枪对到他们后心口了,人家还肚皮贴地趴在棺材大小的土坑里,铺着毛毯,手里捧着火炉,怀里揣着火炉,消消停停过冬天呢。

又有一次夺山头,他听见敌人左翼有挺机枪,叫得怪讨厌的,扑着枪音绕上去,不觉大吃一惊。机枪绑在树杈上,一个人没有,枪可在响。这不是有鬼啦! 鬼出在条绑着扳机的绳子上。溜着绳子一找,好家伙,十来个枪手都藏在大土坑里,有板有眼拉着绳子。

也有真会替自己想办法的敌人。你一包围他们,他们赶紧揭开怀,衣服里上写着中国字:"请求放我回家!"

那伤员脸色发黄,头发多长,一套棉衣磨得稀破,说的可净这类妙事,一句叫苦话都不说。只有当他知道武震是铁路上人时,才喜地说:"你们来了好极啦! 前方就是没吃的,饿坏了! 你给我们高粱米咸盐就行,打胜仗不成问题。"

武震瞪着眼望着周海说:"你听听前线对我们的要求! 我们是来干什么的? 到现在铁路还不到定州,电线也没架好,怎么对得起前线的同志?"

周海说:"再有两天管保架完。"

武震勉强笑笑说:"两天? 你在哪儿说话呀?"

周海愣了愣说:"这不是指挥所?"

武震说:"你不是在被窝里说梦话? 现在是打仗,不是平时,迟一分一秒都会影响战争——得抓紧时间哪!"

周海擦着鼻子尖上的汗,答不上言,转身走到电话机前,摇了一阵,忽然大声说:"武队长,通国内的总机线架好了,你要说话吗?"

武震跳起来:"给我摇军运司令部,请秦司令员讲话。"

在电话上,他由秦司令员那儿得到个好消息:将有大量的人力器材补充上来,这是最需要的。也有个不大好的消息:敌人集结了在朝鲜的全部兵力二十多万人,发动了什么圣诞节前"最后结束朝鲜战争"的总攻势。

当夜,武震坐着摩托车往前去时,只听见我们的榴弹炮咔咔响,像打焦雷。黑糊糊的天边忽闪一亮,忽闪一亮,炮火又滚到清川江北岸了。

第八段

炮火又滚到清川江北,滚到云山,滚到定州。……

炮火滚来了,立时又滚回去。

来的时候,敌人的气焰凶极了。特务四处造谣说:"这回要丢原子弹了!美国人从平壤到球场摆满机械化部队,三天要推到中国去!"

白天,还有敌机像走平道一样,飞得贼低,对地面广播说要在圣诞节前占领全朝鲜,还要在新年赶到哈尔滨喝年酒去!

当时姚长庚正领人连夜抢修铁路,整宿不断看见中朝人民部队往北闪,脚下蹱起好大尘土,好似一片灰雾,漫着大路。

郑超人把自己东西都捆好,随身带着,对人说:"这种时候,可不能大意,应该警惕些呀!"

就在那晚上,敌人的大炮叫得正得意,南边半拉天滚着一片火浪,闪开的中朝部队冲着火浪又漫上去了。人漫上去,炮声远了。不多几天,在朝鲜铁道联队一个大队部里,收音机拨到北京,郑超人听见个熟悉的女音报告说:"平壤解放!"

姚长庚清清楚楚看出这件事对郑超人的影响。他不喜欢郑超人。这是姚长庚的脾气,自己正派,碰见花言巧语的人,看不顺眼,容易存偏见。一有偏见,处处都觉得讨厌。怎么郑超人那张脸老没点血色,像个大烟鬼?怎么军装里偏要套件西装小坎肩,这就显着比谁文明?人家脸都顾不上洗,他可倒好,吃完饭,还要咯嘟咯嘟刷一阵牙,有什么刷头?

武震好几次批评姚长庚说:"一个党员,看见别人不成材,要磨炼他呀。丢手不管,光皱眉头,这不是党员应该抱的态度。"

武震找郑超人谈过话,批评了自己欠冷静,也结结实实批驳了郑超人的恐美思想。从此郑超人虽说病根没除,可不害心口痛病了。前头有车,后头有辙,姚长庚就也克制着自己,常给郑超人谈些道理。

郑超人也不满意姚长庚。姚长庚做事细致,走路看见根道钉,也要捡起来揣好,归拢到大堆去。在他眼里,钢轨枕木都像活物件似的,也知道痛痒,总是细心细意照顾着。来到朝鲜也不存外心,拿着当自己国家事一样上紧。

郑超人背后冷笑说:"他怎么抠抠搜搜的,像个守财奴?一根道钉值几个钱,又不是他的肉,净操些没用的心。"

姚长庚听见了,麻搭着眼说:"不是我的肉是朝鲜人民的肉,做什么不当爱惜?"

二次战役开始时,敌人一路前进,郑超人主张立刻撤退,说是可以避免无谓的牺牲。姚长庚却天天黑夜照旧分派人上现场,钉着不动。武震到前面来过,这给姚长庚很大力量。听见炮音,武震能辨出距离多远;看见些旁人不注意的征候,武震能够判断出我们的军事企图。没有这个人的命令,姚长庚死也不撤。

郑超人背后又冷言冷语说:"我们英勇的姚科长真是英雄,将来要是选麻痹英雄,我准投他的票。"

这几句话惹恼了个人,就是那个叫李春三的小伙子。他在鸭绿江桥跌伤了,幸亏不是内伤,养几天又追上大队。李春三毛毛楞楞说:"我看你是贾家的姑娘嫁贾家,贾(假)门贾氏!明是熊蛋包,还要往自己脸上贴金。人家姚科长就是比你英雄,有什么好说的。"

郑超人又气又羞,脸唰地红了,半天冷笑一声说:"什么英雄!英雄的行为全是被逼得没办法才干出来,不然就是碰巧赶上的——我就不信真有不怕死的英雄。"

二次战役一结束,姚长庚接到武震的紧急命令,叫他去开通定州附近一个大山洞子。姚长庚带着人上去时,朝鲜铁道联队的战士先到了,已经在动手干活。洞子里原先藏着敌人一列车汽油,临逃跑来不及拖走,放把火烧了。汽油筒有的烧瘪,有的开了花,铁片崩进墙去。铁闷子车也烧熔了,堵住洞子。必须设法开通,火车才能过去。姚长庚立刻叫他的人配合着朝鲜战士,用各种办法垫起烧熔的车辆,一辆一辆往洞子外拖。

洞子外是一片田野,庄稼糟蹋得好苦啊。棉花都裂了桃,一片一片白花花的,也没人摘,一场风雪就毁了。稻子熟过了劲,荒在地里,稻粒爆了一地,又发了嫩芽,迎着风颤巍巍的。不知多少坪稻子被敌人浇上汽油,烧得精光,地面都烧黑了。姚长庚从小靠两只手吃饭,想想这些庄稼,不定下了多大力气,一把泥,一把汗的,像摆弄孩子一样摆弄到而今。临了呢?他真替那些他不认识的朝鲜农民难受啊!

在一些烧毁的茅草房子前,常有白发苍苍的老奶奶围着她旧日的家转来转去。家是一片焦泥了,她还是恋恋不去;衣服家具都烧光了,她还是偻着腰挖呀,掘呀,想从土里掘出点东西。能掘到什么呢?几十年的辛苦,几十年的生活,一把火都成灰了。剩下的只有痛苦,只有仇恨。……

姚长庚想:"人在世上,都有个生根发芽的地方啊!休想能把我们连根拔掉。不要紧,宿根烂不了,日子会再变得青枝绿叶,茂蓬蓬地开起花来。"

朝鲜的天气,三寒四温。十二月一个响晴天,李春三跟几个朝鲜战士到附近山头上去砍树,好用木头来垫起破损车。拉回木头时,李春三笑着嚷:"我今儿可见了世面了。"

姚长庚问:"你看见什么了?"

李春三说:"管保你没见过。就在山那边大公路上,有的是美国坦克,都打烂了。"

郑超人听了,疑疑思思不大相信。近来他心里一直挽着个疙瘩,左思右想也解不开。敌人有海军、陆军、空军,我们只有简单的装备,两边一碰,敌人得的却是个负号,怪不怪呢?

工人们谁都想看个新鲜,这天趁休息的当儿,反正路又不远,姚长庚索性领大家到山那边去看看。郑超人想看个究竟,也去了。

可不就像李春三所说的,大路两旁像市场上摆的地摊,左一辆吉普,右一辆卡车,横一部炮车,竖一部坦克,仰的仰,翻的翻,车头都冲着南面,紧张得很。有的坦克履带炸断了,拖在后边有一丈多长。大家都争着往坦克的炮塔上爬。那炮看起来重得很,用手一扳,却滴溜溜转起来。

郑超人问:"这是美国的吗?"

李春三一指坦克上的白五星说:"不是美国的是谁的?难道还是我们的?"

郑超人假装没听见,又去看打坏的炮车。大家正看着,李春三站在坦克上叫:"哎,前边下来俘虏了。"

俘虏一共十几个,多半是美国兵,当中还夹着土耳其人,一个个滚得泥猪癞狗一般。服装又单薄,每人穿着件绿布短大衣,里子挂着丝麻;风帽套到头上,脸冻得铁青,遮得快看不见了。押送俘虏的是个怪灵透的志愿军战士,走路走热了,脸红红的。

李春三迎着头问:"是从平壤下来的吗?"

那志愿军战士笑着点点头,又对俘虏做着手势说:"坐下歇歇吧,都走累了。"

俘虏便东倒西歪坐到公路旁边。当中有个美国军官,长着鹰嘴鼻子,满脸黄胡子像乱草,当着许多人就蹲下去大便。一蹲下,嘴里还说:"OK!"拉完屎,又捉虱子。把大衣一翻,丝麻上爬的虱子成了球,一朵一朵像麦穗,拿手一扑落,唰唰往下直掉。

姚长庚皱起眉毛瞅着他,直发恶心。一个大嘴的黑人走过来,向姚长庚涎皮涎脸伸着手说:"淡贝①! 淡贝!"

姚长庚不喝酒,也不抽烟,从郑超人要了一支给他。黑人接过烟去,咧着大嘴笑了,点着烟,一口气吸进去小半截,对大伙直扮鬼脸。

那鹰嘴鼻子军官横着眼站在旁边,看见黑人走到眼前,一巴掌打掉烟,抢过去就抽。黑人想往回夺,那家伙瞪起眼骂:"滚到地狱去!"

可巧军官背后坐着个土耳其兵,跷起腿,对着他后屁股踹了一脚。这一乱,在场的黑人都动了手,拳头抢得那个欢啊,把那军官揍得鼻子破了,钢盔丢了,抱着脑袋四处乱钻。

押送俘虏的战士好歹拉开架,坐着辆坏吉普车的踏板上,好像对准郑超人的心事说:"美国鬼子呀,这回是九九八十一,算错账了! 不信平打平算算力量。他吹唬他有原子弹,咱有手榴弹;他有大炮,咱有没有炮筒的小炮;咱有正义,有人民,他可白瞪眼了——咱们就同他比人! 再说,咱们的武器也一天强似一天哪!"

一眨眼起了大风,刮得震天响。可是怪呀,风声这样猛,四围却静悄悄的,不起飞尘。路边几棵见了风最爱噪嘴的小叶杨也那么安生,纹丝不动。那志愿军战士仰起头,指着天空嚷道:"哎呀,快来看哪! 背膀的,背膀的,是咱们的'小燕子'!"

李春三急得紧问:"什么小燕子? 在哪儿? 在哪儿?"

姚长庚用满是青筋的粗手遮着眼,拼命往上瞅。只见极远极远的天空有群小飞机正往南飞,翅膀朝后抿抿着,倒像谁在高空撒了把星星,斑斑点点乱闪银光。

那战士又嚷:"还有,还有,又上来了!"

果然又是一队"小燕子"摆成阵势,尾巴拉着白烟,从北往南飞来。天是深蓝色,好像一片大海。"小燕子"拉着白烟穿过天空,活

---

① 淡贝,朝鲜语,香烟的意思。

脱脱就是一群小白鱼,出溜出溜游在大海里,一点动静没有,一摆尾巴从高空游过去了。过去半天,空中才搅起呼呼的大风声。

这就是我们的超音速喷气机,今天头一回出现在朝鲜战场上。

郑超人一时呆在那儿,说不出话。那些坏坦克,那些俘虏,那些"小燕子",清清楚楚摆在他的眼前。敌人为什么会得个负号呢?他似乎明白了那志愿军战士所说的道理,可又不完全明白。心头的疙瘩却像经谁一挑,松了扣了。

只听姚长庚说:"别只顾看了,也该回去干活了。部队已经打到平壤以南,都说说,咱们该怎样保证前线的胜利?"

工人们一回去,开通山洞子的工作进行得更加快了。

第九段

援朝大队的队部移到清川江北一座小山村里,四面围着赤松、刺松、落叶松。山脚一片苹果树,冬天怕冻,树本子都包着稻草。

武震带着厨房住在位阿志妈妮家。在本书开头,我们已经见过这个家庭。那时候,后墙根正开着无穷花。现在冬天了,花落了,爷爷也不在了。

谁要问那位阿志妈妮:"小孩他爸爸呢?"

阿志妈妮会带着惯有的愁楚样儿说:"在人民军里打仗呢。"

她男人离家多年了。原是瓦斯工人,做人很义气,阿志妈妮先前不明白为什么日本警察要追捕他。她永久记着那个大雷大雨的黑夜,她正带着灯纺线,男人一头闯进来,气急败坏说:"我走了,你好生过吧。替我养活着爸爸和孩子,不死总有见面的日子。"拿了几个钱,推开厨房的后门跳出去。一道闪电,她看见男人滑了一跤,爬起来上了后山。

许久许久,她才听见另一位瓦斯工人悄悄对她说,她男人已经过了图们江,逃到长白山大森林里,加入了游击队。

"八·一五"给朝鲜人民带来了自由。正是雨季。阿志妈妮天天清早晨一开门,前山挂着雾蒙蒙的细雨,迷离模糊的,她的心却透了亮,露出太阳。有些流亡在外的人陆陆续续回来了,她也盼着丈夫。说不定什么时候就会到呢。顿顿做饭,都要多做点,到吃饭时候也不吃。她不明说,爷爷也不说破,谁都明白是在等谁。一天,两天……音信没有。她急了,到处打听消息。恍惚听说丈夫随着人民军往前开了。这是个谎信,但她愿意相信。只有在大风大雨的黑夜,半夜惊醒,她忽然会想:"也许他早死在日本人手里了!"心里一阵发空,搂着孩子悄悄哭了。又不敢哭出声,怕惊动了爷爷。爷爷睡在隔壁屋里,长吁短叹的,紧自翻腾呢。

才不多几天,阿志妈妮亲手埋葬了老人。爷爷越来越衰老了,满头霜雪,走动哼哼呀呀的。头十月,美国鬼子打到家门口了,阿志妈妮备上牛鞍子,搭上粮食行李,要去逃反。老人家年年冬天要犯喘病,呼噜呼噜喘着说:"你领着孩子快走吧,不用管我。……我一个老废物,路都走不动,我不愿意连累你们。……我已是七十岁的人了,活够岁数了,还有什么好怕的?"

爷爷没走,便被掳走了。敌人到处晃着刺刀说:"你不走,就扔原子弹!"连逼带吓,掳去的人上千上万。也有半路逃回来的,见人就说:"亏了志愿军拦下我们啊,要不然,这把骨头不定撇到什么地方去了!"

阿志妈妮为爷爷焦急坏了。有一天,纷纷传说清川江南掘出一大堆死尸,净是从北边圈去的老百姓。阿志妈妮把孩子托付给亲戚,套上牛耙犁认尸去了。

死尸有几百,绑成了串,垛成了摞,敌人用坦克从上面碾过去,把人活生生都碾烂了。

阿志妈妮心发麻,头发根也发麻,从里往外发惨。她挨着个扒拉尸首,想要看看有没有她那位老人。从哪儿去认呢?死尸脸都压碎了,泥呀血的冻到一块,不是人样了。她细细翻着死尸的脖子、死尸的手,希望能从想得到的记号上认出她的亲人。还是认不出来。她守着尸堆哭了。

兴许爷爷不在这儿呢。她提着裙子站起来,灵机一动,奔到那些类似爷爷的尸首前,挨着个撕衣裳缝。撕着撕着放声哭了。这是她的针,这是她的线,这是她亲手替爷爷缝的棉褂子呀!她认出自己的针线,认出爷爷,哭着把老人搁到牛耙犁上,盖上领破席拉回家去,挖个坑埋了。

埋了爷爷,她立时动手整顿家业。割稻子,拔豆子,摘棉花,从早到晚,一刻不闲着。有一遭,她从地里用头顶回一包新摘的棉花,棉花包有那么大、那么高、那么重,看样子要把她压扁了。她撂下棉花包,喘两口气,又顶着双耳水罐子到井台打水去了。

武震占着先前她老人那间屋子,当间隔着两扇板门,天天深夜,听见她一躺下,累得伸着胳臂腿,嗳呀嗳呀直哼哼。

武震担心地想:"累坏了,明天爬不起来了!"

赶明天,阿志妈妮又爬起身,不声不响操劳去了。过去几十年,痛苦压不倒她,今天顶着新的日月,她要用双手重新安排她的生活。

老包头和大乱都是阿志妈妮重建家业的好帮手。

这两人可怪啦,不见面还好,见了面准顶嘴。老包头是出名的屎橛子戆,碰上大乱,官司便打不清了。两人吵是吵,从来可不动真火。原来旁人见面要点头打招呼,他俩见面就用吵嘴代替打招呼。

比方说吧,老包头领到块雨布,设计很巧妙,煞几根带,就变成雨衣。老包头明是喜欢,却把雨布往炕上一撂说:"还不及不穿好。这么重,压出一身汗来。"

大乱说:"你嫌不好,给我好啦。你这人真是:叫你往东你往西,叫你搬砖你搬坏,叫你赶狗你赶鸡——别扭一辈子。"

老包头挥着手叫:"去,去,滚远着点!听你叫的名字,就不是好种!叫个大乱,怪不得专门捣乱!"

大乱也不生气,嘻着嘴说:"你懂得个屁!人家是兵荒马乱时候生的,才起了这个名。"

老包头说:"怪不得呢,仗老是打不完,生生叫你妨的!"

老包头这人就是嘴坏。天天早晨,你听吧,先从井台嚷起:"咱不知道,这些人是怎么回事,不管你挑多少水,一离眼就鼓捣光了。做饭还忙不过来,挑水又没人挑,这不是要命!"从井台嚷到厨房,也不住嘴,谁惹他谁就讨一顿骂。不要紧,你别理他,到时候准有你饭吃,有你水喝,一点错不了。柴火缺,有时他忙完两顿饭,跑多远到站上去扛回几根烧毁的枕木,黑灯瞎火摸回来,把枕木往院里一扔,自然又要叫一阵苦。

说起来有趣,这老头子在极不和气的外表下,却藏着颗带点稚气的好心。他什么都帮阿志妈妮做,经常跟阿志妈妮在一个厨房转,噪儿巴喝直说中国话,人家不懂,他也不管,呱啦呱啦净说自己的。

那个叫将军呢的小孩变成老包头的宠儿了。那孩子,认识他爸爸的人都说跟他爸爸是一个模子倒出来的,又聪明,又大胆,和旁的小孩一处玩,总是他发号施令,活像个小司令官,因此都叫他将军呢。

将军呢就是爱黏住老包头,整天像个影子,围着老包头跳来跳去,装出许多痴故事。一会儿把两只小手的大拇指和二拇指做成圈,搁到眼上当眼镜;一会儿又把手腕子贴到老包头耳朵上,用指甲在腕子底下掐得咔咔响,假装手表。老包头见他大冷天还赤着小脚满院跑,拿出自己一双大鞋给他。将军呢走到哪儿,老远就听见拖着大鞋嗒啦嗒啦响。

将军呢顶喜欢老包头那脸黑胡子,得空就爬到老包头腿上,揪着胡子玩,揪得老头子嗷嗷叫,可不舍得打他。

阿志妈妮瞅了儿子一眼说:"惯坏你了!"又对金桥说:"爷爷活着的时候,他专爱玩爷爷的胡子,这个癖性还没改。"

将军呢突然大声喊:"我有两个爷爷:一个死了,一个是志愿军爷爷。"

大伙儿都笑了。金桥笑着问:"你两个爷爷哪个爷爷好?"

将军呢寻思半天,睁着溜圆的小眼说:"那个爷爷揍我的屁股。"

阿志妈妮怪凄楚地笑了:"还不该揍?谁叫你淘气!"

志愿军爷爷就连一指头也不动他。闹急了,老包头把两只下眼皮往下一扒,吐出红舌头,发出怪叫,吓得将军呢拖着大鞋便跑,笑得咯咯的。常了,将军呢也不怕了,倒觉有趣,想起来便拉着老包头的油围裙说:"你再装个红眼毛猴子好不好?"

老包头见那法不灵了,把菜刀往案板上一拍,丧着脸叫:"再闹,我宰了你!"

除了小孩,老包头还喜欢个猫啊狗的。阿志妈妮家那条老母牛,差不多归他一手照料了。天天一早,老头子牵着牛到河边敲开冰凌饮水,饮完了水拴到门口牛橛子上。老牛稳稳当当卧下去,嚼啊嚼的,像个老太婆。遇到刮风下雪的天气,老包头还要往牛脊梁上苫领草席子,怕它受了寒。该喂了,按时牵进牛棚去。阿志妈妮早煮了锅热腾腾的牛食,老包头端着倒进槽里。老母牛喘口粗气,闻一闻,慢慢用厚嘴唇先挑豆荚吃。老包头还怕它牙口不好,胃口不对,一定要背着手看它吃上半天。

不过老头子跟牛也免不了闹个小别扭。有一次去饮水,牛半路停住,怎么挣也不走。老包头吵吵开了:"你跟谁耍牛脾气?都说我戆,你比我还戆,咱们倒要瞧瞧谁戆得过谁去!"便下死劲挣着绳子。牛抻着脖子,叉开后腿,撅起尾巴,哗哗撒了一大泡尿。老包头哼着鼻子说:"真不害臊!一个老娘们家,当着人就张开胯子,这是哪国规矩?走啊!还不走吗?哎,真是:放屁筛大锣,尿尿发大河——谁要娶你做媳妇呀,做着梦就叫尿冲走了!"

一九五〇年底一个晚上。

冬景天日头影短,阿志妈妮劳累一整天后,照例要拿起只破嘴长颈油瓶子,跪着把墙角挂的高脚灯添满油,点起亮,趁着漫漫的长夜,赶着做许多营生。要是往常年,在这寂静的冬夜,她的小屋里嗒嗒嗒的,应该是织布机响。如今生活从根搅颠倒了,棉花还没摘出来,哪里来的线织布?

老包头和大乱只要有空,也忘不了来帮她做夜活。今儿黑夜连金桥都来了。

屋里怪暖和的,飘着很浓的酸菜味。大家围坐在暖炕上,阿志妈妮从墙上挂的大肚子棉花篓里抓了一大堆花,剥着棉花籽,下剩的人每人拿根铜筷子,搓着苞米粒。

大乱四下望着问:"怪呀,怎么少了个人?"

阿志妈妮轻轻朝老包头背后一努嘴说:"躲啦!才闹得厉害,几乎把火盆撞翻了,怕我扇他。"

大乱趴着头说:"出来!我这有个好玩意。"便在裤兜里掏了阵,握着拳头平伸出去。

将军呢探出头,用黑溜溜的小眼盯着拳头,怕是逗他。

大乱张开手给金桥看了看。金桥说:"哎呀,真是个好玩意!"

将军呢一下子蹦出来,使力掰大乱的拳头。看看掰开了,大乱一张手说:"飞了!"

气得将军呢一打大乱的空手掌说:"你的李承晚!"

老包头说:"该骂!再骂一句!谁叫他骗小孩子。"

大乱往空抓了一把说:"逮回来了!你看这不是好玩意?"

墙上现出个手影:三瓣子嘴,两只长耳朵前后乱摆。

将军呢笑着嚷:"兔!兔!"

大乱说:"不是兔子,是美国兵。"

将军呢跳着脚笑:"是兔!怎么不是兔?"

大乱一把抱住他说:"你不知道,美国兵好穿兔子鞋,一打乱窜,跟兔子一样。"

将军呢就滚到大乱怀里学着照手影。

灯捻结了花。阿志妈妮回手从髻上拨下根针,挑亮了灯说:"你们不知道,我们家先前也住过你们人,一个个年轻轻的,可仁义啦。你没见为我们爬冰卧雪滚的呀！衣裳露了花,手脸净冻疮。给他们个辣椒蒜的也不要。帮他们做饭也不行。我真急了,非给做不可,偷偷给放进好多豆油,幸亏没吃出来。那天黑间,我见他们打背包,真舍不得他们走啊！孩子也是难受,抱着他们打提溜,也留不住。有什么法子呢？还是走了。人家说志愿军简直是机器,一天能走一百里,现在不知走得多远了,也许再也见不上了。"说着悄悄叹口气,又问:"志愿军是有个猴子团吗？"

把大家都问愣了。阿志妈妮接着说:"都说有呢。那个团净猴子,训练得特别熟,又精又灵,专打坦克。一撒出去,连蹦带跳,专会往坦克眼里塞手榴弹,打毁的坦克数不清数了。"

金桥才要笑,大乱瞪着眼说:"是有啊！我看见过。"

老包头把个搓光的苞米核一扔说:"你看见个鬼！我看你是猴儿拉稀,坏肠子了！"

大乱说:"不信拉倒。那些猴子真成了精,也是两条腿走路,还穿衣裳,还会说话。"

金桥吃惊地问:"那不变成人啦？"

大乱噗嗤笑道:"本来是人嘛,叫人编成神话了。"

夜深了,门缝底下透进股寒气。将军呢乏得像只小狗,枕着小木枕头囫囵个睡着了。院里很静,老母牛愁闷闷地哞哞叫唤着。

老包头站起来说:"忘了,还没给牛穿衣裳呢。"揭起帘子一推门,不禁叫道:"哎呀,像白天一样！"

门外好一片月色,又新鲜,又明亮。月亮正当头,围着个大风圈,仿佛冻到天上了。满天疏疏落落的小星星,都缩着头,冷得乱哆嗦。牛棚上积着层雪,月亮影里乱闪着银星。老包头踢起牛来,拍拍它的脊梁,给它披上张草席子。

蛋青色的山沟里闪出个灯亮,冲着村飞来。

老包头叫:"这是谁来啦？"

不一会儿,一辆涂着黄泥的吉普车停到篱笆口上。

第十段

军运司令部的司令员秦敏从车上跨下来，跺着脚，拍拍大衣。这人约莫四十来岁，身材高大，眉目开朗，是位有度量有魄力的人。他参加过两万五千里长征，经过无数艰难困苦，但在朝鲜战场上，他认为是他所参加的几次战争中最艰苦的一次。

阿志妈妮见来了客人，推开间壁的板门，赤着脚轻轻迈过来，贴墙铺上领干净席，又扫了扫。将军呢也闹醒了，揉着眼，对他妈一指火盆。阿志妈妮用火筷子拨了拨火，从灰里拨出满盆稻草火星星，含着笑端到秦敏跟前。

秦敏只会道谢，对武震笑着说："你的群众关系很好啊，连小孩都那么亲近。"

将军呢明白是说他，跑上去拉住妈妈的白裙子，从妈妈身后探出头，对秦敏喊："毛泽东！毛泽东！"

阿志妈妮假装生气说："睡去吧！越有生人，你越上头上脑的。"说着带上板门。

秦敏浑身带着股霜雪气味，眼睫毛挂着白霜，口罩冻得梆梆硬。他守着火盆坐下，眼里滴下滴水，落到袄袖上——是眼睫毛结的霜化了。

在朝鲜，像武震这样的援朝大队，各个战线都有。秦敏过江来要到处巡视一下，解决些问题。跟武震谈了几句闲话后，秦敏伸直两条腿，仰着身子倚到行李上说："你谈谈吧。"

他的举动很敏捷，也很干脆；说话声音不高，却清楚有力，你永远不会误解他的话，永远要相信他的话。

武震这方面的情形是不大令人满意的，武震自己也不满意。电线算架齐了。那座山洞子由姚长庚领人配合着朝鲜铁道联队日夜连珠转，烧熔的破车一半天可以拉净。眼时弹药食粮运到定州，就得改用卡车往前送。棘手的是清川江桥。现在由志愿军铁道部队修。将来铁道部队开走了，援朝大队人数有限，如何保持这座桥呢？在战地行车，也伤脑筋，平时一套规矩，都成了旧皇历，翻不得了。

秦敏眨了眨眼问："你摸到了一些特点吗？"

武震笑着说："摸是摸着点。我觉得只有三门诀窍：抢修，抢运，抢救。没有这种'抢'的精神，什么也别想运上去。"

秦敏低着眼，手擎着烟，思索半天问："工人怎么样？还能适应这种战斗吗？"

武震说："真金不怕火炼，到底是无产阶级，没有问题。只是有些人情绪不够饱满。"

秦敏寻思着问："你是不是发挥了大家的热情呢？"

武震应道："怎么没有？每个党员都走在前面，起了带头作用。"

秦敏坐起来，在火盆边上戳死烟说："这是对的。另一方面，还应该在党员带动下，普遍发挥群众的新英雄主义。你做到这点没有？"

武震没言声。

秦敏瞟了他一眼说："你要知道，英雄不是天生的，英雄是培养出来的。每人心里都埋着火种，藏着些高贵东西，只要你一拨——"说着秦敏拿起火筷子在火盆里一翻，灰里爆出火花，闪亮闪亮，又接着道："每人都可以发光，每人都可以当英雄。你为什么不开展群众性的立功运动？只有通过立功运动，工人才能得到他应有的荣誉。"

秦敏又用手抚着胸口，声音变得很沉重说："前线的情形你该知道吧？因为东西送不上去，有些同志在挨饿呀！那些好同志，几天吃不上饭，还死守着阵地，冻坏了脚，冻掉手指头，最后实在忍耐不住，都叫起来：打死一个够本，打死两个赚一个！和敌人拼起来了。敌人是歼灭了，他们自己也倒下去，饿得再也爬不起来了！你看看，这些同志，饿死也要进攻，饿死也要死在敌人阵地上，世界上还有比这种精神更高贵的吗?"

武震闭着眼倚在墙上,难受透了。难受的是自己工作没做好,影响了战争。

实际这事不能单怪秦敏和武震。人手不足也是客观困难。他们从来不愿意把责任往客观上推,但也不忘记去弥补这些漏缝。大批生力军开上来了。有工程队、机车队,还有政治干部。工程队到的时候,秦敏命令立刻去接收清川江桥(铁道部队有更重要任务要往前开)——这是敌机轰炸的重点,武震手里现有的线路工也要调上去。

秦敏原想当夜就走,天亮赶到清川江南,不想部署完后,已是后半夜,只得留一宿。

秦敏掩着嘴打个呵欠问:"你看还有什么问题?"

武震忽然露出调皮的眼神,想笑,又忍住笑说:"你从国内带来什么好东西,给点吃的好不好?"

秦敏皮挎包里塞了包牛肉干,预备半路上吃。他说明天可以给武震留下点。

武震笑着说:"这就拿来吧!先闻一闻也好。要等到明天,这一宿馋也把人馋坏了。"

秦敏吩咐人把牛肉干拿来。武震重新点起支蜡烛,把东西摆在小圆桌上,那种郑重其事的样子,好像是布置着什么庄严的大典。牛肉干冻了,跟老牛皮一般硬,嚼都嚼不动。武震却吃得又香又甜,一面吃一面还砸嘴舔唇的,品着滋味。怎么会不好吃呢?这是从国内来的啊。只要是国内来的就好,什么都好,泥吃起来也是香的。

秦敏望着武震问:"你瘦了!是不是太累?"

武震是瘦了。本来是张黑四方脸,现在嘴巴尖了,眼窝也有点发乌。缺觉嘛,睡觉都是插空子。时常正跟人谈话,谈着谈着倚墙睡了。从来也不脱衣裳,到处囵囵个滚,好不好就弯着手拉出脏衬衣的袖口,瞪着两个眼对人笑道:"你看我这个衬衫,八年抗战也没这样子。这两天好痒,是不是变成美帝国主义的殖民地了?"

武震看见上级那么关心地问起他来,觉得有点难为情,摸着自己的脸颊说:"是瘦了吗? 管他呢,再拖十年也挺得住。"

秦敏变得很有小风趣,摇摇头笑道:"别这么说,为你爱人,也该当心自己呀——你爱人没忘记你吧?"

武震说:"忘了倒省事! 十天八天来一封信,还骂人。"

秦敏装出吃惊的样子问:"噢? 还骂人? 为什么呢?"

武震说:"骂我不给她写信呗。"

秦敏一扬脸,哈哈笑起来:"该骂! 是你自己讨的。谁叫你不写信呢?"

他们两人对着烛又坐了许久,絮絮谈着祖国的过去和现在,回想起一些活着的和死了的战友,最后又谈到朝鲜的现在和将来。

机车队来了,工程队来了,大批大批力量涌过来了。人真是宝贝,有了人,什么都摆开了。电话所已经成立,火车夜夜跑,各站都派下人去,帮助运输。朝鲜路局重新组织起来,局长就是武震头一夜过江遇见的那位崔站长。

清川江桥由铁道部队交到工程队手里。姚长庚开通了那座大山洞子,领着人也上了桥。

临走那天,武震见姚长庚没枪,特务活动得又厉害,摘下自己的七星子手枪给了他。姚长庚怕武震没的用,迟迟疑疑不好意思拿。武震一挥手说:"你只管拿去,不用管我。"

姚长庚又去看了看女儿。不管女儿长多大,姚长庚总觉得她还是孩子。在家时,出门时候大了不回来,也担心女儿走迷了路。来到朝鲜,对女儿更挂心,又不愿明问,有时打电话,女儿替他接线,听见女儿的声音就松心。

姚长庚原想嘱咐女儿几句话,才一张嘴,姚志兰皱着眉头笑道:"爹! 你怎么也不问问妈妈的情形,就是拿我们妇女不当回事。明儿妇女闹革命,先革你的命。"

姚长庚搓着嘴，怪不自然，笑笑说："好，好，要造反啦。天宝有信没有？"

姚志兰轻轻咬着下嘴唇，背过脸去。

第十一段

吴天宝一直没信。每回国内来了邮件，大家都围上去，看看有没有自己的信。姚志兰每回总要自言自语悄悄说："怎么没有我的信呢？"

天宝真气人，连一个字都不写来。姚志兰气得想："莫非生我的气，不理我了？不理就不理，从此一刀两断，我才不怕呢。以后要想我理你，你就是跪着磕响头，把地碰个大窟窿，也是白搭。"

这天姚志兰送走爹爹，又想起天宝，心里嘀嘀咕咕，怪窝火的。

当院雪化了，地面存着一汪子一汪子黑水。房檐上挂着一尺来长的凌锥，也化了，嘀嘀嗒嗒水滴得好响。姚志兰觉得头痒痒，舀了盆水，拆开两根小辫洗了洗，然后跪在炕上慢慢梳着。

她从心里恼恨自己，为什么总摆不清一些私人感情。人家武队长就不是这样。

有一回，武震悄悄地对她透着特别亲切说："人是不应当过分爱惜自己的。永远要为人民，爱人民。过分爱惜自己的人就是自私，就会专门计较个人得失，考虑个人生死，就会变得胆小——可以这样说一句话：胆子大小也是思想问题，胆小就是自私的表现。"

年轻人的心好像春天的泥土，撒什么种，发什么芽。武震的话播到姚志兰心上，已经扎了根了。她处处拿武震做榜样。

武震这人在饭里是盐，在药里是甘草，在人里是共产党员。到处不显眼，跟谁都处得来，可是离开他——什么地方你能离开他呢？

大乱常对姚志兰谈论武震说："他呀，从根起的生性，一点不关心自己。"

武震是不关心自己。吃饭穿衣,马虎得出奇。有时一忙一个通宵,第二天头发晕,嗓子哑了,大乱请医生来看病,他倒说:"你真爱找麻烦!头痛脑闷的,睡一觉就好了,何必吃药。"

对旁人可不一样了。姚志兰听大乱说,早年在军队里,不管行军多远,武震多会也不骑马。马呢,不是让给病号骑,就是替大家驮干粮。有一年夏天,他有事单独走路,半路发现个重病号,便用小桦树做了副担架,和大乱一前一后抬着,翻过上下二十里地的大山,一直抬到宿营地。

像这类事,姚志兰听大乱说了不知多少。像这种精神,永远值得姚志兰学习。姚志兰却偏偏学不好,碰上个人事,难免要在私情上打磨磨——恨人就恨在这儿。

她拢着头,前思后想,慢慢停下梳子,跪着出神。

小朱正在厨房里洗衣裳,吱扭地开开门,端着盆拧干的衣服走进来,撮起小嘴,放小鞭似的巴巴响:"朝鲜这个天,真怪!才刚刚还满院太阳,你洗了点东西,说阴就阴上来了,往哪儿晒呢?"说着便在屋里吊绳子晾衣裳。

姚志兰背过身去说:"你轻着点抡打湿衣裳好不好?抡得人家满脸水星子。——我看你的眼有了毛病。朝鲜的天有什么怪的,就你不怪!"

小朱还是紧叨咕:"本来怪嘛,你能说不怪?就拿康文彩说吧,谁知她是怎么回事。原先只当她家里有什么老人,现在到她家了,谁知就一位阿志妈妮,再就是个小侄儿,叫个什么将军呢。大乱对我说,从来没听说阿志妈妮有个小姑子,我看里头一定有鬼。"

姚志兰把头发分披在两肩上,略略偏着头,两手编着小辫子说:"罢呀,你少操那些闲心好不好?咱们语言不通,兴许错会了意,也是有的。你这人什么都好,就是嘴快,水盆里扎猛了,也没个深浅,顺着嘴瞎咧咧,说你多少回也不听,几时才能改呢?"

小朱尖着嗓子说:"哎哟哟!你张开嘴,我看看你长了多少牙?人家最多三十四个,你想必是三十六个,要不怎么叫得这样好听!"

一甩手走出去了。

一时只听她在院里笑着嚷:"哎呀,吴天宝来啦!你几时来的?"

姚志兰憋着笑,也不睬她。这个小猴精弄神弄鬼的,别上她的当。前回小朱一喊天宝,姚志兰当是真的,赶紧迎出去,当着许多人羞了个大红脸。

小朱装得却像真事一样,嚷得更欢:"小姚,小姚,快出来呀!害什么臊?还不好意思出来呢。"咕咚咕咚跑到门口,一把拉开门。

姚志兰的脸唰地红到头发根,手一松,正打着的辫子散了花。

吴天宝立在门口:小黑个子,喜眉笑眼的,军帽略略仰到后边,帽檐前蓬着撮头发,通身的气派显得又结实、又新鲜、又欢乐。

姚志兰一见吴天宝,她的气,她的恨,一古脑儿都抛到阴山背后去了。也忘了曾经下决心不理他,欢喜得要腾空了。天宝还是她原来的天宝,从里到外透亮透亮,一道痕没有。天宝又不是她原来的天宝了,他刚从中国来,在她眼里,这就变成个完全不同的新人,好像满身都是新东西。她用别样的眼神笑吟吟地望着他,不等他坐稳,无头无尾问了一大堆话。

吴天宝告诉她,自从二次战役后,鸭绿江北岸又是一片灯火,恢复了原先的景象。人说志愿军都是天上的星宿,走到哪儿哪发光。他用自己惯用的俏皮话回答着姚志兰,没等说完,好天爷爷,又是一大堆问话夹七夹八扔过来了。问也不怕,越问越没影。什么鸭绿江水还是那样绿吗?又是什么国内的人天天都做什么?

吴天宝把帽子往脑袋后一推,搔着头笑道:"我的姑奶奶!你平常说话有根有梢的,今儿怎的啦?这么大的人,怎么吃了盆浆糊,糊里糊涂。鸭绿江又不是黄河,还能变了颜色?"

姚志兰却另是种心情。她觉得在她离开后这几十天中,国内应该有许许多多大变化,应该发生许许多多大事情。这些变化,这些事情,应该都是最振奋人心的。直到此刻,她发觉她是多么想知道国内的消息啊。她惦着的不光是家,她惦着的是她出生的那整片国土。

在那片国土上,你白天可以走路,夜晚可以点灯,做你喜欢做的事,得到你应该得到的东西。可是奇怪,她先前竟没有重这些,仿佛那是很自然的事。只有今天,当她来到另一片受难的国土,她才真真切切体会到那种幸福——简直是天大的幸福啊。

一时姚志兰变冷静了,才想起质问吴天宝为什么不写信。

吴天宝笑道:"写信做什么?我一接到你的挑战书就报了名,反正也要过江,有几火车话拉不过来,何必费纸费墨的,添那个麻烦。再说,谁顾得上呢?工人们都在增加生产,我们那个包乘组跑到十五万公里,还要往多跑,一时一刻也分不开心,还有闲空写信!你是不是生气了?"

姚志兰一扭脸说:"我真爱生气!你一辈子不写信,关我什么事。"

吴天宝笑道:"不生气就好。你看叫你闹的,给你带了点东西,也忘记拿出来了。"便伸手去掏口袋。

姚志兰一看是本书,等不及了,抢着自己去掏,稀里哗啦带出一大堆宝贝,又是口琴,又是日记本,还有张叠得周周正正好看的画。姚志兰想拾那画,吴天宝一把抢过去,藏到背后。

姚志兰皱着眉摇晃着身子说:"人家不要你的呀!看看还不行?"

吴天宝说:"光许看,不准动手。"偏着身子打开那画,伸出胳臂远远擎着。原来就是那张毛主席的五彩像。

姚志兰捧起书,右手大拇指按着书边,从后往前慢慢挪,书页唰唰飞舞着。这是本关于北朝鲜的游记,她看了一个字,就想看第二个字。

吴天宝支着胳臂肘歪到她跟前,小声笑着说:"你真是个书虫子,见了书就不要命,好像一点儿都不想我。"

姚志兰用书遮着脸说:"有什么好想的?天天有那么多事要想,那么多事要做,正经事还忙不过来,谁有闲心去挂记着一些无稽疙蛋的事情。"

吴天宝拉住她的手说:"这怎么是无稽疙蛋的事情?"

姚志兰挣出手去,瞟了瞟门说:"别这样,叫人看见多不好。"

吴天宝说:"看你怕的!我又不是老虎,能吃了你?"一骨碌坐起身,用根指头挑着帽子,拨得帽子滴溜溜转。

姚志兰从书背后瞟了他一眼,悄悄笑着。还会生气呢。不怕气破肚子,只管气去。便埋着头看书,故意不睬他。

吴天宝是有点动气了。昨晚上,他从国内开着五〇二次车来到朝鲜,宿到附近大山洞里,可巧有事到队部来,大敬意来看她,她却好,还装相呢。他一把夺过她的书说:"别看啦!有什么看头?"

姚志兰忍住笑说:"不看就不看。"

吴天宝说:"你不用装痴卖傻的,跟我耍这个!我们的事你打算怎么办呢?"

姚志兰瞅了吴天宝好半天,不紧不慢说:"别尽谈这些吧。现在是什么时候,还谈这个。我不会忘记你的,我知道你也不会忘记我,只要我们彼此记着就行了,别的事往后再说,现在提它做什么?"

吴天宝吃了一惊,目不转睛望着姚志兰。这还是原来的小姚:细挑挑的,双眼皮,水灵灵的眼睛,两根小辫乱晃荡。但在她的神情上、言谈里,却有许多新东西。他不认识她了。

姚志兰学着武震的腔调又说:"人是不应当净顾自己的。永远要为人民,爱人民。净顾自己就是自私。你想想,刀搁在咱们脖子上,你结了婚,又有什么意思?奴才的滋味谁也不是没尝过。你尝过,我也尝过。你如果真心对我好,就把爱我的心情去爱祖国吧!"

门缝外咯咯笑起来:"哎呀呀,真不害臊!狗脸亲家驴脸皮,转过脸笑嘻嘻——两个人又好了。"

姚志兰一听是小朱,开开门赶着要打。

小朱跑到当院站住脚,回过身说:"别闹了,你把大衣给我吧。人家是来拿大衣,想找地方睡一睡,黑夜好值班,谁稀罕听你们的墙根。"

门外阴沉沉的,一股冷气灌进屋里,有下雪的意思了。满院飘着炊烟,不知不觉到了做晚饭的时候。吴天宝夜间还有任务,不能久待,站起身要告别。姚志兰见他要走,忽然有点留恋,想送他一段路,当着小朱的面又不好意思,等他一出屋,连忙拿起笤帚扫着炕。

远处起了鸟啸,婉婉啭啭的,像画眉,又像百灵。姚志兰悄悄笑了。这是他吹口哨呢,嘴儿真巧。

第十二段

这天晚间在电话所值班的有姚志兰、小朱、康文彩等几个中朝女电话员。周海为了掌握电话线,可以随时指挥抢修,也留在那儿。

电话所藏在一座铁路涵洞里,两边垒上石头,留点小口,挂上草帘子;里面拉进电灯,摆着交换台。洞子很矮,走动得弯着腰。地面特别潮湿,净稀泥,冻得又不结实,撒满草,铺上席子,一踩,稀软乱颤,仿佛踏到水面漂着的小船上。

小朱临着头半夜先坐台。坐下不久,就接到秦敏给武震的特急通话,命令昨晚从国内来的五○二次车务必在下两点开到清川江北岸上,打那儿可以由兵站人员倒装过江,当夜送上前线,因为前线马上要"起床"了,正等着这车"大饼子"吃呢。

小朱肚子里咕咕唧唧的,憋不住笑。大饼子!你当真是送给战士吃的黄米饼子吗?你啃口试试,不硌掉大牙才怪。这是喂大炮吃的铁饼子呀。马上要起床了,明明是说我们又要发动攻势了。照规矩,电话员本不允许听电话。小朱却会说:"谁想听?人家是要看看电话说没说完,话就跑到你耳朵里来了。"

不一会儿,五○二次车从小朱头顶上开过去了。小朱先觉得地动了,电灯晃摇起来,接着忽隆忽隆听见声了,越来越大,由远而近。小朱的全身也震荡起来,摇摇晃晃,就像坐在车上一样,可自在啦。

姚志兰和康文彩几个人坐在新砌的土炕上,围着被说些闲话。

周海蹲在炕洞眼前,往外扒扒煤火,支起个破炸弹托热高粱米饭吃。

人在艰苦当中,肠子里油水缺,最想吃的,剩的洋蜡头也会填到嘴里当灌肠嚼了。这时候顶爱谈吃的,谈起来眉飞色舞,你想止住不让谈,比从谈的人嘴边抢东西吃还可恨。大家叫这个是"精神会餐",这种会餐永久是最迷人的话题。

周海用羹匙捣着带冰碴的冻饭,有滋有味说:"后儿过年了,还不给顿饺子吃呀?准是三鲜馅的,一咬一包汤,你们说好吃不好吃?"

小朱从一边嗤地笑道:"饺子吃不成,要吃刀子了!"

周海假装正经说:"呔!大年下,净说丧气话,也没个忌讳,怎么专跟包老爷学?在我们家里,三十晚上就吃饺子,都是先包好了冻着,馅里还包上枣,包上栗子,谁要吃着了啊,主着今年找个好女婿,早生贵子①。"

电话员们吵起来。大脑袋说:"你看你,周科长,哪像个科长样。一张嘴就没正经的。"

一位江苏姑娘笑了阵,又谈到饺子上:"你们北方人就是爱吃饺子,有什么好吃的?好好的肉都糟蹋了,哪及做碗粉蒸肉吃。不信你把五花肉切得薄薄的,蘸上米粉,蒸好了,一揭锅,满碗油汪汪的,那才香呢。要是再加点糖,加点酒,就更是味。你吃过呀?"她一面说,一面比划,那种神气,仿佛肉就摆在旁边,生怕旁人剁了饺子馅,不肯蒸着吃。

姚志兰拿食指按着嘴唇,眼珠斜到一旁,笑了笑说:"我旁的也不想,就是馋个年糕。要是有盘煎糕吃多好啊!煎得焦黄焦黄的,

---

① 枣谐早,栗子谐立子音。

两面带痂,撒上白糖——哎哟,馋死人了!"回身推了推康文彩问:"他们告诉我说,朝鲜过年都吃打糕,是不是真的?"

康文彩躺在她身边,掠了掠头发,笑着一抿嘴说:"怎么不是真的?过年你到我家去吧,叫我嫂子做给你吃。"她的脸蛋胖乎乎的,脖子上围着条雪白的丝巾,巾角绣着枝红艳艳的金达莱花,衬得她怪媚气的。

周海亮开高嗓门说:"随你们说出大天来,我还是要吃饺子。好吃不过饺子,舒服不过倒着——这是几千年的老古语,还有个错?"

大脑袋笑道:"罢呦!你们天南海北的,吃得也不少了,也不怕撑坏肚子,还是倒着舒服舒服吧。"

大家一看表,时间真不早了,又笑了一会儿,横躺竖卧挤着睡了。

正半夜,姚志兰睡得正浓,小朱扯着她的耳朵叫:"起来!起来!该你的班啦,别装死了。"又唧唧哝哝说:"你可别迷迷糊糊的,找着挨训。武队长为那趟车,亲自跑到调度所去,头回要电话,我接得一慢,他就问:你睡着了不成?差点没吓掉我的魂。"嘴里嘀咕着,早躺到姚志兰的热被窝去,拿被蒙着头睡了。

姚志兰用湿手巾擦擦脸,披着大衣坐到交换台前,戴上耳机子,套上送话器,静静地望着各处要电话的表示牌。

后半夜比较清闲,调度所问了几遍五〇二次车上煤上水的情形,就没什么电话了。夜长,坐得一久,人顶容易倦。

康文彩坐在朝鲜台上,打着呵欠,自言自语轻轻说:"唉,夜真长啊,几时才亮呢?"

在寂静的长夜里,姚志兰听到一阵沙沙声,落到头顶上。是下雪了。她从小就喜欢雪。雪花飘到脸上,凉森森的,又轻又软,特别舒服。小时候,她是个又沉静又大胆的姑娘,在大雪地里,她跟男孩子一起堆雪人,扔雪球,像男孩子一样欢。临到打雪仗,两边挑人,男孩子就不要她了。他们嫌她是丫头,说她不中用,都不挑她。她果真不中用吗?

现在她不是打起仗来了?天落着雪,夜这么静,她远远离开祖国,藏在个又阴又冷的小洞里,坐在她旁边的是位同伴,要不是来到朝鲜,她一辈子不知世界上还有个康文彩,康文彩也不知有个姚志兰。各人在各人角落劳动着、生活着,从小到大,从老到死,漠不相关。但她们当真漠不相关吗?不管她们知不知道,见不见面,她们的肉却连着肉,心连着心,她们的命运永远是一个命运,她们的生死永远是息息相关。这怪不怪呢?

清川江北头一站的电话表示牌掉了。姚志兰插上扣头线一问,是要调度所,立刻接过去。

武震蜷蜷在调度所里。刚才喊了好半天,亲自指挥五○二次车,喊得嗓子眼往外冒火。干这一行,照他的说法,非有唱黑头的本领不行,嗓子得铮铮响,隔着千儿八百里,也得喊得叫人听见。他有点乏,合着眼打了个盹,再一睁眼,精神又足了。炕烧得滚热,煎饼也能烙熟了。他想出去风凉风凉,一推门,灯光射出去,只见灯亮里密密点点,飞舞着好一片大雪。

武震喜地说:"唉,好天呀!"站到廊檐下伸出手去,让雪花落到他的热手掌上,心想这一场雪,下他几尺深,开春一化,来年庄稼准可以有个指望了。

清川江北头一站来了电话,武震转回屋去一听,脸发了黑。车站到江岸的线路炸了,据估计,下半夜三点才能修复。五○二次车正往站上开,该怎么处理呢?

武震听着站代表的报告和请示,脑子里把整个事情掂了个过。火车要不要继续往前开呢?当然要开。这是秦司令员的命令,也是军事需要。但等炸毁的线路修复后,火车开上去,卸完东西,天快亮了。前面再没有地方藏车,必须返回本地山洞子,跑不到半路天就亮了。大天白日火车暴露在外面,干等着挨炸吧。这就是问题的关键。

武震大声问道："你们那边下没下雪？"

电话里说："下呢。"

"下得大不大？"

"可大啦。真是鹅毛大雪，一时半时停不了。"

武震立时下了决心：明天早晨白天行车，赶回本地山洞子。在朝鲜战场上，白天行车自然是亘古未有的事情。雪这样大，敌人闹腾一宿，一清早晨或许不会来的。我押你这个孤丁，看看谁赢！

武震对着电话喊："你听着，无论如何，火车要按计划……喂！喂！话还没说完呢，谁给掐线了？"

电话里透出姚志兰的声音："不是掐线，是前面线炸断了。"

"什么时候能够修复？"

"炸断好多处，恐怕得三四个钟头吧。"

武震喊道："活见鬼了！赶你们修好，饭凉了，菜冷了，世界早变样了，顶个鬼用！"

姚志兰迟迟疑疑说："我们不好试试车站闭塞电话吗？保不住能传过话去呢。"

武震叫道："对！对！记下我的命令！"

姚志兰面前摆着张雪白的小纸片，上头记着武震白天行车的命令。字是几个字，每个字却有百十斤重，压到姚志兰的肩膀上。她必须设法把命令传到清川江北那一站去。眼前只有利用站与站办理行车的闭塞电话，一站传一站。她先要到当地车站，说明任务，一句一句念完命令，叫站上传下去，又叮咛说："传到什么地方可记着来个回话，我等着呢。"

等得急死人了，一分一秒都在煎熬着姚志兰。她的脑子变成个空壳，什么也没有，什么也不想，想的只是那张纸片上的命令。怎么传得这样慢呢？到现在还没回话。传到九霄云外去了不成？行行好吧，我的好同志，别迈四方步了。阿志妈妮家的老黄牛还要麻利些。谁要告诉她才只有几分钟，她才不信呢。才几分钟？我的老天爷，横有八百年了。

195

头顶上有几架敌机嗡嗡嗡,一会儿远了,一会儿又飞回来,好像几只苍蝇粘到头上不走了,紧自哼哼。

周海正拿着电话指挥架线,不觉竖起耳朵。这个人机警得很,单从声音就能辨别出飞机的种类,从种类上就能知道敌人是来做什么的。白天走路,要是有风,他偏着点头,不让耳朵灌进风去,敌机一来,老远他先听见,永远别想骗过他去。

头上是几架"黑寡妇",紧自打旋,猜想得到强盗的尾巴都紧张地竖起来,摆来摆去。是发现目标了。周海一回眼看见火炕的烟囱,朝炕上吆呼说:"你们别睡了!谁出去看看烟囱冒不冒火星?"

小朱一骨碌爬起来,眼没睁开,恨得骂:"白天闹,黑天闹,闹得睡觉都不让安生! 一巴掌打下你来,再叫你瞎哼哼!"弯着腰摸出去,先听见她大声说:"烟囱上草袋子蒙得好好的,哪露火星?"忽然又惊惊慌慌叫:"对面山头有打信号弹的呢! 是朝咱们打呀!"

话音没落,只听半天空哇哇哇,好像一阵暴雨泼下来,接着唰唰唰唰,四外踢通扑通乱响,炸弹落了一地。

可是一颗没炸,奇不奇怪? 姚志兰正自惊疑,头顶忽然打了个焦雷,一股暴风冲进洞子。灯灭了,地震得直动。姚志兰腾地飞起来,又跌下去。她的眼珠子往外直挤,嗓子发辣,胸口像吃东西噎住一样,震得闷气。

四围黑咕隆咚的,什么都看不见。姚志兰想:"我这是在哪儿呢?"伸手摸了摸,一摸摸到个小机凳子,这才明白她从座位上震下来了。

只听周海呛得咳嗽着说:"大家不用怕,是定时弹响啦……快点个亮!"

小朱心焦说:"哪有火呢?"

周海说:"炕洞眼里不是火? 你震懵啦!"

姚志兰也是懵里懵懂地记着自己有件事,可又记不起是件什么事了。小朱用纸在炕洞眼忽地引亮火,姚志兰心里也忽地一亮,想起来了。她真糊涂,怎么会忘了小纸片上的命令呢? 她忙着要爬起来,脑袋瓜子可了不的,星星的,有大坛子重,顶都顶不动,就用两手捧着头,晃晃荡荡坐到交换台前。

当地车站通知她说:命令已经传到了。

每个字都敲到姚志兰心坎上,叮叮咚咚,又脆、又响。

周海刚刚从武震那儿接到撤出去的指示,电话就叫定时弹崩断了。现在他们和四面八方都断了联络。

天傍明,周海吩咐姚志兰先领人收拾收拾东西,自己决定出去探探路子,看是怎样能够出去。一掀帘子没掀开——大雪封住洞子口了。雪还不要紧,定时弹封得更严。涵洞转着圈都是定时弹,撅着屁股,露着尾巴,有的尾巴上还装着风葫芦,呜呜紧转。隔一会儿响一个,隔一会儿响一个。响过的地方雪都炸飞,满地净是黑窟窿。

周海扑到大雪地里,顺着炸弹坑往前爬去了。

姚志兰把烛粘到墙上,摘下洞口挂的帘子,领人先拆交换台。大家谁都悄没声的,唯独小朱憋闷不住,没话也要找话说。说说话,她觉得轻松些。

小朱说:"你们听听,炸弹和开了锅似的,咕喽咕喽,咕喽咕喽,这个响啊,吓唬谁呢?谁也不是没经过。大骡子、大马都冲过来了,还怕你这个驴驹子!"

看看没人搭腔,小朱又说:"回头交换台怎么拿法?我看不如绑到我脊梁上,我自个能背一架。"

姚志兰悄悄说:"你又来了!一个人怎么背得动?得两个人搬一架。"

小朱便问:"谁和我搬这架?"

康文彩朝她点点头。小朱说:"你靠后点吧,别作践脏了你的围巾,可惜了的!"

姚志兰瞅了她一眼,当是她又俏皮人。小朱说的倒是真话。那条围巾太招她喜欢了,雪白雪白的,地地道道是朝鲜丝。特别是巾角绣的那枝金达莱花,又别致,又水灵。上回有人替小朱照相,小朱挎上大乱的二把匣子枪,还特意借康文彩的丝围巾围到脖子上,脚跟对脚跟站得溜直,可神气啦。这要把相片捎给妈看看,她闺女背上了枪,准吓她个贼死。

电话班里那么多人,数着小朱难调理,姚志兰却一贯喜欢她。姚志兰喜欢她性子率,做事泼辣,从来不耍滑。你瞧她整理完大件,又去摘灯泡,收拾零件,就怕拉下什么东西。

姚志兰往炕上瞟了一眼问:"你的被拿不拿呢?"

炕上有条紫花花布被,是不几天前小朱她妈托人捎来的。想想她们乍过江,铺没铺的,盖没盖的,黑夜冻得睡不着觉,爬起来蹦跶一阵,躺下另睡。幸亏小朱她妈想得周到,捎床被来。做老人的也不管前线方不方便,只怕女儿受了冻,把床被缝得又大又厚,足有十斤重。小朱说就是料子不够,要是有料子,她妈会把被缝得像天一般大呢。现在可怎么拿法?

小朱说:"正经机器还拿不完呢,还拿那个!"撇了不管。

正拾掇着,周海爬回来了。他谁也不望,擦着脸上的雪水说:"出不去呀!我从一个炸弹坑爬到另一个坑,指望顺着坑能绕出去,谁知绕来绕去,还是围在炸弹圈里。等等再说吧。"

有人哭泪悲悲说:"这怎么好呢?出又出不去,又没东西吃,不得死在里边啦!"

小朱火了:"你说的!外边也不是没咱们人,还能看着你不管?人家都不怕,就你怕,你的命也不见得是金子打的!"

远处有人捧着嘴噢噢叫唤。姚志兰一听,又惊又喜说:"这不是包老爷吗?"

正是他。老头子顶着漫天大雪,给电话员们送吃的来了。

电话员们平时挨老包头的骂挨得最多,跟老包头可最好。碰见日头烘烘的暖和天,断不了有人到厨房去要热水洗头。老包头见了便耷着胡子扎撒的脸叫:"去,去,你来干啥?三日两头烫狗头,我伺候不着!"

电话员哄怂他说:"人家舀一点儿还不行?舀一点儿,就舀一点儿。"一舀就是大半盆。

值夜班的电话员通宿到亮,天天得带碗饭去,半夜好吃。都得向老包头要。你是白张嘴,老包头不会给你的,还要骂你一顿:"你有几个脑袋,见天吃双份!明儿谁讨你做媳妇,吃也叫你吃穷了!"

电话员们摸透他的脾气,嘻皮笑脸的,也不理他,只管去揭锅盖翻。一翻没错,锅里准有饭,经常是一大块饭痂,烘得焦黄酥脆的,喷鼻子香。

老包头没好声嚷:"干啥?干啥?也不是给你预备的,动抢啦!砸死你,叫你翻白!"

电话员拿起饭痂便跑。

老包头望着女孩子的背影笑着想:"这群小丫头,在爹妈跟前,哪个不是千顷地一棵苗,动一动怕伤着,锄一锄怕碰着,几时吃过这个苦?一出来倒好,一个个精神伶俐,再吃不了亏。"赶明儿烘饭痂时,还特意抹上点油,撒上把细盐末儿。

今儿早晨老头子刚做好饭,一听说电话所挨了炸,真急了眼,包上几包炒面,跟着武震跑来了。急也是干急。围着洞口两三百步方圆的面积,净定时弹,好不好鸣地冒起阵烟,响上一个,谁敢靠前?

武震叫往里扔炒面。老包头扔了一包,扔到炸弹窝去。大乱小时放过羊,有那调皮的山羊窜出群去,想吃青苗,他惯用羊铲挑着石头打羊。就凭这本领,大乱连扔两包,也扔不到洞口。

武震沉着脸,望着眼前那片炸弹,斩钉截铁说:"打开条路!只要从炸弹窝里打开条路,人就出来了。"

半空密密点点,纷纷扬扬,正飞着漫天大雪。老包头站在大雪地里,望见姚志兰、小朱等人从洞口探出头,急得朝外边紧招手,老头子的心像针扎似的不好受。不就是些铁疙瘩么?还能眼睁睁地把人困死?听武震一说,老包头解着油围裙,瞪着眼噪儿巴喝对炸弹骂:"你将谁的军!欺负人也没这种欺负法,抠这些狗杂种去!"

武震不禁大声说:"好,好,老包!带头打开条路出来!"

老头子说:"你放心,武队长,老包头不会给中国人丢脸的。"说着把围裙一摔,朝前走了。

前面就是颗定时弹,从雪堆里撅出个臭屁股。老包头远远蹲下去,交抱着胳臂,歪头侧脑端量着炸弹。这要是一响,骨头渣也没有了。他的头嗡地涨大了。转念一想:"人家前方部队拼死命打仗,吃不上饭,咱还能让些臭炸弹挡住路,运不上东西去!死不就是我一个人吗?"

老头子气又壮了,咋咋唬唬对炸弹嚷:"你觉着你鬼,我比你还鬼,咱们看看谁鬼得过谁去!我不动你脑瓜子,抱你屁股,横竖你咬不着我!"便爬上去,伸出胳臂去抱炸弹。可是一抱,奶奶的,炸弹头钻进地面去,动都不动。还耍死狗不走呢。不走也得请你走。

老包头回过头叫:"大乱,有胆子没有?弄截铁丝来,绑出它去!"

大乱要没有胆子,也就不叫大乱了。他正愁摆弄枪摆弄得不够味,这又是个新玩意。当下大乱从炸坏的电线里剪下一大截,忽喇忽喇送上来。老包头用铁丝拴住定时弹当腰的四个小鼻钮,喊声:"一,二!"就和大乱、金桥等人拉起炸弹往大山沟走。本来是件险事情,一闹哄,倒变成笑话了。

大乱一边拉一边笑:"我今儿算服你了,包老爷。定时弹也拧不过你这个老戆眼子。"

老包头哼着鼻子道:"你才知道!告诉你,我年轻时候,你当我是好惹的。……套狼,打熊瞎子,炸药我自己也会配。……你嘴上才长了几根毛,就敢夸口!……我闹天下那当儿,你还在你爹腿肚子里呢。"

正说着,铁丝喀嚓地从鼻钮上断下来,定时弹滚到雪窟窿去。这一摔,可该响了。老包头摸不清炸弹的底细,一时也不敢靠前去。

可巧大路口来了两个朝鲜农民,每人背着满满一草袋子米,想必是冒着大雪到郡委员会去缴军粮的。当中一个带麻巾①的中年人卸下米袋子,弯着腰走到炸弹跟前,把手张到耳朵后,贴着炸弹听了听,摆摆手说:"没事!"帮着拴紧铁丝。

这下子,老包头算从那农民学到个乖。原来定时弹在爆炸以前,一定要喀哒一声,冒一股烟。

戴麻巾的人指指老包头,又回手点点自己说:"中国共产党,朝鲜劳动党,一个样,一个样!"也插上手拉。

几个人一气把炸弹拉到大沟沿上,往下一掀——响就响你的去吧。

定时弹拉走一些,一条血路打开了,周海便领着人往外爬。路并不是条容易路,你试试望上一眼,左右插满炸弹,直是座刀山,人是从刀缝往外钻哪!

小朱的心情紧是紧,可并不怕。她自己也说不清是股什么力量支持着她,反正不怕。也许是周海的话鼓舞着她。临出来,周海的两只龙灯眼骨碌骨碌透活,挣着嗓门对大家说:"我们人出去不算数,机器也得带出去。我们要人在物在,与机器共存亡!"

小朱和康文彩搬着架交换台,顺着地面往外拖。康文彩比小朱细心多了,小朱偏偏不放心,紧叮咛人家:"轻着点!这物件挺单薄的,哪架得住摔打?倘或碰坏了,一下子不能用,怎么好呢?"

雪落得又密又紧,地面积雪足有四五寸厚。她们全身滚在大雪里,湿得不行,爬得又费劲,从里往外冒汗,里里外外都湿透了。

只要小朱一抬头,她便看见炸弹圈外立着个人,两脚像生了根似的牢牢固固钉在地上。

这是武震。他不时对大家喊:"往前看,往前看哪!不要往两旁看。前面是路,一直往前就是胜利!"

---

① 麻巾,即孝帽。

漫天飞雪遮得武震的眉目模糊不清,但他立在那儿,立在前面,像是座指路碑。这正是小朱胆壮的原因。

要在平时,小朱恨透炸弹坑了。一个个张着黑窟窿,就想吞人。这会子,她就是盼着炸弹坑。一爬进炸弹坑,心里比什么都实落。再多一些才好呢。

有谁小声说:"这时候倘要来了飞机,藏没处藏,躲没处躲,才要命呢!"

有什么要命的?小朱顶不爱听这类话。她很任性,脑子也任性,思想常常像抹了笼头的马,跑得无影无边。让你飞机来去吧,小朱能摇身一晃,嗞地长高了,高得上顶着天,下顶着地,挡着半边天。死鬼子真不要命,还敢上呢!她一把抓住架飞机,掐掉翅膀往空一撇,再叫你飞!你还敢上!她又抓住一架,给它尾巴上插根草棍,一撒手,痛得死鬼子一溜烟钻上天去。

她这类鬼鬼怪怪的想法是很多的。她很喜欢这种想法,尤其喜欢审判战犯。在她脑子里,她用铁链子把杜鲁门拴住鼻子,关在木笼里,从北京运到莫斯科,从莫斯科又运到布拉格……到处卖票,让大家看看这个战犯的嘴脸。看一看几个钱,票钱都捐给朝鲜爱育院,谁叫他制造那么多孤儿呢!

小朱爬进个弹坑,累得直喘,想略歇一歇。这当儿,轰的一声,泥雪崩得四外乱飞,扬起多高,烟雾把人都罩住了。

周海帽子也飞了,吐出两口泥,挣着嗓子问道:"小姚,你还在吗?"

姚志兰闷声闷气应道:"在!"

周海又问:"小朱,你在不在?"没人应声,再问一遍,只听康文彩带着哭声说:"小朱没有了!"

小朱埋到土里去。周海等人七手八脚刨出她来,她的两眼崩得流着血,口水搭拉多长,脸憋得茄紫,满身血管都胀起来。她已经不省人事了,脉还跳着。

赶她经过注射强心剂,忽忽悠悠缓醒过来,她正躺在医务所里,眼上包着纱布,凡是伤处都绑好了。头一句话她先问:"我的交换台呢?"

机器对于她,就像枪支对于战士,命可以不要,机器是不能丢的。姚志兰连忙告诉她说电话所全部机器都搬出来了,人也安全。

小朱松口气,这才觉着痛,对姚志兰说:"我浑身都不舒服,心里也发闷。你点个亮吧,黑得闷死人了!"

姚志兰和康文彩对望了一眼,轻轻说:"点亮做什么?你好好躺着吧。黑影里躺着,心里还静。"

小朱变得暴躁起来,吵着要亮,又抓眼睛,慌得姚志兰按住她的胳臂说:"你静静吧,不要发急。眼睛刚上了药,别动坏了。"

小朱忽然明白过来,颤着音问:"我的眼是不是坏了?"说着哭了,纱布都叫眼泪湿透。

姚志兰真替她难过,勉强笑着安慰她说:"你平常比谁都灵透,怎么想不开呢?你的眼无非受点外伤,回头送你回国去,治一治就好了。"

小朱哭着说:"治不好了,我知道治不好的!我看不见了,什么都看不见了!但愿让我再睁睁眼,看看你们,看看朝鲜,看看世界吧!只要是一眼也好!"说着又用手乱抓。

康文彩握住她的手,轻轻揉着,替她掠掠覆在前额的乱头发,柔声说:"不要急,何必急呢?你的眼一定会好的。好了可别不来,我等着你。"

小朱问:"你看我能再回来吗?"

康文彩说:"怎么不能呢?赶你再回来,草绿了,花开了,就是春天了。满山满野都是金达莱花,才好看呢!我送你一枝要不要?"就解下她那条绣着金达莱花的白丝围巾,严严实实围到小朱脖领子上,又说:"你围上这个吧,路上看风呛着。记着我,记着朝鲜,我们是不会忘记你的。"

小朱用指头捻着又软又滑的丝巾,小声说:"我也不会忘记你的。你知道,小康,这些天来,我越来越喜欢朝鲜了。离开了,我真想呢。"

武震背着手立在窗前,望着窗外飘的一天大雪。大乱隔着窗报告说送小朱回国的吉普车已经准备好了。武震抬起腕子看看表:整十点。

第十三段

这当儿,吴天宝早拉着五〇二次空车,平平安安返回本地大山洞子,下了"客店"。司炉刘福生铲几锹煤压上火,乘务员们每人把毛巾往脖子上一围,大衣一披,背上枪,就由山洞食堂管理员迎他们到食堂去了。

吴天宝乏是乏,通身上下可舒畅得不行,舌头也管不住自己,特别爱说话。想想那一列车大饼子,有多少大家伙张着嘴急等着吃,到底运上去了;再想想才刚往回开时,大天白日顶着风雪,这一阵飞跑啊,骨头肉都咕咚散了,真真热闹。

刘福生似乎还没过足瘾,直说:"这要是永远白天跑车,那有多妙!强似晚上瞎摸索的,灯都不敢开,别扭死了!"

这个人长得样样都大,大得真玄。走到什么地方一站,像座影壁。手跟小簸箕似的,脚穿最大号球鞋还箍得脚痛。他的气力也真惊人,一手攥着大卡车的后尾,由你发动车子,怎么也开不走。据他自己说,他从十几岁就练武艺,才练得这样强壮。又能吃,吃豆包一吃二十几个。吴天宝常笑他说:"谁要当你爸爸呀,老骨头也叫你啃着吃了!"他可就有个毛病,爱唱京戏,还非唱小嗓不可。唱起来唧唧的,把人都唱得抽了风。

漫天还是飞着大雪,密密层层的,近处还能分出雪花,稍远一点,雪花织成匹雪纱,笼着山岭树木,迷迷糊糊像些影子。再远就是片又厚又重的雪雾了,白茫茫的,天连着地,地连着天,什么都看不见了。

管理员领大家来到山洞食堂,大家又跺脚,又抖身上的雪,好个闹腾。有些先来的乘务员早吃完饭歇下去,睡得正香。厨房里有位朝鲜妇女,白衣白裙子,背上用旧花布兜子兜着个睡熟的小孩,已经替大家做好饭,光等着往桌上端了。

吴天宝从管理员手里接过盆水,脱下棉袄披到身上,像只喜鹊一样,扑喇扑喇洗着脸,盆里的清水转眼变成黑泥汤。

刘福生叫:"吓,吴大车,真浪!还穿红背心。"

吴天宝说:"有嘛!你别眼气,这是爱人给织的呢。"

又一个乘务员道:"小吴啊,你爱人长、爱人短的,你爱人究竟好不好?"

吴天宝用手巾转着耳朵眼,脸笑得像朵正开的墨菊花说:"可好啦。天底下难找,天外难寻,再没有第二个。"

刘福生喷喷着嘴说:"我看给你个麻子,赛似拉脚石,你也会看成赛天仙,还当是脸上特意镶的十大景呢。"说着,自己先咧着大嘴笑了。

旁人洗完脸,忽隆忽隆吃起饭来。刘福生也不管,抡着大巴掌,吭哧吭哧直往米袋子里劈,一面还说:"我这手铁沙掌,练上几天,管保能把美国鬼子一劈两半。"

管理员笑着问:"擦脸吗,同志?"

刘福生说:"擦那个干啥?吃饭。有饭吃就行,要脸干啥?"

大伙塞着肚子,笑笑闹闹的,不想把个正睡着的司机吵醒了。这人叫边遇春,红漆面子,两只大眼显得又冷静,又傲气。他把大衣一挡坐起身,瞪了吴天宝等人一眼,点上支烟抽起来。

管理员立在廊檐下陪着笑问:"炕不凉吧?怎么不睡了?"

边遇春哼着鼻子说:"睡个鬼!吵翻了天,还睡得着?"

刘福生正搛菜,菜汤滴到旁人手上,那人一说他,刘福生把大嘴一瘪,没好气道:"你神气什么?管天管地,管不着拉屎放屁,你还挡得住说话啦!"

管理员听出边遇春和刘福生的话都不是味,怕彼此闹不团结,连忙对吴天宝笑着说:"同志们怕不认识老边吧?志愿军一过江,

205

他就过来了,是来朝鲜的头一台机车,经历的事情可不少了,常给新来的人介绍个经验。"

边遇春眼望着天,颤颤着腿,也不答腔,怪自大的,似乎根本没理会人家讲些什么,实际什么他都看在眼里,听在耳里。

吴天宝喜得对边遇春说:"真的吗?我们正愁跑车不摸底呢,也给我们谈谈吧。"

边遇春冷冷地说:"没什么好谈的。多来一天,多吃点苦头就是了。"他的脸色却变柔和了,说话的声调也变和气了。

边遇春初来朝鲜时,援朝大队还没来。那时候只是机车临时过轨给志愿军送食粮弹药,碰上敌人一炸,不定隔到哪块去。挨点冻倒不算事,发愁的是吃食。没油没菜,能从车站讨点盐泡咸盐水喝,就着下饭,便知足了。

边遇春做人精细,把旁人的心理揣摸得稀透。吃硬高粱米饭,他会比做蛋炒饭,咸盐水比做清汤,不好的,比做好的,大家就吃得特别香。连高粱米也吃光时,他领人到野地去拾敌人用汽油烧死在地里的糊庄稼吃。

除了敌机,最叫人头痛的莫过于钻山洞子。有一夜,边遇春那台机车穿过一带高山,前后要钻二十一个洞子,其中一个有三公里长。在穿这座最长的大山洞时,洞里满是黑烟,特别闷热,边遇春衣领上的风纪扣都发了热,一挨脖子,嗞啦地烫一下。当时边遇春还是副司机,胸口闷得喘不上气来,赶紧用湿手巾捂着嘴,不一会儿,手巾便像滚开的水一样烫人,非另蘸冷水不可。司炉填着填着煤,突然熏倒了。火车正在上坡,煤火不能间断。边遇春立马把司炉拖到旁边,接手烧火。他只觉得头发晕,直想吐,肚子里空空的,又吐不出东西来。忽然脑袋一阵刺痛,仿佛脑子转了个过儿,咕咚地栽倒,昏过去了。

赶他一醒,发觉他的头浸在水箱里。要不是这样,他也不会苏醒过来。抬起头一看,司机歪在一边,也晕倒了。火车像是匹脱缰的野马,已经钻出洞子,正顺着一条大坡道飞似的往下滑。下面是座桥,桥下是好几丈深的大山涧。这要是一滑到桥上,火车不翻到大山涧里才怪呢。

边遇春吓出一身冷汗,一头扑上去,下个死闸,刚刚来得及把火车在桥头上停住。

刘福生听他谈着这段事,忘了吃饭,惊得张着大嘴,瞪着大眼,哎呀一声问道:"人呢?没熏死吧?"

边遇春说:"熏死了,你就听不见我说话了。没死,也摸了摸阎王鼻子。当时我强挣着给司机司炉往身上泼冷水,才救活他们,一到站就送到朝鲜医院去,我自己也躺了几天才养好。"

刘福生一拍大腿说:"就是这个话!飞机我倒不在乎,钻山洞子真他奶奶要命,比从娘肚子往外钻都费力气。"

边遇春忍住笑说:"不经一事,不长一智,后来每逢过山洞子,我们先准备好凉水和湿手巾,多吃点大蒜,多喝点醋,强得多了。"

吴天宝问:"你倒是说说对付飞机有什么巧法?"

边遇春望着屋梁,抽着烟,半天说道:"只要你别发慌就行了。有一回我们叫敌人黏上,横一梭子弹,竖一梭子弹,我也不管,照样开,一直开进山洞去,检查检查机车,打坏几处,都不重。后首遇见敌机,但凡能开,我就不停车。一停下车是死的,容易挨打,打得又重;跑起来车是活的,子弹打上力量也不大。"

吴天宝眯着眼笑起来:"一点不假。弄玄虚敌人可有一套。照明弹一挂一大溜,好几里长,灭一个,又挂上,灭一个,又挂上,初初看见,真会把你吓住了,谁还敢从照明弹底下走?"

边遇春说:"是呀。起初我也是想,人家有科学,借着这个鬼办法,必定能从上面看见机车,心里也是发慌。殊不知是吓唬人。只要飞机不在紧头顶上,你只管闯过去,屁事没有。现在乘务员倒盼着常挂个天灯了。一挂天灯,明晃晃的,宿营车上正愁没亮,大家正好借着亮洗衣服,看看新来的家信。"

刘福生把筷子一撂道:"管怎么说,反正我是干够这个挨打的活了。"

吴天宝问道："怎么，想溜啦？"

刘福生瞪着眼大声大气说："溜？我要上高射炮去。干等着挨打，气也把人气破肚子了。"

吴天宝说："得啦。又顺着嘴开河，净说些四不沾边的话。要真叫你离开机车，又该哭了。"

饭一吃完，乘务员们衣裳也不脱，枕着自己的湿皮靴子，用棉大衣往脑袋上一蒙，挤着睡下去。

热炕头上蹲着只猫，闭着眼咕噜咕噜直念经，活像个老和尚。

刘福生骂："你倒会享福！"一巴掌打跑猫，四腿扎撒躺下去，嘴里还说："小吴，明儿过年，睡起觉后，可得来个娱乐会。"头一沾炕呼呼睡着了，打着挺响的呼噜，隔四五个屋子也能听见。

吴天宝想：过年了，是过年了，要不娱乐娱乐，难免有人要想家的。他天生有种本领，热闹事离不了他。从到朝鲜，乘务员的生活够苦的了。吴天宝怕人胡思乱想，情绪不高，变着方法引大伙高兴。他的方法也真多。路上拾个敌人扔的汽油弹空壳，咚咚一敲，领着乘务员扭秧歌。要不弄张破葫芦瓢，割得一小块一小块的，使香火烫上点，做天九牌顶牛玩，输了学驴叫。

刘福生曾经拿指头点划着吴大宝说："我看你准是猴儿托生的，猴里猴气的，满肚子心眼。"

刘福生说他是猴，不光指他会玩，指的是他整个人。吴天宝的举动就像猴。手脚灵俏得不行，专往高处爬。白天到树林子里玩，一个眼错不见，他就爬到树上，坐到横枝上，游荡着两条短腿，悠悠扬扬吹起口琴来。人们顶佩服他的是他关于月亮的一段事。

在战场上跑车，大家最头痛月亮。一有月亮，铮亮铮亮的，火车顶容易叫空中敌人发现。刘福生恨得没法，骂月亮是特务。

吴天宝笑道："你骂月亮管什么用？天生没本事，有本事就应该能征服自然。"

刘福生乜斜着眼，嘴一瘪说："你不用干喊！你能按住月亮的头，不让它出来？"

吴天宝头一扬,眯着眼笑起来:"出来你不会摘下它来,揣到怀里。要不挂上个帘,挡住它的脸,不让它露头。"

这原是笑话。那晚上吴天宝开车,大月亮地,敌人从空中来了,从后边追着扫射。吴天宝一急,打开风筒,让火车冒出这一阵大烟哪,搅得乌烟瘴气,使敌人左打右打也打不准。他真给月亮挂上帘了。

吴天宝能鼓起人人的兴趣,就是对那位朝鲜司机禹龙大没办法。

禹龙大现在派到吴天宝这台车上当线路指导。原因是中国乘务员对朝鲜线路不熟,夜晚又不能开灯,有个朝鲜同志守在旁边,上坡下坡,该快该慢,心里可以有数。

吴天宝一乍见禹龙大,实在吃不透这个人。你瞧他精瘦精瘦,脸像木头似的,眼神有点发狂,一愣一愣的,谁敢靠他做事。禹龙大做起事来可从来不出错,而且那个猛啊,海水也能淘干了。

后首另一位朝鲜司机告诉吴天宝说:"你没见他早先的样子,可活跃啦。自从新义州那场大火,他就变了。他一家人都烧到火里,尸骨没见,后来光从灰里扒出他儿子一顶小海军帽,旁的什么也没找到。他得到信后,跑到山上哭了一场,从此再不见他有一点笑脸了。"

吴天宝听见这话后,想尽方法接近禹龙大,想替他分分愁。他拉他去看乘务员跳舞,请他去听说故事。禹龙大明白吴天宝的好意,勉强到人堆旁边站一站,转身又走了,一个人孤零零地坐到旁边,用旧报纸卷着黄烟末,默默抽着。

吴天宝挨着他坐下,拍拍他的肩膀说:"别愁了。光发愁,有什么好处?你该多想想将来呀。今天比昨天好多了,明天会比今天还要好。就让敌人毁了我们的家吧,还能毁了我们的将来?"

禹龙大低着头,在嗓子眼里说:"我不是愁,我是恨啊!我恨不能立刻让我到前线去,亲手杀死敌人,就是杀死一个也解恨!"

食堂的炕烧得好热火。旁人都躺下了,禹龙大又孤孤独独坐着,抽着黄烟。吴天宝喊他一遍不动弹,不再喊了。让他坐着多想想吧,仇恨是不应该忘记的。

吴天宝今天太兴奋,一时也是睡不着。几只蟑螂好大胆子,大模大样爬进他脖领子里,弄得他好痒痒。他翻了个身,仰脸躺着,望着屋梁。梁上怎么还题着中国字,写的是什么:"伐千山之佳木,造万世之室,后世子孙满堂,富贵功名,应天上之三光,备人间之五福。"完全和中国老规矩一个样子。

吴天宝忽然想起姐姐的小屋。每逢过年,姐夫必得用红纸签请人写上一大串类似的喜庆话,踏着梯子贴到梁头上。但他不记得写的是些什么了。他不记得的事情多着呢。他从来不记得父亲,不记得母亲,只记得姐姐、姐夫。关于姐姐、姐夫,他记得的也很有限。有一件事却记得特别清楚。那是个高粱扬花节节拔高的时候,姐夫因为掩护抗日联军,叫日本鬼子绑走了,姐姐的小屋也叫鬼子放把火烧了。姐夫死在狱里,姐姐忧愁死了。都死了,从此只剩下他孤孤零零一个人,到处流落。

吴天宝是怎么长大的,他自己也说不清,反正是长大了。也许正是由于他从小得自己开辟生活,他长得才那么机灵,那么大胆。他替地主放过猪,五冬六夏披着件小补钉棉袄,十一二岁还光着屁股绕街跑。这个年龄,别的小孩连一步都离不开妈妈,他却一年四季,从早到晚,赶着群猪在深山野坡逛荡。

他是不会发愁的。他可以守着棵豆苗看上半天,看着豆叶慢慢展开,乐得笑了。又会学鸟啸,啸得那么灵巧,引得真鸟站在树枝上,歪着头听。春天柳条发嫩发柔了,他削一骨节,做个柳哨;秋天芦苇长高了,他又会做芦管吹着玩;要不随手摘片树叶,他也能吹出高低音,吹成曲调。

一到太阳落山,赶着猪群往回走时,他就愁了。他怕那个地主。地主要挨着个摸猪肚子,有一个不圆,就骂:"小兔羔子,你把我的猪都放死了!你不让猪吃饱,你也别想吃啦!"那晚上就不给他饭吃。

吴天宝气极了,常想:"几时等我长大就好了!"他盼着长大,希望快点长大,以为只要长大了,就没人敢欺负他了。

他到底长大了。从乡村流落到城市,从放猪到赶大车,从赶大车又学着开火车,每逢憋屈得没法,就想:"你等着吧,咱们看将来的!"他的将来十分渺茫,自己也不知道究竟怎样,直到遇见了共产党,路子明了,方向清了,他才真正看见了自己的将来。

人说:在家靠父母,出外靠朋友。在吴天宝呢,自从靠上组织,头一回才算有了家了。

吴天宝蒙蒙眬眬的,半睡半醒。一只蟑螂爬到他头上,顺着他前额蓬起的那撮头发飞跑。他拍了一掌,头一歪又迷糊过去。他的眼角朝下弯着,嘴角朝上弯着,睡相也是那么喜眉笑眼的。姚志兰的影子浮上他的心头。他模模糊糊想:她现时正做什么呢?明儿过年,愿她过个好年!

第十四段

姚志兰是在阿志妈妮家过的除夕。这晚上,姚志兰因为小朱新送回国去,心情不大好,本不想动,无奈天不黑,康文彩亲自来挽她去玩,只得去了。

一连下了几天雪,刚刚放晴,云彩裂了缝,透出落日的金光,东边一带山都映紫了。满山坡松树林里净"哈尔密塞"小鸟,咭咭咕咕悄悄唱着,从这枝往那枝一飞,撞得松树毛上的雪帽一朵一朵飘下来。

阿志妈妮家门口的打稻场上有群小姑娘正在跳板。她们扫扫雪,拖过捆稻草,搁上条板子,一头站着个人跳起来。这头一跳,那头板子翘起来,人飞起多高,往下落时,"嗨哟!"一蹬,这头的人又飞到半空去了。大家嘻嘻哈哈玩得正欢。

阿志妈妮家今儿不知怎么回事,特别热闹。厨房里菜刀勺子叮当直响。武震屋里不时透出笑声,姚志兰听出有铁道联队长安奎元,还有朝鲜崔局长的声音。

姚志兰挽着康文彩的胳臂停在当院,不知进去好,不进去好。正在思疑,老包头从厨房探出头,忽然把嗓子逼得绝细,学着小姑娘咬字不清的秃舌子腔调,娇声娇气说:"哎,小姚!小姚,小姚,小狗,小猫,你们都来了啊!"

武震听见,推开门招着手叫:"来!来!快进来吧。来早了,不如来巧了。你们算有口头福,一会儿就吃饭。"

原来国内新送来大批慰劳品,有鸡,有肉,有酒,还有从祖国各个角落送来的慰问袋。袋上一色用红绿花线绣着歌颂英雄的词句。这批东西来得很及时,正赶上过年,都分发下去。武震临时准备桌饭,请安奎元和崔局长一起过年。

姚志兰和康文彩进了屋,见有客人,怪拘束的,两人坐到尽边上,交头接耳嗤嗤笑着。

安奎元总是那么洒脱,那么英挺,人又健谈,又在谈着他最爱谈的中国。一谈起来,他的思想便沉到遥远的回忆里。日子回到当年,他又是年轻的他了:背着大草帽子,穿着草鞋,扛着大盖枪,无论春夏秋冬,雨雪风霜,永远唱着《八路军进行曲》,转战在太行山上、云中山上、大青山上。……崔局长不能明白他说些什么,满肚子热情表不出,扶扶眼镜,光是望着人笑。

厨房里净听老包头嚷嚷了。老头子见有外客,想显一手,整的七大碟子八大碗,把点慰劳品一扫而光。这是他的脾性:有米一锅,有柴一担——大手大脚的,没个计算。一下子整不出,又急得嗓儿巴喝直嚷,嫌大乱碍事,又不肯让阿志妈妮动手帮忙。

阿志妈妮才不理他呢。你嚷你的,她只管埋头做她的,拦都拦不住。碰见阿志妈妮这样人,你对她有什么咒念呢。她不多言多语,也不急,脸上永远带着温存而忧愁的神情,只要你一离眼,泡的衣服给搓了,要淘的米给淘了,叫你藏都藏不迭。头过年,她安心要请武震他们吃点东西,五更半夜用小手磨呜呜推豇豆面,今儿早晨又蒸了锅糯米,搁在青石板上,招呼大乱帮她抡着木槌打。

武震心里笑着想:"这是要请吃打糕啊。你不用忙乎,我有法治你。"便先请阿志妈妮吃年酒,根本推翻她的计划。

要开饭了。阿志妈妮打开两个屋子当中那道间壁,点起蜡,挡好窗,摆上桌子。头几碗菜往桌上一端,武震的眼珠子差点瞪得掉到碗里去。原来是几碗撒着红豇豆面的打糕,一碗糖稀,一碗酸白菜。这正是阿志妈妮预备好的吃食。管你有鸡、有肉,非给你吃不可。只可惜弄不到狗肉待客,她一辈子要为这件事过意不去。

安奎元望着武震笑道:"别推辞了,再推辞,人家要生气啦。你不知道,朝鲜老百姓对志愿军的意见大了,说是志愿军什么都好,就是一样不好——不通人情。"

菜摆齐,人围着桌子坐了一圈。武震斟上酒,高高擎起杯子,脸上忽然放出光彩,高声说:"同志们,第三次战役开始了!"在座的人不禁拍起巴掌。武震接着说:"敌人侵略世界的暴行已经受到中朝人民军队两次严重的打击,这头一杯酒,让我们预祝这次战役的胜利!"

这是个新消息。姚志兰一听,浑身的血酥酥的,兴奋得要命。她想起自己前天晚间千方百计传达武震的命令,到底运上车"大饼子",她很高兴自己这回也出了把力。力量尽管不大,多少总是点力量啊。但她今儿晚间很怪,一进屋就对武震有点不舒服。武队长怎么会那样乐呢?试想想,一位亲亲密密的好同志昨天才崩坏眼,兴许会变成双眼瞎,谁能不难受?他却好像一点不在意,心有多硬。

姚志兰实在难以体会这种心情,于是觉得武震这人也不好捉摸。平时间,武震的性子似乎很和气,好说个笑话。头一回看见吴天宝,便笑着哼:"你说我黑来我怎么那么黑,气死张飞赛李逵!"一点不摆架子。但你试试做错点事,他脸一沉,用两只眼睛直瞪着你,不训你一顿才怪。

姚志兰原先总认为武震最关心同志。无论谁做夜活一久,他会瞪着眼说:"你还搞啊!去,去,睡觉去!机器还得喝点油呢,别说是人。"

但他对生死问题似乎又那么心硬。有好几次牺牲了同志,武震看着盛殓好,埋到后山松树林里,姚志兰向来没见他掉过一滴泪。就拿现在来说吧,连阿志妈妮都替小朱难过,见了姚志兰直问:"她怎么样啦?要不要紧?"又直摇头说可惜。可是你瞧武队长吧,他脑子里好像一点不挂着小朱,倒有心情逗着将军呢玩。

将军呢今儿换上件藕色花布偏襟小棉袄,套上件灰坎肩,新簇簇的,缠在阿志妈妮背后,蜷着只腿跳来跳去。

武震捉住他问:"你给志愿军爷爷拜年没有?"

将军呢哑着指头,望望他妈,小脸上显出特别庄重的神气,接着把十根指头扣到一起,往下一弯腰,两只手掌一直贴到炕席上,接连来了三下。

武震哈哈笑道:"这小物件,真古奇,看见什么学什么,准是练八段锦。"

康文彩嗤地笑道:"人家是给你拜年哪。"

武震瞪着眼半真半假说:"噢,还是三拜九叩啊!"就回头对阿志妈妮吓唬将军呢说:"将来我们回国,把他给我吧。我带他到中国去,给他改个中国姓。"

将军呢怕都不怕,问道:"你叫我姓什么?"

武震道:"叫你姓武好不好?"又笑道:"说起来别见怪,我们住了这么久,还不知道阿志妈妮姓什么呢?"

姚志兰说:"姓康呗。她能姓啥?"

阿志妈妮微笑道:"不,我姓玄。"

姚志兰愣了愣,望着康文彩问:"你姓玄?你妹妹怎么姓康?"

康文彩眼圈一红,又一抿嘴唇道:"不瞒你说,我们原不是亲姑嫂。先前我家里有个老叔,叫美国鬼子掳去了,剩下我一个人,孤单单的,就和阿志妈妮认了一家人,也好有个依靠。"

这类事,今天在朝鲜有的是。有时一家人老头、老婆、儿子、女儿,没一个亲的,都是临时凑起来的。这自然是个悲剧。但人在共同的命运里是变得更亲密、更贴近了。

酒上了脸,客人们显出朝鲜民族的特性,热情得不行,恨不能把心掏出来给人看看。

崔局长白白净净的脸膛变得红彤彤的,一会儿握着武震的手,一会儿又拍着武震的膝盖。他急于想表达自己的感情,笑眯眯地摇着笔写:"志愿军古今罕见之军队也!"

安奎元漆黑的眉毛飞舞着,神采格外洒脱。在喝酒上,他变得诡计多端。他和武震碰杯,武震喝干了,他搁下酒碗,掉头跟崔局长说话去了,好像没事人一样。武震三番两次劝他喝,安奎元呢,本来会一口好中国话,忽然忘了,重问几遍,还是愣着眼直摆头,怎么也弄不懂武震的意思。武震把他逼急了,他把注意力一转,朝姚志兰拍着手喊:"来呀,欢迎女同志表演一个!"

姚志兰看见势头不对,扭头想溜。安奎元跳起来拦住她,伸着那只带伤的手说:"我是联队长,我命令你马上前进——唱歌!"

姚志兰一伸舌头,双手捂着脸笑,又露出脸悄悄恳求康文彩说:"你替我唱一个好不好?"

康文彩咬着大拇指甲,胖乎乎的圆脸泛着红光,早想唱了。她掠掠头发,眼睛凝视着远处,唱出支古怪的歌子:"狗一样的家伙来了!"

这是个曾经流行全朝鲜的民谣,名字叫《加藤清正》。加藤是日本一个武将,当年领兵侵略过朝鲜,朝鲜人民到处唱:"加藤清正来了!……"听起来好像恭维这个人,其实用朝鲜音一唱,意思就变成"狗一样的家伙来了!"

康文彩正唱着,安奎元应着拍子,挺着细腰舞起来,两条胳臂软活得像面扣,上上下下活动着,一面跳一面还朝康文彩招手。

康文彩迟疑一下,笑着立起来,和安奎元对舞起来。阿志妈妮早端进一铜盆水,水里漂着个铜碗。她摘下银戒指丢到碗里,扣上张葫芦瓢,拿笤帚疙瘩敲着瓢:"咚——咚——咚咚!咚——咚——咚咚!"瓢声里杂着金属的脆响,叮啷叮啷怪好听的。

安奎元和康文彩踏着这简单的节拍,轻飘飘地对舞着。一会儿是桔梗舞,一会儿又是杨山道舞(据说唐时从中国传来的)。两人有时像拉弓射箭,有时又像蜻蜓点水。……

看热闹的人都挤进屋子,围得风雨不透,又闷又热。姚志兰喝了两口酒,热燥燥的,胸口发闷,趁人不留意,偷偷溜出去。

院里好清爽,一股霜雪气味夹着点干牛粪味,扑进鼻子。姚志兰想摘下帽子擦擦汗,黑影里有人说:"小心着凉!"

姚志兰吓了一跳,掩着胸口说:"是武队长啊!你什么时候出来了?"

武震说:"我也是嫌热,出来松散松散。你今天是怎么回事,不大高兴?"

姚志兰说:"谁不高兴啦?"

武震像钻到她心里看了一样,悄悄说:"你不用瞒我,我也不是没长眼睛。是不是为小朱?你终归年轻,还得锻炼哪!别说是伤了个同志,即便真有个好歹,活着的人照样该生活下去呀。我看见多少好同志死了,伤了,倒下去了,心里也不是不难过。可是光难过又有什么用处?眼泪不是纪念同志的好东西,纪念同志的东西应该是战斗!"

南面天边一亮一亮的,直闪红光,可听不见半点动静。敌人不知又捣什么鬼。

武震望着南面说:"对了!今天晚间清川江桥试运转呢。你替我摇个电话,找你爹说话。"

第十五段

就在武震和姚志兰谈话这一刻,头一趟装满物资的火车驶上桥,慢慢开过清川江去。

司机从车上探着头高声问:"怎么样?"

姚长庚蹲在南岸扬声应道:"开得好!"又搓着嘴对旁边的人

说:"就是这时候最高兴,比什么都高兴!"要是有亮,人会看见他那张冷冰冰的石头脸透着多么柔和的笑意。

在高兴里,回想起曾经熬过的艰难,曾经遭受的挫折,都变成最快意的事。记得有位医生到桥上检查卫生工作,问过大家这样的话:"你们是不是每天洗脚?"

李春三答得妙:"每天洗——还洗澡呢。"

这小伙子,方脸大耳,毛不楞楞的,真有趣味。他说的也是实话。桥离西海口只有几十里路,早晚两回潮。一上大潮,海水流进江里,鼓得江水从冰缝往外直窜,冰面便浮着流大腿深的水,一摸温呼呼的,还冒白气。可是你别当水真是暖的,打桥桩的人浸在水里,骨头都炸透了,一不留神滑个"仰碗灯",浑身上下湿淋淋的,转眼冻成根冰凌棍。干一宿活,天亮彼此一看,眼睛都是红的,互相会忍不住笑。

这个说:"伙计,你怎么胖了?"

那个说:"别笑人家,你呢!伍子胥过昭关,一宿胡子都白了。"

大家冻肿了脸,眉毛胡子挂着霜,往回走时,衣服冻硬了,迈不开步,挣扎着一走,硬梆梆的裤子吧咯吧咯都断了。就是不下水的人,衣服叫霜湿透,浑身结着层薄冰,也够受的。回到宿营地,大家把衣服烤个半干,穿着睡了。

姚长庚曾经怪他们不怕穿着湿衣裳受病,叫他们脱下。李春三指手划脚说:"你怎么敢脱呢?一脱下来晾不干,晚间穿什么?全仗着身上这股热呼劲才能腾干。"

隆冬数九,朝鲜的夜晚经常是飘霜飘雪,冷得刺骨。赶傍晚,大家衣服才干,一上桥,一宿又湿个稀透。但在桥上,你听不见怨言怨语。听见的常是笑声,常是打桩时多人齐唱的号子。

李春三喊号子的声音永远最响亮。这个人简直是盆火,无论在什么地方,都能把四围点起火来。他最出色的本领是数来宝。有时正做着活,兴头一来,梆梆敲着铁锨唱起来:"干干干,别怠慢,抗美的决心清川江上来实现!"要不又是:"主力部队靠刺刀,咱们靠修桥!"一套一套的,张口就来,真是个天才。

有人问他:"你念过多少书,能编这个?"

李春三说:"这个东西,只要脑子里有数,你掂度掂度,押押韵,就编成了。大学生也不一定能编好。"

李春三说话可有个毛病。凡是自己清楚的事,认为旁人也清楚,有时拦腰说上一句,叫人摸不着头脑。比方说,他见谁做活手脚慢,就会说:"你拜谁做师傅不好,怎么专拜车长杰?"

人家不知车长杰是谁,也不懂他的意思。你要问他,他会愣着眼说:"车长杰就是车长杰呗,还能是谁?"

李春三顶看不上车长杰。这是个怪人,蔫头蔫脑的,厚耳朵唇,不好说话,有时一整天不开口。平常泼泼辣辣的,碰点伤点不吭一声,用嘴咂咂血就算了。黑夜一上桥,便耍起熊来。走路专好拉旁人的后衿襟,叫人带着,你不让他拉,瞧他吧,一步挪不动二指,好像前头有鬼等着他,简直不敢走。做活更是慢得出奇,摸摸索索的,十个也敌不住李春三一个人。有人认为他老实无能,短个心眼。

李春三说:"老实?老实里头挑出来的!我看他是有意装痴卖傻,想回国去。在这搂直杆子①,回家搂老婆,抱孩子,敢情自在!"

姚长庚留神瞅了车长杰几天,觉得这人有点愚,别的毛病也看不出,暂时分配他点较比轻松活,叫他帮着挖土方。

土也不是容易挖的。三九天,黄胶土里夹着卵石,冻得噔噔的,力气壮的一镐下去,刨不起巴掌大的泥。刨上一宿,虎口震出血来,手掌磨起了血泡。这层血泡磨破了,新的血泡又磨起来,永远不会好。姚长庚觉着这样既不出活,人也受不了,捉摸捉摸,到底捉摸出个道。他见地冻裂了缝,便叫人对着土缝刨。一镐刨进缝里,从旁边一锛,可以锛下一大块土。只是在伸手不见五指的黑夜里,又不敢照明,谁看得见缝?这也不要紧,可以在缝里塞上几

---

① 直杆子,指枪。

218

把雪,大伙都对着雪印刨。这一来,洋镐抡得欢起来,踢嚓咯嚓,光见地面直冒火星。

车长杰可真气人,不知有意无意,偏不管雪印,乱刨一气。

一个暴躁小伙子骂:"你瞎了眼不成,往哪儿乱刨?"

车长杰慌了,镢头一扬,可巧砍到那小伙子的棉裤上,棉花都砍透,只剩一层布,差点没伤着肉。这不是存心捣蛋吗?好些人都火了,非要求姚长庚处分车长杰不可。

姚长庚跟车长杰谈,想弄明白他的问题。车长杰闷着头,由你磨破了嘴,怎么也不吱声。说厉害了,他像有多大冤屈似的,吭哧吭哧哭起来,哭得半半截截说:"我看不见啊!……一落日头,我的眼就不管用了。"

姚长庚皱着眉问:"你是不是雀蒙眼?为什么不早说呢?"

车长杰抹着泪道:"说了,怕你打发我回国去。……来的时候,人家大锣大鼓送上车的……几天又回去,我有什么脸见祖国的人民!"

其实,因为吃不上青菜,营养不足,害雀蒙眼的也不止车长杰一个人。姚长庚想留他在屋里做点零活,不让他上桥去,他又非去不可,于是夜夜叫他坐到高处担任防空哨,听见敌机便打枪。

飞机自然讨厌,特务也恨人。你瞅着吧,只要天上一嗡嗡,四下蹭蹭,信号弹都朝桥上射。有时还放火烧山,黑夜一望,火头沿着山脊爬,烟腾腾的,山岭都影住了。

姚长庚寻思说:"没有家香,引不来外鬼!"就挑了些棒小伙子,四外撒上哨,见信号弹便开枪打,几天光景,把特务都轰散了。

那天后半夜,姚长庚在桥北头指挥堆草袋子,眼见前面沟口刺刺刺冒起三颗信号弹,心想:"你等着吧,我不抓住你不姓姚!"拔出七星子手枪,领着李春三一帮人轻手轻脚圈过去,趴着不动,直待天亮了,慢慢缩小圈子,围住片稗子地。地里雪化了,露出旧年的陈庄稼茬,人芽也不见。

李春三搓着后脖颈子说:"怪呀!明明是这儿,莫非他能钻上天去！"

姚长庚也不放声，皱着眉头四下瞅了瞅，拿脚到处跺起来。李春三一见，跟着拿起刺刀满地刺。忽然一刺刀刺进泥里，戳个窟窿。

李春三叫道："这有个坑！"

真是个坑，上头铺着草，撒了层土，洞口堵着块大石头，不留意，再不容易发现。

当时从洞里揪出个人来。那人头发有三四寸长，鬓角的头发直打到颚骨上，胳臂下挟着几领小席子，横着眼叫："我是卖席子的，你们这算做什么？"

信号枪搜不出来，想必埋了，只好把他送到面①委员会去。

过几天，李春三到市上去赶集，路过面委员会，进去一打听，才知那家伙原是北朝鲜一个地主，亲手杀死七个劳动党员，跟美军跑了，后首又坐着飞机乘降落伞下来，白天藏在大山洞里，夜晚出来活动。他活动的地面很广，上回在电话所洞子前，也是他指示的目标。面委员会还告诉李春三说：你凡是听见飞机嗡——嗡——嗡，响得特别笨重，可不投弹，准是空投特务。

后来因为修桥的任务紧，大伙儿见黑夜不出活，就要白天干，车长杰便不肯放哨子，也夹在大伙儿当中，翻穿着棉军衣，袄里跟雪一样白，闷着头这个干啊，李春三也压不倒他。

桥正是由许多像李春三和车长杰这样人一滴汗一滴血铸出来的。修桥艰苦，保桥也不容易。敌人随时都会来破坏的。姚长庚原班人马便留在桥上，准备随炸随修。

中朝军队突破三八线、解放汉城的消息传到桥上时，大家一半高兴，一半焦急。急的是军事胜利进展这样快，他们还撇在后面，都想往前去。

---

① 面，相当于中国的区。

姚长庚稳稳当当说："都往前去,谁看守这座桥呢?上级不是屡屡次次说嘛:清川江桥就是生命线,能保住桥,才能保住胜利。别看咱这活不起眼,也是跟敌人一刀一枪拼啊。"

这是明白的。大家把每件活都看做战斗。打硬土叫拿碉堡,背一草袋子土是俘虏个敌人。桥炸了,李春三会把棉衣一抢,撸着袖子叫："来呀,咱们给他个反冲锋!"

他们可以忍受一切困苦、一切艰难,唯独看见敌机那种猖狂劲,实在忍不下去。

敌机放肆得不像话了,贴着山头飞,有时飞得跟电线杆子一般齐,翅膀把杆子都挂倒了。舱里还常探出个脑袋,东歪西扭的,趴着头看呢。

李春三把脚一跺叫："揍这个王八蛋操的!"

叭叭几枪,正打到飞机肚子上。敌人没料到这一着,脸变了色,一溜烟钻了。

都当是李春三干的。却见车长杰从条沟里爬出来,手提着枪,拍拍后屁股的土说："再叫你狂!"

平时不上桥,大家住在十几里路远的小山村里,桥头只留个人在临时指挥所值班。有一天晚上,姚长庚闭着眼躺在炕上,揣摸敌人空袭的规律,想久了,闹翻了夜,翻来覆去睡不着。忽然听见咚咚咚,像擂大鼓似的响,不觉一惊,披上衣服就往外走。

外头早有人吆呼起来："哎呀,快出来看!好看哪!真好看哪!比正月十五放花还热闹!"

"大鼓"擂得正紧,桥那面喷起一溜一溜红火球,在半天空张起面火网。火网当中闪闪烁烁,爆开无数亮光,是高射炮弹炸了。只是看不见飞机。大家正急,下面忽然射出好几道白光,满天扫来扫去。一道白光照出架飞机,各处探照灯都射过去。那架飞机叫探照灯一照,像灯影里的扑灯蛾子,变成透明的银色。高射炮火更像喷泉似的,密密喷射上去。

人都起来了,好像是看戏,拍着手叫好。一条带点童音的嗓子喊:"打下来了!"

只见飞机尾巴忽地冒起团火,翅膀乱晃,醉咕隆咚往下掉,掉了一半,挣着命往西海逃走了,哗啦哗啦从大家头顶掠过去。

郑超人缩到房檐底下喊:"靠里点站!"

李春三站在露天地里,仰着脸说:"怕什么?它叼不走你!"

说句公平话,郑超人已经不大怕美国了。他的话,就姚长庚暗暗估量着:你听十句,能信他六七句了。只是他太看重个人,太爱惜个人。他爱个人都爱到自己的容貌上。闲常没事,就要掏出面小圆镜子,对着镜子摸摸嘴巴,掐掐粉刺,有时还要担心地问旁人道:"你看我这两天是不是瘦了?"略微有点头痛脑闷的,便躺着吃病号饭,还嫌照顾得不周到。

李春三看不入眼,说他是:"吊死鬼戴花,死不要脸!"

郑超人气得转脸对旁人说:"一个人就一个命,如果死了,你就是想为人民服务,也服不成了。十年树木,百年树人,培养个工程师岂是容易的。我爱惜生命,主要想多为人民做点事。"

在郑超人看来,世界上是没有大无畏的英雄的。一只蚂蚁你想捻它,它还跑呢,何况是人,还有不怕死的?

姚长庚偏偏不怕死。郑超人简直吃不透这个人。你看他上四十岁了,白日黑夜不得休息,有点空不说躺一躺,还要用青筋暴起的手拿着支笔,东划拉,西划拉,不知画的什么景。无论情况多么严重,他倒好,到时候往桥上一站,帮着扛杆子,拉大铊,一点儿不怕。防空哨一响枪,他不说赶紧躲,倒叫旁人先去防空,根本不想到自己。有人夸他胆大,姚长庚摇摇头,不出声地笑笑说:"这有什么?你要专考虑个人,吃豆腐也怕扎牙根,树叶掉下来也会怕砸了脑袋。"

郑超人想掏掏姚长庚的心窝,有一回故意说:"我觉得李春三同志有些想法不大对头。你听他常吓嗙什么:反正就这么一骨轮,豁出去啦! 不怕死固然好,像这种拼命主义,实在要不得。"

姚长庚瞅了郑超人一眼,心想:他倒乖,一箭双雕!表面指责李春三,明明是指责我。便垂着眼皮慢慢说:"你这话错了。人生下来,不是为死,是为了活,谁愿意死呢?不过话又说回来了,到了终归要死。死就要死在正处。为祖国,为人民,死了也值得。头年冬月在鸭绿江大桥上,一乍上去,你当我不胆虚呀?说不胆虚是假的。后首这么一想,就不怕了。你呢,咱们过去都不认识,于今一个锅里吃,一个炕上睡,也算缘分。有句话你别见怪,你有学问,有技术,要能多从大处着想,摆开个人就好了。"

一篇话说得郑超人红着脸,默不作声。又刺痛他了,痛疮就是好疮。但最刺痛郑超人的还在后边。

正是初春。漫山漫野虽说还铺着白雪,春天从各个角落露出头来。风湿漉漉的,吹到脸上不冻人了。苹果树皮透出浅紫色,一天一天发油发亮。枝头鼓出灰白色的茸苞。姚长庚添了愁。一下雨,桃花水该下来了,清川江桥能架得住大水冲吗?

头场春雨来时,先是阵雪豆子,接着飘飘洒洒,半雨半雪,渐渐变成大雨,哗哗哗哗,一天一宿不停。江开了,冰鼓起来,都拥到桥座子上。到第二天,雨一停,漫山漫野雪都化净,水平了桥面,大江里开始流冰了。

江面像滚了锅,翻腾汹涌,满江的冰排翻上翻下,喀吱喀吱撞得山响。姚长庚把人分配好,每个枕木垛站六个人,一色举着长竹篙改装的大冰钎子,拨着冰排,不让撞到木桥上。一钎子刺不准,冰排一撞,撞得桥咔咔直响,有人脸都吓白了。

好不容易拨了半天,一上大潮,又来了倒流冰。冰排挤挤撞撞的,退到桥边上,挤得竖起来,像刀剑一样。有时一挤,冰排刺溜地窜到桥面上,能伤了人。

三天头上,大块冰排漂下来了,一扇一扇的,冰钎子拨都拨不动,撞得桥乱呼扇,人在桥上立不住脚,摇摇晃晃要跌跟头。姚长庚一看急了眼,叫人带着大锤、撬棍,驾着小木排到上流去砸冰。

春天冰软,不脆不硬,三下两下就砸散了花。

车长杰蹲在只小木排上,抡着大锤,厚耳朵唇憋得血紫,忽然说出句聪明话:"别看它块大,到底是要死的帝国主义,干吓唬人。"

这句话一传开,江面上腾起笑声,一时都叫冰排是帝国主义。

李春三朝上游一指叫:"好东西,帝国主义的头子来了!"

原来上游漂下块冰,一米多厚,足有几间房子大,大模大样往前摆摇着。李春三喊一声,人从几面驾着木排拦上去,拦住就打。可是这块冰排太大太厚了,由着你砸,虎口震得生痛,只能砸碎点零皮碎肉,那东西照样往前横冲直撞,带的小木排滴溜滴溜乱转转。

李春三的头顶冒了凉风,心想:"这要撞在桥墩子上,可了不得!"一面打冰一面不住眼望桥。那桥也怪,飞似的长,望一回,长大几倍,望一回,长大几倍……眼看要撞上了。

正在这节骨眼,一个人抱着炸药跳上冰排。这是车长杰。这个寡言寡语的人表面看起来有点愚,谁料他竟有一肚子内秀呢。他的手脚又准确,又灵活,转眼在冰上装好炸药,点着了捻子,扭身往木排上跑去。

只听有人绝望地喊:"灭了!"

可不是灭了。捻子受了潮,刺刺冒一阵火星,又不冒了。李春三又一望桥,心都炸了。桥就横在眼前,赤裸裸的,干等着挨撞吧!

车长杰又返回身去。

李春三急得叫:"来不及了!快下来吧,别毁了人!"

是来不及了。捻子有一尺来长,就是点着了,不等烧完,桥墩子早叫冰排撞垮了。

车长杰却像没听见李春三的话,满脸冒着热汗,只顾点火。他点的不是捻子头,却是捻子根。

火花紧贴着炸药冒起来。车长杰在冰上一滚,滴溜骨碌滚下水去。就在这一霎,哗啦啦一声响,冰排崩得四分五裂,由着桥上的人用冰钎子拨几拨,乖乖地溜过桥去。

江面激起阵雪白的浪花,慢慢落下去,车长杰卷得不见影了。

大家正急,水面咕嘟地钻出个头来,只见车长杰摆着头,嘴里吐着水,两脚乱打着水,扑通扑通搅起好大的波浪。

李春三一把抓住他的膀子叫:"我的祖宗,你真有两手,还会狗刨!"

郑超人站在岸上,从头到尾看着这场战斗,不觉看出了神。世界上真有这样的英雄啊!过去,他看不起这些人。他认为他们粗鲁,他们无知,光会卖死力气,只有他郑超人才是最有头脑、最有用处的人。但他究竟有多大用处呢?在紧张热烈的人群面前,亲眼看见车长杰那种惊心动魄的行为,他忽然觉得自己多么渺小,多么可怜啊!几个月来,大大小小,他经过许多教训,今天算第一次认清自己的分量:有他,自然不多他;没他,也不少他——有他没他都是一样,反正地球在转,人类永远在前进,个人又算什么?这是明明白白的事实。一旦看清这个事实,他一时觉得好空虚,浑身软绵绵的,又软弱,又疲倦,再也站不住了。

姚长庚见他这样,摸摸他的前额,觉得有点发烫,就说:"你是不是不大舒服?先回去休息休息吧。"便叫李春三送他回宿营地去。

郑超人平时最讨厌李春三那股楞劲。你看他扫院子,哗哗几笤帚,也会扫得满院子尘土飞扬,害得郑超人捂着鼻子躲得远远的。这两天,李春三见郑超人在桥上也够辛苦的,对他变得又关切,又殷勤。他送他回到住处,安置他睡下,又请医生给他诊了诊,服侍他吃了药才走。

郑超人心里一阵翻腾,蒙上头,鼻子直发酸。可见同志们还是重视技术人才呀!只要你不脱离大家,肯往前走,同志们永远不会丢掉你的。他过去常抱怨大家衡量人的尺度很怪,横竖你不合规格。其实这根尺最公平、最合理。起码的尺寸是看你肯不肯为人民做点事。

郑超人记起姚长庚的话:"你要能多从大处着想,摆开个人就好了。"他是净考虑个人吗?于是他陷到痛苦的深思里了。

这一宿,郑超人翻来覆去,前思后想,一直不曾睡好。天傍明,一部分人从桥上回来了。有几个人进了屋,单怕惊醒郑超人,蹑着脚尖轻轻走路,悄悄说着话儿。

只听一个人叹口气说:"嘻!这几天几夜,把人眼睛都熬红了。现在算是松口气,冰有消的,有进了大海的,可以睡个安生觉了。"

另一个人咳嗽两声说:"还算好,一直也没间断通车。数着昨儿危险,好歹还从南岸开回趟伤员车去。"

先前那人道:"水那么大,技术极高的人也不敢开呢。那个司机真有本事,你没听他还对下边喊呢,说什么:你们打了胜仗,前线也打了胜仗,车上就是从汉江南岸下来的英雄。"

李春三的声音插进来:"就你听见啦!你知道那是谁?那是姚科长的女婿呀。"

先前那人问:"是吗?就是那个吴什么?"

就是吴天宝。

第十六段

吴天宝好比一丛大路边上的马兰草,自打发芽那天起,从来没人怜爱他,浇他一滴水。他却有股野生力量,任凭脚踩,车轱辘轧,一直泼泼辣辣长着。有一天,他得到阳光,得到雨水,开了花了,用整个生命开出朵花,蓬蓬勃勃向着生活。

他喜欢的东西很多,什么都容易引起他的兴趣,看见一条小狗躺在棉花筐子里闭着眼晒阳阳,也要发笑。但他最爱的是革命军人,特别是志愿军。爱到这种程度,只要一看见穿黄军装的人,单好上去抱住他们说几句亲热话。头一回带给他阳光雨水的,不正是这些人,谁能忘记他们?你要告诉吴天宝说于今他本身也属于这类人,干着同样庄严的事业,他会摆摆手,喜眉笑眼说:"咱算老几,怎么敢跟人家比!"

那天,就是江上闹冰排闹得最厉害那天,吴天宝由平壤大南边接了批伤员,半路停在清川江南一座山洞里。四次战役打响有一个月了,汉江两岸正展开着轰轰烈烈的阻击战,这批伤员都是从前线新下来的。原先,车站军事代表怕拉不动,不敢挂车。

吴天宝说:"没关系,交给我好了。"

军事代表问:"你看能拉吗?"

吴天宝一口答应说:"能拉——再多点也能拉。"

黑影里有个伤员叹道:"嘻!到底是共产党教育出来的工人!"

吴天宝望着黑影说:"同志,别说这个啦。你们是为谁呀!我们连这点力不能尽?只要你们回去,早一天把伤养好,比什么都强。"

吴天宝拉着这批伤员,处处尽力。在他眼里,你就是用金子打出批跟他们一般大小的金人,也不比他们贵重。起车停车,慢慢的,唯恐震了伤口,那种小心劲,仿佛伤员就托在他双手上。白天停在山洞子里,吴天宝又怕煤烟熏人,发动乘务员帮着护士运伤号,都运到山沟去。

伤员散在栗子树林里,脸色苍白,满身发出药味,无欢无乐悄悄躺着,时时有人会喘口粗气。

有个叫高青云的战士格外引起吴天宝的注意。这还是个孩子,不满二十岁,脸蛋红红的,眉目很俊。谁要望他,他就对你咧开嘴一笑,看不出有什么痛楚。其实他的伤很重,下半截身子都烧坏了,缠着绷带,一步不能走动。

吴天宝心里寻思说:"别看他们不喊不叫,伤口不定怎么痛呢?该寻个什么道叫大家乐乐才好。"就往高坡一站,两手叉着腰问:"同志们,你们爱不爱听戏?我们这儿有位坤角,南北驰名,青衣花旦,欢迎她来一段好不好?"

大家顺着吴天宝的手一望,忍不住笑了。只见柞树棵子里立着条大汉,像座影壁,腰有面板宽,呼呼抡着醋钵子大的拳头,不知练的哪门功夫。试想想,他还唱花旦呢。

这自然是刘福生。平常你越讨厌,刘福生越唱得欢,唧唧的,像木匠锉锯齿一样,唱着唱着还要问:"你听这一口,够不够味?"就用手拍着大腿,有滋有味回过头另唱。

乘务员哀求他说:"别唱了!你饶了我们吧,我们还想多活几天呢!"

刘福生会说:"什么话!现成的好戏不会听,真没有耳福。"

当着生人的面叫他唱,他倒张不开嘴了。

吴天宝催促他说:"唱啊!唱啊!你唱了,明儿回国我请你吃鸭绿江的鱼。"

刘福生把眼一乜斜,嘴一瘪说:"吃什么不好,偏爱吃鱼!又得吐刺,又怕扎着,麻烦透了。要请就请我吃肉,一口一块,那多过瘾。"

吴天宝说:"吃肉就吃肉,你还不唱?"

刘福生说:"你怎么不唱?你唱我就唱。"又对大家一指吴天宝说:"这小子会苏联跳舞歌,叫他吹一段。"

可是大家都叫刘福生迷住了,非听他的不可,缠住他不放。

刘福生把右手背反举到左鬓角上,行个罗圈礼说:"我唱是准唱。没唱以前,先破个哑巴谜给大伙猜,猜着了,叫我唱多少我唱多少。要是猜不着,咱们有言在先,同志们可得说故事咱听。"

伤员们等急了,紧催他说:"破吧,破吧,别卖嘴了。"

刘福生用手把脸一抹,鼻子眼一紧蹙,扎撒着两只大手,发疯地扭起腰来。瞧他腰有面板宽,扭起来活活气死风摆柳,把人骨头都扭酥了。扭着扭着拨楞地停下说:"猜吧,打个地名。"

全场哈哈大笑,谁还有耐心去猜,都急着问:"是什么?说出来得啦,别闷人了。"

刘福生说:"告诉你呀,是纽约(扭腰)。"就又紧晃着大屁股说:"扭腰,扭腰,我扭断你的腰!"

吴天宝一面笑一面狠狠拍了他大屁股一巴掌叫:"你这个魔精!别扭了,再扭扭掉底了!"

刘福生大咧咧地笑笑说:"可是你说的,人家是为谁呀?咱出出洋相,同志们一乐,忘了痛,也算尽了咱的心了。"

这一闹哄,伤员们情绪好了,说说笑笑的,有了生气。刘福生紧追着他们说故事。

从这次战役延长的时间上,从敌人使用的兵种上,想象得出战争是怎样的激烈。可是怪得很,伤员们谈起来常常是又轻松,又可笑,好像玩一样。

有位排长,半边脸被汽油弹烧得乌黑,叫打仗是钓鱼。他说:"敌人才笨呢,呆头呆脑的,像是条大鲇鱼,见钩就吞。这回我们守山头,打到一半,往下滚起石头来。敌人一看,猜想我们子弹打干了,哇哇冲上来,想捉活的。冲到半山腰,我们又开了火,这一场狠揍啊,揍得鬼子唧哇乱叫,也不知是叫爹,还是叫娘。"

卫生员正给高青云换药,用嘴巴一指高青云说:"要听笑话,他肚子里才多呢。前回人家打坦克,摔着鬼子的腿往外拖,差点没把鬼子挣零碎了。"

吴天宝的眼跟高青云碰了碰头。高青云一笑,显着挺腼腆,也不开口。他有什么可说的?无非前后打坏了敌人四辆坦克,离他的计划远着呢。他想打八辆。打到八辆,兴许能见见毛主席吧——这是他心底的愿望。

高青云不说,有人说。他是个出色的反坦克英雄,好多人都清楚他的事。

光看外表,谁也看不透高青云的灵魂。他的性子很绵,腼腼腆腆的,光会笑,像个大姑娘。一乍来,班长问他:"你为什么参加志愿军?"

高青云低着头说:"我为我母亲。"

班里人都知道高青云家里有个母亲,多年守寡把孩子拉大。这回参军,他母亲坐着村里人抬的四人小轿,亲自送他走的。在他心里,没有比母亲再亲的了。从小到大,欢喜时他叫妈,痛苦时喊妈,谁骂了他妈,他能跟人砸破头,谁要想打他妈妈,他又踢又咬,就要拿身子挡住他妈。但到朝鲜后,他发现另一个名词,像母亲一样近、一样亲——这是祖国。同志们吃饭睡觉,打仗练兵,张口闭口,最爱谈论的就是祖国。炮火一停,同志们蹲在山头上,捏出撮黄烟,会拖着长音说:"唉,抽口祖国的烟吧。"落雨了,同志们坐在单人掩体里,又会望着天说:"唉,也不知祖国今年雨水足不足?"高青云听着人谈,自己也谈。每逢一谈,他就想起母亲;想起母亲,他就渴望着谈谈祖国。日久天长,祖国跟母亲溶到一起,分不清界限了。他觉得母亲就是祖国,祖国就是母亲。凡是从祖国来的慰劳品,都像从家里来的一样,他珍藏着,舍不得用,一包烟也揣在怀里不肯动。

同志们笑他说:"你们瞧小高,年轻轻的,怎么那样保守?连包烟都是好东西。"

高青云笑一笑说:"这包烟,我要留着打仗的时候再抽。我要抽一口烟,打一个敌人,抽一口烟,打一个敌人。"说这话时,他的鲜红丰满的脸膛闪着光彩,他的一对挺秀气的眼睛特别明亮,再不见平常那种腼腆劲了。

今年初,祖国人民寄来大批的慰问信,分发到各连队去。高青云分到一封,看了又看,看完藏到贴身口袋里,从此添了心事,时时坐着出神。

班长想:"这孩子怎么的啦?"便去跟他谈。

高青云掏出信来。这是母亲写来的,信上写着:

儿呀!你要永远想着过去,记着今天。想着过去你跟你妈妈受的罪,记着今天共产党带给咱的好光景。要多多立功,多多打敌人,可不能让你妈临老再叫人踏践了!……

班长看完信说:"这倒巧,真是你妈的信分到你手里吗?"

高青云凝视着远处说:"不是,这不是我妈写来的。我不知是谁写的,反正是祖国的一位母亲,像我妈一样的人。"

他把信重新藏好,贴身藏着,一天不定摸几遍,单怕丢了。每次作战,他都要背着人掏出信来,从头到尾看一遍,对着信说:"你放心吧,妈,你儿子不会让人踏践你的!"

这回在汉江南岸,他就是带着这种决心,参加了战斗。他们连队守着条要路口,纵横挖了许多道壕沟,阻击敌人。前后打了半个月,他们挡住敌人的步兵、装甲车、坦克……始终不让敌人前进一步。

高青云却负伤了。

卫生员谈他负伤的经过说:"你们没见,当时的情形才急人呢!敌人的坦克隆隆冲上来,一面冲一面开炮。高青云连扔了两颗反坦克手榴弹,炸坏一辆,后头的又从旁边绕上来了。反坦克弹已经打干,怎么办呢?眼看坦克冲到跟前,人家也灵,一个高跳到坦克上,打算往炮塔里塞手榴弹。可是炮塔盖得挺紧,于急打不开。敌人正打炮,大炮乱转。大炮转,高青云也转,就是不下来。打着打着炮塔里冒满了烟,非开盖不可了。一开盖,正好,手榴弹塞进去,轰隆一声,坦克起了火,高青云也震下来,裤子都烧了。……"

事后,高青云摸着口袋里的信对人说:"当时我只觉得我的母亲、我的祖国,就在我背后。我要是挡不住,坦克就压到她身上去了。我怎么能让坦克冲到我背后去呢?"

他为他的母亲、他的祖国,负了伤,现在就要回到母亲的怀里去了。

吴天宝听大家谈着高青云的故事,都听痴了,热呼呼地问高青云说:"你回到祖国高兴吗?"

高青云望着蓝蔚蔚的天空,咧开嘴一笑说:"有什么可高兴的?还不是一样。"

吴天宝说:"可不一样。你等着瞧吧,一过鸭绿江,满眼都是灯火,亮堂堂的,看那多好!"

高青云笑了。

吴天宝赞叹道:"亏了你们啊!要不是志愿军,谁还能见到亮?你们爬冰卧雪,脑袋掖在裤腰带上,实在太辛苦了。"

高青云说:"你们不是照样辛苦!有你们这样的工人,胜利一定有把握。"

吴天宝就问:"同志,你们前边缺什么?告诉我,豁上死也得给你们送上去。"

高青云说:"别的咱不清楚,我是想:要能多有点反坦克手榴弹才好呢。"又问:"你看今儿黑夜能回到祖国吗?"

吴天宝应道:"到得了。只要清川江过得去,就没问题。"

那黑夜,就是姚长庚领着人战胜冰害那一黑夜,吴天宝拉着这批志愿军伤员开过清川江去,奔着祖国一路飞跑。初春的夜晚透着清寒,早雁来了,叫的声音带不明不白的哀愁。风从东南方向吹来,飘散着泥土的气息,很容易引人想起遥远的乡土。黎明光景,这车为祖国流了血的儿子重新回到祖国来了。他们流血、流汗,生命都交出去了,为的是谁呢?只要他们的祖国幸福,祖国欢乐,谁又去计较个人的苦乐,可是,这些铮铮响的铁汉子呀,一旦重见了他们用生命保卫着的祖国,闻到漫野冬麦的青气,有人竟偷偷地洒了泪了。祖国啊,你能知道你儿子对你的怀念是怎样深切吗?

吴天宝停下车,蹦到地上,在路边发现一棵最早的青草芽。

第十七段

草绿了。在朝鲜那三千里江山上,漫山漫坡开着野迎春、金达莱。金达莱一大片一大片的,鲜红娇艳,一朵花一朵青春,每朵花都展开眉眼,用笑脸迎着春天。

正是一九五一年四月尾,太阳偏西,一辆吉普车带起一溜滚滚黄尘,扑着清川江飞似的开去。公路两旁有许多朝鲜妇女用白铁盆顶着土,辛辛苦苦垫着路基。吉普车一过,那些年轻妇女招着手喊:"志愿军万岁!"跟着车跑了几步,抛上一捧一捧盛开的野丁香花。

车里坐的是武震。他沉着脸,默默地盯着前面。吉普车开得四只轱辘不沾地,他还只管嫌慢,单好一步迈到桥上。

日头平西,车子开到姚长庚的住处。村边上有些工人提着篮子,拿着小锄,正剜野菜。也有人在栗子树的横枝上系着草绳子,吊了架秋千,大家围着悠荡着玩。

姚长庚一见武震,吃了一惊。他怎么大白天坐着车行动起来?必是有什么急事。

武震是有急事,一来便召集干部开会。

干部到齐,武震坐到亮处,从挎包里掏出张译好的密电,用指头一弹说:"这是秦司令员来的命令,我先念给你们听听。"就念道:"四月三十号晚上将有一批巨大货物通过清川江桥,你们必须保证桥梁不出事故。"

干部们一听,忘了桥梁,光顾你一言我一语的,猜测着那大家伙是什么东西。有说是高射炮的,也有猜是榴弹炮的。……一连几个月,前线的消息太鼓舞人了。四次战役敌人吹唬说是"消耗战",结果连麦克阿瑟都像支大蜡给消耗掉了。敌人气没喘匀,我们紧接着发动了五次战役。敌人叫得这个慌啊:"共军(中朝人民军队)飞机像火箭一样飞来!""临津江上一座独木桥,一夜之间共军过来十万人,人山人海!"这些大家伙一运上去,更有热闹看了。

武震用指头敲着小炕桌说:"唉,唉,别胡猜啦。这是军事秘密,出去不许乱嚷嚷。先研究研究桥是正经的。"

姚长庚皱皱着眉头,正在盘算。桥基不牢,经不住这么重的分量,必得加固。今儿是几时?二十九号了。样样事明儿白天得搞好,晚间好过车。应该连夜动手把每个枕木垛翻修一次才行。

他这人思虑事情,总是又稳又准,好比会走长路的人,不紧不慢,不跑不蹦,一步一步迈着脚,早早便到了。当下他说出自己的意见,众人讨论一下,武震便根据他的意见做了决定,连夜动员人上桥去了。

只有一件事叫武震不放心:难免临时不发生空袭。好在桥头有高射炮。

第二天,武震先到高射炮营部联络一下,说明今儿晚间的任务,然后上桥去。路过临时指挥所时,只见野地上摆着门高射炮,也没挖阵地,光披着张绳网算是伪装。

武震已经听到许多关于炮手的事情。他们跟工人是一瓣子心,又不是一瓣子心。敌机几天不来,工人睡得又香,吃得又饱。高射炮手可要急坏了,一天到晚像害相思病似的叨叨咕咕说:"怎么不来了?给你预备下刚出笼的开花馒头,也不来吃。"要不干脆骂骂咧咧说:"他妈的,飞机丧主顾了,不来拉倒!"

他们就是盼着飞机来。飞机一来,他们的眼也尖,还听不见声,肉眼先瞧见了,就要喜得拍着明光铮亮的大炮说:"伙计,你又开荤啦!"一起头开荤指的是大炮,日久天长,不知怎么成了种制度:打下飞机吃饺子,打不下吃高粱米——人也开荤了。炮手们索性叫敌机是饺子,常常一面迎击,一面笑着喊:"饺子来了!饺子来了!"

他们"吃饺子"的办法也真多,还会打游击。别看炮笨重得要命,炮手能推着炮到处转。兴许转到山头上,也背不住转到平地上,神出鬼没,敌人永远料不到会在什么地方叫人当饺子吃了。

现在这门炮不知怎么打游击打到指挥所旁边来。炮手们围着炮坐在草地上,消消停停的,正逗着条白尾巴尖的黑伢狗玩。那狗两只耳朵朝后抿抿着,像个兔子,撒着欢跑来跑去。

武震走过去问:"有动静没有?"

炮车长笑笑说:"连蚊子哼哼也没有,晒干吧。"

专管瞄准的一炮手眼前堆着些嫩柳条,从从容容编着柳圈,一面编一面拖着长音说:"你别急,包子有肉,不在褶上。李奇微正动员他的驾驶员呢。起飞吧,给你加钱。平常一趟十块美金,今儿礼拜,给你二十块。这还不行?我豁出去赔账,老本都贴上了,加你双倍,三十块好不好?驾驶员叫真理感动了,流出鼻涕。"

明是真事,一炮手却当笑话说。明是逗笑,一炮手却绷着脸,说得一本正经。这人带着种神气,仿佛世界上什么事他都看透了,什么事他都满不在乎。

武震连笑带问:"噢?美国鬼子也有真理?"

一炮手瞟了二炮手一眼,也不望武震,又编着柳圈说:"怎么没有?有钱使得鬼推磨,美国老板开天辟地就信奉这一条。头三月打下架飞机,驾驶员跳了降落伞,叫我们一个通讯员抓住。人家驾驶员身上都有护身符,才不怕呢。你猜是什么?一张纸,上面印着中文、朝鲜文,还有英文,写的是什么:'送我回去,重重有赏。'我们通讯员得了宝贝,还有不送的?一路好好保护着,单怕委屈了他。赶送到地方一看,那家伙傻了眼:原来是我们团部。事后那家伙直摇脑袋说:'奇怪,中国人怎么不爱财?'"

说得旁人都笑了。一炮手笑都不笑,也不看人,从从容容编好柳圈,摘了些黄的紫的红的花草插上去,悠悠闲闲立起身说:"明儿'五一',也该装扮装扮咱孩子。"就把花环套到炮筒上,又拍拍炮口问:"你说我的话对不对?"

武震眨着眼想:"这个人怎么懈里懈怠的,像个油子?"

一炮手却像猜透他的意思,瞟了他一眼,手打凉篷望着灰蒙蒙的大江说:"今儿桥上好紧,准是有事。咱们可得说定:炮在桥在,我们保桥不保命。"

江上春雾腾腾,水又清又蓝,下游浅滩上立着几只仙鹤,雪白雪白的,动都不动,有时长嘴往水里一伸,等见鱼了。从夜来晚间起,满江光听见锤子打、钉子响,紧赶着翻修枕木垛。要照明,就有人脱下小褂,蘸上油做了火把。每逢空袭,火把往泥里一插,人就趴在原处不动。忙到眼下,只差干岸上一只桥脚了。

武震来到桥上,正赶着有群人往桥脚扛枕木。有个人干得真泼,独自个扛三根,呼哧呼哧走在尽头前。

武震大声说:"干得好!"

姚长庚一瞅是车长杰。车长杰从肩膀上摔下枕木,憨笑着,显得怪害臊的,想说什么,拿胳臂擦了擦满脸的大汗珠子,什么没说就走了。

235

姚长庚瞅着车长杰宽宽的背影说:"这个人,可是厚道啦。别看他蔫头蔫脑的,一千锥子扎不出血来,心肝五脏可是玻璃做的,里外透明。"

桥下一猛子插上句话:"嗯,是块材料,表面不起眼,够作梁的。"说话的人是李春三,从水里钻出来,浑身的腱子肉一棱一棱的,紫里透红。

武震的脾性,心里一高兴,不分上下好开个玩笑,还爱故意说个反话:"不像你吧?绣花枕头一个,表面好看,内里是个草包。"

李春三笑道:"绣花枕头咱这儿倒有一个,可不是我。"就朝桥上一努嘴。

李春三指的是郑超人。郑超人立在桥上,正指挥人拨正起平全桥的钢轨。他的脸晒得新上了色,不那么苍白了,显得结实得多。

姚长庚道:"说句良心话,人家也不像先前了。他的话,你听十句,可以信八九句了。就是有点冷热病,毛病一来,蒙着头睡大觉,无缘无故就不高兴。"

武震慢声慢气说:"同志啊!人嘛,又不是泥捏的,哪能一下子完全改好?思想改造是长期的,慢慢地来。"他记起姚长庚早先汇报说,大家上头浸在汗里,下头泡在水里,累得喘不过气来。郑超人可妙,站在干岸上,望着西海口云彩脚下露出的晚霞发愣。才几个月,像他这种人也变了样了。

大乱呼啦呼啦跑上来说:"秦司令员的电话。"

武震永远觉得秦敏的大手在抓着他,一时一刻不许他松懈。他觉出这种力量,很喜欢这种力量,而且抓得越紧,他越高兴,就是挨了骂也痛快。

他在电话里先向秦敏报告了桥上的情形,然后说:"明天是'五一'节,同志们情绪都很高,准备用今晚间的胜利来迎接这个节日。"

秦敏的声音又清楚,又明确,像在眼前:"好,好,替我向同志们祝贺。"忽然笑起来,又说:"听到前线的消息吗?杜鲁门向上帝叫救命了!我们用无数尖刀部队插进敌人心脏,分割围歼,消灭了大量敌人。告诉同志们这些消息,让大家明白我们流的每滴汗的意义。好吧,下次来电话,我等着听你们的好消息。"

武震放下电话,且不动弹,眼睛望着后门外。门外是一带碧绿的山坡,几棵杏花正闹嚷嚷地开着。坡上有群妇女,正在集体春耕。壮健的有的拉犁,有的把犁。一个穿红的媳妇跟在犁后,提着篮子,扬着手撒种。尽后尾是一溜妇女,后脊梁背着小孩,背着手,踏着像舞蹈似的碎步,用脚培着土,曼声哼着小曲。

武震望着眼前这光景,心里却在盘算桥上的事。他充分体会到今晚任务的重要,不允许有半点疏忽。正寻思着,那群妇女忽然撂下犁,散到四处树荫里去,满天乱望。武震的心一沉,立刻猜透原因。他料到会有这一着,这一着终于来了,于是走出临时指挥所,往桥上赶。

黄海那方向早出现了敌机,一队四架喷气式,顺着山沟钻进来。鬼东西,挨揍挨怕了,贴着沟溜,不飞到跟前听不见声。

桥头响了高射炮,咚咚咚咚,一闪一朵白烟,一闪一朵白烟,一连串七朵白烟,织成个包眼,又是个包眼。……

敌机腾到高空,躲着弹烟往旁边飞,绕到武震头顶上。武震蹲在条长满水芹的小沟里,估计野地上那门高射炮该开火了。可是奇怪,那门炮竟像个哑巴,响都不响。武震急了,伸着脖子一瞭,只见炮手们都在炮位上,像局外人似的,仰着头看天,根本没有开炮的模样。飞机从头上转过去了,一炮手才转动方向盘,掉过炮口,指着武震头顶那块天。天空漫着层淡淡的春雾——天晓得打的什么!

那架领航机盘旋几圈,弄清我们的高射炮阵地,开始领头对江桥俯冲了。它选定一条最空虚最安全的俯冲路线,不见一点高射炮火——恰恰是武震头顶上。瞧它尾巴拖着股黑烟,呜呜叫着,从高空猛扑下来,这个得意啊。就在这一刻,高射炮口猛一亮,半空红光一闪,那架领航机忽然在半天空爆炸了,炸得粉碎,尾巴、翅膀,零七八碎地满空乱飞。

原来那位从容不迫的一炮手在瞄准时,从镜子里看见敌机直冲下来,炮车长喊:"放!"他在镜子里光见个喷气式吸气的大窟窿,才喊了声:"好!"二炮手一打,炮弹不偏不歪,滴溜溜钻进喷气口去,打了个巧。

后边那三架飞机一见这情形,也顾不得俯冲,拉屎似的往江面乱撂炸弹。江上冒起几团黑烟,冲得多高。黑烟里穿出一群受惊的白鹤,扇着翅膀,呼扇呼扇往西海飞去了。

大乱忽然在武震身后嚷:"又掉了一架!"

可不是,又一架飞机中了弹。驾驶员准是慌了,操纵着驾驶杆,猛往上钻,想要跳伞。但是来不及了,飞机一路哀号着,从天空直摔下来,就摔到武震前几箭地的麦田里,一头钻进泥里,轰的一声,把地面炸个大坑。

坑里泛出半人深的水,油汪汪的,漂着汽油。坑沿上四处飞着碎铝片子,窝得满是褶纹。

几个高射炮兵立时跑上去,脸色兴奋得发红,蹲到坑边用锹头从水里捞东西。先捞出一团乱电丝,接着又捞出一挂肥溃溃的白物件,类似猪肚子里的网油,上面还带着黄毛。

那条白尾巴尖的黑牙狗正围着坑乱闻,摇着尾巴跑上去,鼻子一沾到那挂肉上,喷一下鼻子,摆摆头,转身跑了。

武震惦着的只是他的人,他的桥,奔着江桥跑去。

江上烟落了,桥炸坏几孔,枕木垛散了花,崩得七零八落。

姚长庚挂花了,车长杰的伤势更重。

飞机一出现,姚长庚立在桥头指挥防空,自己迟了一步,来不及躲,只得趴在桥面上。炸弹落下来时,他的帽子震飞了,土迷了眼睛。睁开眼一看,净黑烟,什么也看不见。他觉得后腰有点发木,伸手一摸,一手血,才知是弹皮崩进他后腰去了。就忍着痛,用手剥出弹皮,捂着伤口爬起来,想看看江桥破坏的情形。烟一过,只见车长杰躺在桥下,身上落了一层土,满头是血。

姚长庚忘了痛,连忙跑上去,把车长杰抱到怀里,替他往头上缠绷带,一面问:"你留在桥下做什么,怎么不躲?"

姚长庚不问,也明白是怎么回事。还不是和头回一样?

头回从祖国来了大批羊肝丸,车长杰吃了些,雀蒙眼病慢慢好了,三番两次对人说:"你看看祖国人民,哪件事不为咱操心啊!"

当夜在桥头挖土,空袭很频,车长杰躲都不躲,照样挖他的。姚长庚喊:"你还干!"车长杰怕再挖,姚长庚要说话,便撂下镐,悄悄拿手挖,把手磨起好几个大血泡,也不住手。有那刻薄嘴的说他傻,车长杰也不生气,蔫不叽说:"咱得对得起祖国人民的心意呀!"

这回必是他又赶着做活,摸摸索索不离地方。姚长庚抱着他,定睛瞅着他那张痛苦的脸,心里暖烘烘的,觉得世界上再没有第二个人比车长杰更可亲了。

车长杰的喉咙发响,气要断,拉着姚长庚的手恋恋地说:"姚科长,这个现场我捞不着干了,以后见吧! ……望你告诉我家里一声,我多会儿也忘不了你的好处。……"便拉着姚长庚的手闭上眼睛。

活着的时候,他悄悄活着;死的时候,他悄悄死了。报纸上不见他的姓,传记上不见他的名,但在他悄悄的一生中,他献给人民的是多么伟大的功绩啊!

姚长庚的心火辣辣的,像烫了一样。十年前,他两个儿子叫日本鬼子抓劳工卖给炭矿,他经历过同样的心情。他轻轻放下车长杰,立起身瞅了工人们一眼,哑着嗓子喊:"你们都听见他的话了吧? 天狗吃不了日头,烂了青山烂不了太阳! 今儿黑夜桥要不修好,东西要不过江,我们就对不起祖国,对不起人民,对不起我们死难的阶级战友! 我们就不配算个中国人!"

姚长庚说着一挥手,工人们都奔上桥去。直到这时,武震才发现姚长庚的后袄襟崩得稀碎,血湿透了一大片,掖在后腰那支七星子手枪都崩坏了。要不是这支枪,姚长庚早踢蹬了。

武震吃惊道:"你受伤了!还不绑一绑?"

女护士便忙着给姚长庚绑伤。姚长庚却说:"擦破点皮,管什么事!"

但他究竟大两岁,负了伤,人又过分紧张,累得满头是汗,脸色苍白得可怕。武震立刻命令绑副担架,抬他回到住处上药。

姚长庚麻搭着瞌睡眼说:"我不去!就是点浮伤,又不怎么的,这时候离开现场,像什么话!"

女护士说:"队长叫你回去你不回去,怎么不听话?"

姚长庚固执道:"我的腰坏了,嘴也没坏,我还不能说话指挥?"

旁人也劝道:"你看,就是你年纪大点,再磕着碰着也不好。"

这个说,那个劝,好说歹劝,任凭你说得黄河水倒流,姚长庚眼皮也不抬,只是不响。最后武震向他破解说,他走了,有武震在场指挥,用不着挂牵。姚长庚知道应该服从命令,从地面捡起根柞木棍子,拄着走了。担架绑好喊他上去,他也不要。还坐担架呢!那多寒伧。我怎么来的,怎么回去。害得担架跟在他的大身量后尾跑。

……不知不觉天晚了。头一颗星星掉进江里,转眼大江心里落满了星斗。月亮地里老远一望,江上气腾腾的,浮着层白雾。这不是雾。今天武震拿出他往日冲锋的精神,正指挥人突击那座桥梁。都脱了军衣,一律穿着小白布衫,人多,呵的气重,头顶又冒热气,只见大江上雾蒙蒙的,仿佛是春天平野上蒸发的地气。

为的是那些大家伙呀。……

第十八段

这当儿,正有一列重车从鸭绿江北开到南岸,向着前线奔跑。司机房两边挡着防空帘,一点光不漏。帘缝里探出个头,向前瞭望着。月色昏糊糊的,照见这人的脸精瘦精瘦。我们不常见这张脸,但多会儿也记得这是线路指导禹龙大。

禹龙大永远只说顶必要的话:"上坡。……下坡。……慢行。……到站了。……"司机便依着他的话操纵机车。

每到一站,值班站长怀里藏着信号灯出来迎车,远远揭开袄襟晃着绿灯,火车到站也不停,又往前开。

吴天宝坐在司机位子上,望望水表,又望望汽表,慢慢提高手把,动轮转得越来越欢。路基不平,车子摇摇晃晃的,不用手也摸得出这片国土浑身所带的伤疤。吴天宝想起高青云的话。高青云不是说嘛:"我是想,要能多有点反坦克手榴弹才好呢。"你瞧,祖国人民想得多周到,真和你是一个心眼。你缺什么,祖国人民想到什么;你要什么,祖国人民送什么;你想不到的都送来了。

车上不但有反坦克弹,还有大坦克呢。开车以前,吴天宝围着车不知打了几个转,心里直发痒,单好掀开浮头盖的雨布,拿手摸摸那些大坦克。可惜押车的不让他动。怕什么? 他又没歹意,摸摸还能摸坏了。

吴天宝寻思着,眯着眼笑了。

刘福生正添煤,一直腰望见吴天宝笑,喊着问道:"你想什么好事?"

吴天宝也笑着喊:"你猜呢?"

刘福生才没耐性猜呢。他是个直肠子人,肚子里藏不住半句话,不说憋得慌。黑夜做了什么梦,一早晨也要告诉人。做的梦也怪,有一回梦见会飞了,也没长翅膀,两腿一蹬,上二百斤重的身子就腾空了,才要落地,腿一蹬,又起来了。你说玄不玄?

火车停到个大站,上煤上水。吴天宝拿起把小锤头,手一沾扶梯,出溜地蹦下车去,先用手背试试大轴发不发热,又四处敲敲打打检查螺丝。

刘福生抱着两条粗胳臂堵住车门说:"唉! 这个天气,凉森森的。春冻骨头秋冻肉,离了棉絮还真不行。要在我们山东家里,小麦早秀穗了。"

吴天宝叮叮当当敲着小锤头,漫不经心问:"噢,你还有家?"

241

刘福生说："我又不是石头壳落里蹦出来的,怎么没家？说正经的,小吴,你猜我老婆这时候在家里干什么？"

吴天宝嗤地笑了一声说："我猜呀,多半正想你。"

刘福生说："人不能昧良心说话,我那老婆可是好老婆,天天晚上哄着孩子睡下,一定要带着灯做针线,可勤谨啦。孩子托生的也真是时候。想想咱六七岁那光景,满肚子灌得稀汤寡水的,瘦得剩把小鸡骨头,光掉个大鼓肚。现时人家孩子呢,进学校念书了。我们老刘家祖宗三代,哪有个念书的？于今我来抗美援朝,我儿子在家念书,毛主席不让我来,我也要来。"

前面山后忽闪一亮,忽闪又一亮：敌人打闪光弹了。

吴天宝说："别尽自瞎扯啦。你晃了炉灰没有？快准备利索,好开车。"

刘福生朝闪光弹吐了口唾沫骂："呸！又是撒谎弹,你吓唬谁？要让你得了意,都不用活了。"

火车上完煤水,又往前开。吴天宝把头也总钻到防空帘外,瞭望着前面。

天有多半夜了。晚风湿漉漉的,吹到脸上,舒服得很。半块破月亮真讨人厌,怎么粘到一个地方就不肯动？

吴天宝想起刘福生的问话："你猜我老婆这时候在家里干什么？"问得真妙,吴天宝倒愿意知道这时候祖国人民都干什么呢？大家劳动了一整天,也该歇歇乏,又香又甜睡一觉了。毛主席可不会睡。人说他每天都要通宿通夜做工作呢。他给人民带来幸福,自己可永远劳神费力,不得安静。好主席,你也别太累了。

吴天宝摸摸贴身藏的毛主席像,记起相片底下他老人家的亲笔题字："爱祖国、爱人民、爱劳动、爱科学、爱护公共财产为全体国民的公德。"吴天宝多会儿也愿意听你老人家的嘱咐,不过做得很不好啊。来到朝鲜四个多月,才立了一功。他要再立。等胜利回国那天,他的前胸一定要挂满奖章。他要生活得又荣誉,又光彩,就像毛主席教导他的那样。

那时候,吴天宝也可以稍稍休息几天了。先得擦擦机车。你瞧把机车搓弄得黑眉乌嘴的,真叫人痛心。镶铜的地界都得擦得金亮,亮得能照出人影来。人呢,要美美吃一顿,好好睡一觉。他乏透了,就是睡不足。刘福生常嚷:"等回国后,我非捞捞本不可,睡他十天十夜,吃饭你们也别叫我。"我的祖宗!谁跟你一处睡,算倒霉了,呼噜呼噜直打鼾,别人还能睡得着?……跟小姚的问题怎么办呢?也该料理料理结婚了。小姚真了不起,满肚子学问,好几回把水灵灵的眼睛一翻一翻说:"你别只图眼前一时的快乐,刀搁在咱们脖颈子上,结了婚又有什么乐趣?"你听听,句句是理。等胜利了,他们就要结婚,就要永远在一起,不再离开了。天天工作完了,他们要一个桌上吃饭,一盏灯下学习。对了,小姚不是喜欢花吗?总在窗根底下种上一大堆凤仙花,还用花瓣染指甲。他要和她一起种花。围着屋子种得满满的,什么花都有,天天都在花里过。

月亮影里,远处现出一带黑森森的高山。吴天宝忽然听见头顶上哇的一下,一朵黑云彩贴着火车掠过去。

禹龙大叫:"飞机!"

这是架"黑寡妇",专门夜间出来活动。吴天宝一急,心里闪出个主意:"把火车开进大山峡去!"就加快速度,开着火车往前冲。

可是晚了。稻田里忽地一亮,汽油弹落地开花,烧起来了,照得四下真亮真亮的。"黑寡妇"打个旋,又扑上来,哒哒哒哒一阵机枪。

禹龙大叫:"哎!后面着火了!"

刘福生急得嚷:"停车!停车!下去救去!"

吴天宝关上汽门,下个死闸,蹦到地上,跑出去没多远,几颗杀伤弹撂到旁边,只觉地面忽闪一下,从他脚下鼓起来,他就震得不省人事了。

姚志兰正在近处帮着个叫小贾的电工架线。小贾从现场打电话要材料,家里人手缺,没人送,碰巧姚志兰歇班,背着捆电线送来了。来了就不肯回去,索性帮着做点零活。

姚志兰这是第二回见小贾。小贾可有种本事,自来熟,见人三句话不来,就变成老朋友了。周海背后曾经对姚志兰夸奖过小贾,说他又能干,又顽皮,什么人都闹,连敌人都叫他当狗熊耍了。小朱替他缝袜套,织手套,常说他好话。姚志兰早疑心他们两人好,逼问几次,小朱还嘴硬,死不承认。今儿可露了馅了。鬼精灵,不给她姚志兰写信,可给小贾写,写得还么频,告诉说:她的眼坏了一只,不大碍事,可惜不能再到朝鲜来了。等见了面,姚志兰有账跟她算,再叫她整天小吴小吴耍笑人。

火车打着时,小贾正爬在电线杆子上,看得一清二楚,当时叫:"这是从北来的车,必定有要紧东西,快去救去!"

人从附近哗地上来,有兵站后勤人员,有工程队,有朝鲜老百姓……哇哇叫着都来抢救。姚志兰夹在人流里,和小贾也跑散了,奔上前去。只见打着的是倒数第二辆车,车上装着一部分反坦克弹,角上冒出火来。汽油弹一撂,油火满天飞,崩到哪儿就起火。几根电线杆子溅上火,火焰呼呼的,烧起来了。

姚志兰冒着油火跑到车前,脸烧起泡,衣裳糊了,胶皮鞋底烧得嗞嗞直响,也不理会,只顾救火。抢救的人们脱下衣服,在稻地里浸湿水,抽打着火苗,又往火上扬沙子,也有拿手抓着稀泥往火上摔的。

刘福生喊一声:"快推开后头的车!"就有人摘下挂钩,大家拥上去用手推,用肩膀顶,好歹把那辆尾车推到远处。

刘福生想把那辆烧着的车也摘下来,可是反坦克弹爆炸了,踢蹓扑腾,乱响乱崩。人们哗地闪开,不能再靠前了。有人叫弹片崩伤,好几个人齐声喊着护士。又有人喊:"哎,这还躺着个人呢! 快来救救!"

姚志兰应声跑上去,蹲下去一看,却是吴天宝。

有多少夜晚,姚志兰从梦里惊醒,小屋叫炸弹震得乱颤,听见远处火车咯噔咯噔紧跑,就要想起吴天宝。她替他担惊,替他焦愁,翻来覆去睡不着。过一会儿,她又要替自己害羞了。她还是自私啊,怎么单挂牵小吴?旁的司机不是照样有亲人,谁不是一样危险,光顾自己还行!这样一想,心就定了。

一旦看见自己爱人真出了事,姚志兰还是难受。但她忍着。她的神色又沉静,又刚强,她爸爸的骨血在这位姑娘身上活起来了。她见吴天宝浑身不带伤,才放了点心,摘下水壶饮了他几口水。

吴天宝已经醒了,心里可是糊涂,迷迷糊糊问:"我这是怎么的啦?"

姚志兰松口气说:"你想必是震昏啦。"

"我怎么震昏的?咱们这是到哪儿去?"

姚志兰用湿手绢捂着吴天宝的天灵盖说:"到前线去——你不记得吗?"

吴天宝还是不懂:"前线?前线?"

姚志兰弯着腰轻轻说:"是啊,送弹药去。你连一点都不记得?"

吴天宝用手摸着头,有点清醒过来。对了,他是送弹药去。送什么弹药呢?他是睡大觉不成,怎么稀里糊涂的?一回眼望见正燃烧着的火车,他的神智一下子清醒了。他是去送反坦克手榴弹啊!还有大坦克。怎么能躺在这儿挺尸呢?他打一个挺儿坐起身,就要站起来。

姚志兰一把捽住他的胳臂。这个人真怪,平常就是这个劲,活蹦乱跳的,除非睡觉,一刻都不安生。于今才苏醒过来,不说躺躺,又要动,怎么动弹得了?

吴天宝捽着胳臂叫:"撒手!你撒手!"

姚志兰急得问:"你要做什么?"

吴天宝叫:"你撒手吧!我得去摘开车,不要叫火烧到前面来了!"

不等吴天宝上去,刘福生和禹龙大先上去了。

这时眼前变成一片火山,红了半拉天,弹药咕咚咕咚,一崩多高。刘福生和禹龙大从宿营车上拿下两件棉大衣,浸湿了水,顶到头上,冲着烟火爬上前去。

车上的火焰卷呀卷呀,打着铁板,呼呼呼呼,好像飞机又来了一样。

其实"黑寡妇"根本没走,盘旋几圈,连扫带射混闹一阵。抢救的人有想跑的,只听见有人叫:"别跑!跑什么?和敌人作战到底嘛!"都稳住了。

敌人真是死心眼,扫来扫去,光冲着火焰扫。只要稍微换换地方,别的车早起火了。

刘福生和禹龙大总在飞机肚子底下,也不理它,只管往前爬。爬着爬着,刘福生一揭大衣,一摊泥打到脸上。他又好气,又好笑,肚子里骂道:"笨家伙!只知道一棵树上吊死人!"

快要接近那辆爆炸车时,禹龙大绕个弯钻到前面车底下,从车肚子下面爬上去,伸手要去摘钩,不想挂钩烤热了,嗞啦一下,手烫糊了。换只手垫着衣服又去摘,可是车钩震得拉得绷紧,高低摘不下来。刘福生操起根撬棍,哈着腰窜上去,把那辆烧着的车的轱辘往前一点,咯嚓一撬棍,砸开了挂钩。

几分钟工夫,乘务员都上了机车,吴天宝鼓着力气也跑上去。

刘福生喊:"小吴,你受伤没有?"禹龙大就要替吴天宝开车。

吴天宝却把禹龙大推开,大声叫:"不要紧!"一提手把,拉开汽门,甩掉几节大火熊熊的车辆,撂给那些抢救的人,重新开着车往前冲去。他只觉得胸部有点痛。痛就痛他的,开车要紧。

禹龙大叉着腿立在车门口,脸色又猛又狠,只是喊:"快!快!"

车子便撒了泼,猛往前冲,呼呼呼呼,冷风直往吴天宝胸口里灌。吴天宝想扣衣服,用手一摸,这才发现扣子都震没了,钢笔把口袋穿了个窟窿,也飞了。

讨厌的是那块破月亮,怎么还不落!

火车一动,"黑寡妇"发现目标,哇的一声又扑上来。

吴天宝只见天上一打闪,哒哒哒哒,一溜火线直扑着火车的大轮转。子弹打到摇杆下,打得石头直冒火星。

禹龙大往后略闪一闪,又立到车门前,只管喊:"快!快!"

吴天宝便开着车没命地跑,什么不管,胆子比什么时候都壮。高青云的影子一闪闪出来。祖国——我们的母亲,就在背后,谁能让敌人的坦克冲到背后去呢?高青云撇出颗反坦克弹,又撇出一颗。坦克没挡住,朝前直冲。高青云喊:"反坦克弹没有了!"

吴天宝心里叫起来:"送上来啦!送上来啦!"车辘轳响得更急,咯噔咯噔,咯噔咯噔,一路飞跑。

"黑寡妇"却缠住火车,一步不放。小时候,吴天宝上花红树摘果子,大马蜂子占住高枝做了窠,嗡的一声,围着他乱蜇,活是这股劲头。"黑寡妇"差不多跟机车平着飞,扇得风把地面尘土都扬起来。一掠过去,转回身又迎着头打,枪口吐出两团火光,雪亮雪亮。

吴天宝恨不能一步把车开进大山峡去,老探着头望。一颗子弹嗖地从他耳门上掠过去,他的左大腿震了震,光觉热呼呼的,也不怎么的。

刘福生紧自投煤,热极了,把衣服一剥,光溜溜的,只穿着条小裤衩,还是透不出气,回手拧开水管子,哗哗浇了阵水,又抡起铁锹来。

"黑寡妇"咯咯咯咯,又是一梭子弹,打得前面土山上一溜火光。

禹龙大猛然叫:"起雾了!"

朝鲜的雾又多又怪,说来就来。先从前面大山峡涌起来,影住天,影住山,尘头似的滚滚而来。吴天宝早看得明白:只要火车停到大山峡里,"黑寡妇"不敢低飞,再也打不着了。这场好雾,来得再巧没有,更帮助了他。就大开着汽门,冲着雾跑去。

机车一头钻进雾里,吴天宝把汽门一关,火车借着股惰力,一节一节开进大山峡去,只剩个尾巴露在大雾外面,眼看就要藏进去了。

"黑寡妇"发了疯。接连俯冲四次,连扫带射,火车老打不坏,怎么能不气得发疯?车上明明装的是重要军火,怎么肯放松,就又从后边猛扑上来,轰轰响着,好像威胁着喊:"我就要打你!"朝着车尾又是一个俯冲。

车尾早钻进雾里,钻进大山峡去。"黑寡妇"扑了个空,朝着雾里打了一气,一仰头往高飞去。

就在这一霎,只见雾腾腾的大山头上红光一闪,轰的一声,"黑寡妇"一丁点声音都没有了。

刘福生愣了愣,一时明白过来,大声叫道:"'黑寡妇'撞到山上去了!"

是撞到山上,撞得稀碎,"黑寡妇"永远变成死寡妇了。这一场战斗,吴天宝凭着勇敢,凭着机智,利用他所能掌握的天时地利,终于把敌人打败,打得粉碎。

禹龙大从背后一把抱住吴天宝,抱住不放。这个心情沉痛的朝鲜人头一回张开嘴,哈哈笑了。

火车又继续往前开。吴天宝乏得要命,乏也得挣扎着。南面天空影影绰绰爆开一朵一朵火花,探照灯晃来晃去。吴天宝直犯嘀咕:"是不是清川江桥炸了?但愿别出毛病吧!"他知道只要一过江,对岸另有乘务员专等着接这趟车。

一程一程,沿路信号都是绿灯。快到江边时,前面闪出盏红灯,在大雾里紧自摇晃,不让火车前进。

刘福生把铁锹一撂叫道:"他妈的,白费了半天力气,到老还是过不去江!"

车停下。提红灯那人在雾里大声问道:"你们来啦?"声音好熟。

吴天宝答应一声。

雾里说:"准备好,马上过桥。"

吴天宝探出身子问:"是清川江吗?"

雾里应道:"是!"一面提着号志灯上了车,擎起灯照照大家。原来是武震。

武震的精神很旺,连说带笑道:"你们到啦?好极了!调度所有电话来,我都知道了。……怎么?把飞机斗下来了!要立特功啊!我先替人民谢谢你们。秦司令员来几次电话,问这趟车开上没有,亏了你们,到底开上来了。这就过江。可慢着点!桥刚修好,我来领车。"

武震就提着手灯,一手挼着车头前那架小梯子,站在火车头前,引着车慢慢开上桥去。江上漫着一层茫茫的大雾,也看不清桥。开到半中间,只听见桥压得吱咯吱咯响,好像要塌似的。武震赶紧命令停车。两岸的人都捏着把汗:桥临时抢修好,谁知经不经得起这大的分量,要是一塌,全都完了。

刘福生只是担心武震,急得从司机房里探着身子叫:"武队长,你别领车了,我们自己闯吧!"

武震却像没听见,跳下车,提着灯细心检查检查桥,返身又挼着小梯子跳到车头前,把灯一摇喊:"开车!"

车又开了,慢慢慢慢地,木桥在车下边一路吱咯吱咯响。武震一时命令停车,一时又命令开车,一点一点,到底把车领到对岸。火车舒口气,放心大胆奔进对岸车站里去,早有另一批乘务员接住车,换上台机车,立时把那些大家伙往前线送去。

吴天宝喘口长气,一松劲,打算站起来,腿却软得不行,咕咚地跌到司机房里。

刘福生说:"起来呀!"

吴天宝起不来了。刘福生想去扶他,怎么一股血腥气?拿大手一摸,哎呀,满手胶黏!风炉支着挡板,露出火亮,照见吴天宝左腿那条裤子湿淋淋的,叫血渗得稀透。人说,一匹千里马能在火焰上奔腾,子弹穿进肚子,照样飞跑,不到地界不会倒下。这是可信的。头回一震,吴天宝受了内伤,后来大腿又打伤,但他忘了痛,忘了自己,整个生命都放到机车上,直待任务完成,他气一松,精力也耗干了。

禹龙大不顾手痛,撕开吴天宝的裤腿,赶紧弄腰带替他绑伤。刘福生立在车门前张着嗓子向车站喊医生,医生喊来了,把武震也喊来了。

吴天宝流血流得太多,说话都没力气,强挣着笑笑说:"你做什么大惊小怪的,把武队长惊动来啦。……"又问武震道:"这趟车误不了吧?……可别误啊!你没见,那些大坦克,赶上小山大了。……前线一定等急了。"

武震蹲下说:"误不了,你别挂心啦。——你觉着怎么样?"

吴天宝小声说:"也不怎么样,就是乏。"便合上眼,一会儿又睁开说:"你伸伸手,扶起我来,让我看看毛主席。"

刘福生解透他的意思,替他拿出他怀里藏的毛主席像,送到他眼前。

吴天宝接过去。炉门射出一道红光,映着他的脸,也映着那张像。那张像五彩鲜明,发出光彩,吴天宝的脸又红又亮,也泛滥着生命的光彩。他捧着像,笑着望了好大一会儿,小声说:"毛主席,再见了!……我总算完成了祖国人民付托我的任务。"

武震眼泪花一转,咽了口唾沫。刘福生忍不住了,吧嗒吧嗒滴了几滴泪。

吴天宝笑着说:"哭什么?……告诉小姚:也别哭,把爱我的心情,去爱祖国吧!……"

他的眼神散了,嘴角含着笑,自言自语悄悄说:"真困哪!一点力气都没有。……让我睡一会儿吧——小睡一会儿……"说着声音越来越模糊,眼皮渐渐闭上,手里还紧握着毛主席像。……

他睡了,永远睡了。好像一个人劳动了一整天,做完他应当做的事,困了,乏了,伸伸懒腰,打个呵欠,舒舒服服睡了。

武震怕他睡不好,把他安顿在一座绝僻静的山坡上,向阳,通风,四围满是冬夏长青的赤松,山水冲不着他,炸弹扰不着他。他也不会寂寞,身旁就躺着车长杰。

这些和平与正义的好战士啊，舍了自己的爱情、骨肉……用他们的生命培养着旁人的生命，用他们的鲜血浇灌着旁人的幸福，在一九五一年"五一"节那天，当全世界欢呼歌唱的时候，他们却为着祖国，为着朝鲜，为着全世界人民的欢乐，静静地躺下了——天地间还有比这种爱更伟大的吗？

这是个光辉的好日子。松树正开花：老枝上抽出柔软的嫩条，缀满土黄色小花。山前原先被炮火崩得坑坑坎坎的田地都填平了，铺展着一片绿油油的春麦。苹果树已经开过花，结出指头顶大的青苹果。

山坡后转出群小小的人影：男孩子都背着柳木、山胡桃木做的快枪，挺着小胸脯走在头前；女孩子一色换上新衣裳，春风一荡，飘起他们红的、绿的、杏黄的、茄紫的丝绸裙子，活是一群翩翩的蝴蝶。这群小人嘻嘻哈哈、哼哼呀呀，不知奔向什么地方的会场，那儿有千千万万人正向毛泽东、斯大林、金日成这些名字欢呼着万岁！

义士的坟前供着花圈，松枝扎的，插满野花。这是当地农民献的祭礼。每根松枝，每朵野花，都带着朝鲜人民说不尽的深情密意。武震、朝鲜崔局长等许多同志默默地向两位义士告了别，陆陆续续都回去了。

只有两位姑娘还留恋在吴天宝坟前。

姚志兰恍恍惚惚的，觉得吴天宝还活在世上，一想就想起他那种生龙活虎的神气：小黑个子，喜眉笑眼的，帽檐底下蓬起撮头发，浑身精力用都用不完。谁相信他会闭上眼呢？

姚志兰对着坟说："现在春天了，你就留在这吧，我也不运你回去了。你为朝鲜死的，就留在朝鲜吧，让大家都看见你！"

康文彩扳着姚志兰的肩膀，握着她的手，轻轻说："别哭了。看你的脸烧的，也该回去上药了。"

姚志兰说："我没哭，我不会哭的。活着的时候，他总是欢天喜地的；于今死了，也是为了让旁人能欢天喜地过日子。他常对我说，从他记事那天起,没掉过一滴泪——眼泪不是纪念他的好东西。"

康文彩眼倒红了,凝视着远处沉思说:"我们朝鲜人子子孙孙千年万代永世不会忘记志愿军的好处。我常想,等胜利了,我们要替志愿军立座纪念碑——该找个最显亮地方立,让每个朝鲜人时时刻刻都看得见。"

姚志兰漠然说:"往哪儿找呢?"

康文彩说:"也不难,就是这儿。"

她指的是她的心。

……说话天黑了。凉风下来了,漫野散出股说不上名的花香。右首新打的电话所大洞子口扬起片声音,哇哇的,有几万,几十万人。姚志兰先不懂,一转眼明白了:是广播啊!是北京的广播。是北京天安门的广播。在这个烈火般的五月节日的晚上,在北京天安门前,祖国人民从心底唱出他们的自由、他们的欢乐。

一片掌声,一片呼喊,又是一片欢笑,哇哇哇哇,海啸一般震天响。忽然拔起个清亮的童音:"我们是新中国的少年儿童队……"一时又轰轰响起个浑厚壮实的男音:"增产节约,支援我们的志愿军!"

军号吹起来,战鼓响了:咚——咚——咚咚咚……姚志兰恍惚听见了脚步声,听见了千千万万劳动人民的脚步声。这是中国人民的大进军——奔向和平,奔向建设,奔向胜利的大进军!

一时是秧歌,一时又是腰鼓:梆啷梆啷,梆啷梆啷,敲得山响。一个清脆的女音唱起《国际歌》来,跟着,无数喉咙掀起山摇地动的歌声,波浪似的忽高忽低。于是毛泽东、斯大林的名字又被千千万万个声音举到半天空了。……

姚志兰唰地流下泪来,望着北面,颤着音说:"祖国啊!为了你,我有什么值得保留的——就是生命也可以献出来呀!"

不是尾

一眨巴眼就是一九五二年的春天。春天永不吝惜把它最好的东西给人：繁华、幸福、生命，什么都肯带给人类。人间的幸福可不像漫地的野草，到时候会自己长出来的。要下血的种子。享受幸福的人时刻别忘了给我们幸福的人吧。

一个温暖的春夜，很晚很晚，武震还坐在灯下，研究着一堆材料。每逢远处火车轰隆轰隆响，不知不觉竖起耳朵，听上半天，直待听不见声了，才又翻着材料，有时又对着灯出神。秦敏要他把入朝以来的工作做个总结，许多过去的事不得不重温一遍。从前年冬里过鸭绿江那夜起，足足一年半，日子不算短了。这是条艰苦的道路，也是条走向胜利的大道。有些事回想起来，恍惚隔了几辈子。当时电话所没地方安，会安到稀泥烂浆的涵洞里，叫敌人的定时弹堵住了口。眼时你就是扔原子弹，也动不了我们一根头发。所有机关早挪进特意开凿的大山洞去。吃冰水拌炒面的事也变成古语。香肠、蛋粉，什么好东西都从国内送上来。还怕缺青菜吃，每人开了几畦地，种上小白菜、水萝卜、西红柿、茄子一类东西。文化娱乐生活也特别活跃。乘务员玩起来，再不用敲汽油弹空壳扭秧歌了。到处有手风琴，有锣鼓、胡琴，随你喜欢什么就玩什么。

武震的眼落到份材料上。这是去年夏天一个美国空军发言人在东京说的无可奈何的话：

……在差不多一年来，美国飞机一直在轰炸共产党的运输系统，但北朝鲜仍有火车在行驶。……共军不仅拥有几乎无限的人力，并且有相当大的建造能力。共产党在绕过破坏了的铁路桥梁方面表现了不可思议的技巧和决心。……修理和建筑便桥的工作以惊人的速度完成。……坦白地讲，我认为他们是世界上最坚决的建筑铁路的人。

武震看到这儿，不觉从鼻子里笑了声，心想："你看出我们拥有无限的人力，你可看不出我们拥有的是怎样的人。"于是他想起吴天宝，想起车长杰。

秦敏当时在表扬这两人的电报里写道："他们这种勇于献身的行动，保证了前线的胜利。他们的精神将与天地共长久，与日月共光辉！"

事实正是这样。五次战役结束后，乘务员们听说我们的坦克在前线所发挥的威力，自自然然都想起吴天宝。他献出的是个人的生命，他用生命争得的胜利，却保全了无数和平人民的生命。

刘福生从吴天宝手里拿到了那张毛主席像，贴到宿营车上，蒙上玻璃纸。每个乘务员都怀着严肃的心情，对相片发了誓，誓死要做第二个吴天宝。又为了纪念这位英雄，军运司令部特意把那台机车命名做"吴天宝号"。吴天宝死了，更多像吴天宝这样的英雄却涌出来了。

武震又想起姚长庚。这个人真是把硬骨头。就拿头年春里的事来说吧，他后腰受了伤，医生一检查伤不轻，叫他回国去医治，他可怎么也不肯走。医生说急了，他干脆闭上眼装睡，不搭理你。后首还是武震一半规劝，一半命令，才走了。走了不到二十天，坐着火车又回来了。

武震问道："老姚，你怎么又回来了？"

姚长庚怪不自然笑笑说："我的伤好得差不多了，蹲在后边做什么？再说……"再说，他也惦着大家，不知怎么就是惦着，睡里梦里也忘不了队上的同志。可是说这些有什么意思？自己又不是老娘们，婆婆妈妈的多难为情。家里老伴，工会照顾得很周全，他也放心。这回姚大婶对他说："只要你们在外头好好的，家里事一概不用操心，有空多来几封信就行了。"看起来，老婆的心路也宽了。

武震明白姚长庚的心情，让他留在前面养养也是一样。谁知养不几天，姚长庚又黏上武震说："我的伤已经好了，再闲就闲疯啦。"

武震口气严厉地说："不要急！你急什么？先去养伤。身子没复原以前，什么都不许提。"

姚长庚就不提。但他第二天又来了，也不进屋，脸朝外默默地坐在门坎上,一坐就是老半天。武震又是好笑,又是好气——坐就让他坐去吧。坐一天不要紧,第三天,第四天,天天来沤,不说话,比说话表示的意思都多。

到第五天,武震非问不可了。姚长庚麻搭着瞌睡眼,瞅着自己那双青筋暴起的粗手,哑着嗓子说:"不是我急,手要骂我呀!"

你看,一个四十上下岁的人,又不是孩子,你能申斥他一顿?他可活像个孩子,挂着脸,噘着嘴,就坐在你眼前,不声不响;跟你死沤。有什么办法呢?罢,罢,医生说他弱是弱点,能做事了,让他去好啦。武震便打发他回到原位子去,一气坚持到而今。

这才是我们的人,我们的无限力量。还不止吴天宝、车长杰、姚长庚等人。武震又想起姚志兰、周海、刘福生、李春三、老包头,以及许许多多旁的人。这些人有思想,有政治热情,一年多来,在斗争里都提高了,都变强了,只要你引导得好,每人都施展开本领,想出各种巧妙办法跟敌人斗。记得去年秋天,敌人咋唬说要把中朝人民军队饿死、冻死、窒死,对我们后方运输线狂轰滥炸,进行所谓"绞杀战",但终于被粉碎了。当时秦司令员去向志愿军司令部汇报工作,志愿军司令员做出了个结论说:"这是高度觉悟的人发挥了高度的智慧和勇敢。"真是一针见血的话。

武震一面思索,也没理会头上有飞机,忽然听见唰唰一阵响,一颗炸弹从头顶上落下来。可是没炸。别是细菌弹吧?武震立时打电话给金桥,吩咐他带着人搜索一下。这些卑鄙无耻的狗强盗,求上帝不灵,只好向苍蝇臭虫乞灵了!

不知怎么想起儿子。武震从抽屉匣里拿出李琳新来的信,抽出儿子的照片,对着灯看。好家伙,长得真大,不满一周岁,坐着像尊弥勒佛样!又胖,两只小手一包窝,扳着自己的大脚,小雀都露出来了。不害臊,还乐呢?你对着谁乐?不要紧,孩子,世界是咱们的,杜鲁门这群苍蝇活不长远。

武震把照片竖到一部《毛泽东选集》旁边,又埋头到材料里去。他写着提纲,记着要点,然后动笔写起总结来,一时忘了夜的深浅。

忽然听见屋檐前唧唧叫了两声,推开窗一看,天亮了。屋檐底下两只燕子新絮了窠,一只燕子腾地飞出去,另一只跳到电话线上,歪着头,转着眼,唰唰唱了几句,也贴着地皮飞了。

武震熄了灯,穿着衣服歪到行军床上。他的左胳臂打防疫针打得有点胀痛,翻了个身,偏右躺着睡了。

春天一来,阿志妈妮正忙着建设家务。这天早晨,大乱帮她编篱笆,老包头骑在屋脊上,替她往屋顶上苫稻草。

太阳暖烘烘的,晒得好舒服。屋后菜地新翻了土,又湿又松。一只花母鸡趴在菜地里用爪蹬着土,蹬了个深窝,扁着身子偎在窝里晒阳阳,一眼看见只硃砂虫,用嘴一啄,咕咕叫着,小鸡崽叽叽喳喳跑上去,争着吃虫。

老包头唱起来了,哼哼呀呀的,只有他那一辈人才叫得出小曲的名字。

将军呢在当院仰着脸问道:"爷爷!爷爷!你唱歌怎么用胡子唱?"

大乱先不懂,再一看老包头,胡子扎撒的,嘴都护住了,唱的时候光见胡子一撅一撅的,不见张嘴,就嘻皮笑脸说:"包老爷,你倒是怪,怎么越长越年轻?"

老包头丧谤说:"净说屁话,还有越长越老的?"

大乱嘻嘻嘻说:"你必是头朝下栽的,要不怎么倒长。"

老包头瞪着眼叫:"去去去!惹恼了我,塞你一嘴牛粪!"

阿志妈妮直一直腰笑了。乍起初,她见这两人顶嘴,自己又不懂话,惊得光发愣。一来二去,看惯了,话也明白几成,就想:"这两人真有趣,别看斗嘴,可亲热得不行。"要是真生气,老包头那脾气,你逼他吭声都不吭声。

将军呢听着老包头和大乱一对一答,忽然抱住他妈的腿叹口气说:"唉!我玩得好伤心啊!"

阿志妈妮吃了一惊问:"好端端的,你伤的什么心?"

将军呢说:"我直长直长也长不大!志愿军爷爷告诉我说,大年五更捽着门栓打提溜,就拔高了。我天天去打,也拔不高,几时才能捞着扛上枪啊?"

大家哗地笑了,大乱说:"你老掉牙了,还愁不长。"

将军呢赶紧闭上小嘴,不敢说话。

大乱笑道:"不用闭,早看见了,当门掉了两颗牙。是不是淘气,叫牛屄崩掉的?"

将军呢一咧嘴想笑,又怕人看见牙,赶紧用小手捂着嘴叫:"你才是叫牛屄崩的!"扭头跑了。

阿志妈妮挺温存地望着儿子的后影悄悄说:"这孩子,活是他爹。"

大乱问道:"他爹有信吗?"

阿志妈妮正编篱笆,忽然停下手不动,半天小声说:"没有——他在人民军里打仗呢。"她相信丈夫一定活着,一定在为朝鲜的自由战斗着。在她心里,丈夫将永久活着,永久战斗着,有信没信都是一样。

金桥领着伙人进了院,都带着防疫口罩,浑身上下蒙着尘土。姚志兰跟在尽后尾;裤子挂碎了,露出了肉。

大乱因为武震天亮才睡,忙对金桥摆手,不让进屋,又问:"你们这是做什么?急急惶惶的!"

一个女护士说:"你还做梦呢!敌人撒细菌了。……"接着告诉说他们分头找了多半夜,黑夜什么看不见,直到天明才发现后山大松林里到处有传单,想起报上登的,传单上也带毒菌,就搜集到一堆点火烧了。后首又在橡子棵里找到条死鱼,将近一尺长,招得蝇子嗡嗡飞,不用说,也是敌人故意投的,赶忙掘个深坑埋了。

老包头坐在屋脊上骂起来:"有本领枪对枪刀对刀打呀,扔细菌就能吓倒人?"

金桥摘下口罩,浑身上下拍打着土说:"他就是没本领呢。前后五次战役打趴趴了,势逼着开和平谈判,又怕和,净耍无赖,拖来拖去,可倒好,什么下流道都使出来了。"

257

正说着,武震惊醒,把金桥等人喊进屋去。姚志兰有点累,靠着木碓臼没动地方。她变了。乍一看,还是那么细条条的,脖子后垂着两根小辫,两只水灵灵的眼睛翻啊翻的,没变原样。她脸上那种稚气可不见了,显得又庄严,又沉静。不用装大人,自自然然锤炼成大人了。她一时一刻没忘记吴天宝,但她不愿意提,从来也不哭。她将终身记着他,永远用战斗纪念着他。

屋里汇报完了,必是谈起姚志兰,武震喊了她声。姚志兰走进去。

武震端量着她说:"你累了,小姚!听说你工作太多,谁有病都是你替班,还抢着做这做那的——你也该照顾照顾自己呀。"

姚志兰不紧不慢说:"自己有什么要紧?又累不坏,多做点不吃亏。"

武震瞪着眼半真半假说:"再不听话,我要下命令了!你不顾自己是好的,我可有义务照顾你。"

姚志兰淡淡地一笑。

那个女护士一回眼望见《毛泽东选集》旁竖着张照片,笑着问:"哎哟!这是谁的大胖孩子?是你的吗?"

武震露出得意的神气问:"你看像不像我?"

女护士笑道:"像,像,可像啦。两只眼又圆又亮,跟你一模一样——叫什么名字?"

武震应道:"叫和平。"说着,就像有只小手轻轻搔着他的心,怪痒痒的,嘴就咧开笑了。这是他有生以来初次经历的奇怪感情。自己也不明白是怎么回事,提起儿子就喜欢。好儿子!你是你爹的血,你爹的肉,你爹的化身。为了儿子的生活,儿子的将来,做爹爹的永远不惜站在第一线,保卫你——保卫"和平"!

半天空仿佛掀起阵雷风暴雨,哇哇好响,我们的"小燕子"又腾空了。一架,两架,三架,四架……满天都是,数不过来了。嗒嗒嗒嗒!怎么还有空战?那不是两架敌机,飞得真笨,眼瞅着叫"小燕子"包围住了。又是一阵嗒嗒嗒嗒!一架敌机冒了黑烟,乱扑拉着翅膀往西海掉下去了。那一架还想钻呢。早叫"小燕子"咬住尾巴，横竖也挣不脱。

天空腾起更多"小燕子"，来往回旋，每架后尾都拖着道白烟。"小燕子"飞得太高，看不清了，光见满天无数道白烟，弯弯转转，划成许多烟环。大环套小环，外环套里环……烟环越来越宽，越来越淡，于是天空抹上层淡淡的云雾。

一九五二年六月四日写成在朝鲜定州郡山下里

附录一　我的感受
——《三千里江山》写作经过

这是我从朝鲜前线回来的头一夜,我住在安东一间温暖的楼房里,窗外刮着北风,雪花沙沙敲着玻璃窗。我拉开窗帘,望着鸭绿江南。南岸漆黑一片,包围在暴风雪里。于是我深切地想起那些战斗在朝鲜土地上的人们。就在这同一夜,他们正在坑道里、冰河里、山头上、废墟上,冒着严寒风雪,担负着保卫和平的神圣事业。我曾经和他们一起生活,一起战斗,经历着共同的痛苦和欢乐。我看见一些人成长为英雄,也看见一些好同志在我面前英勇地倒下去了。今天,我站在祖国的边疆上,呼吸着我们祖国繁荣幸福的气息,我更感到他们的伟大,他们的可敬。亲爱的好同志啊,我怀念你们,我怎能不怀念你们呢?

两年来,正是这种感情激荡着我,我才写了小说《三千里江山》。我不能忘记一九五〇年冬天中国人民志愿军乍过江时,那种艰苦啊。漫天漫地飘着大雪,朝鲜国土上到处烧着大火。我们的志愿军吃没吃的,睡没睡处,冻掉手冻掉脚,他们却不叫一句苦,他们说的永远是气盖山河的豪语:"全世界人民都望着我们,我们只能前进,只能胜利!"

还记得一次在大同江上,敌人轰炸一座桥梁。我们一些战士牺牲了,埋到土里。我到桥头时,许多战士正从土里掘他们死难的同志,重新掩埋。他们谁都不说一句话,脸上的表情很严厉,又很坚定。而在第二天,那座毁坏的桥梁又架起来了。我不能不思索。是什么力量促使我们的战士、工人、农民离开自己祖辈父辈生养死葬的祖国,来到朝鲜?朝鲜没有我们人民千年万代开垦的土地、辛勤建设的城市,对我们志愿军是陌生的。他们却毅然决然走来了,艰苦战斗,有人甚而毫不吝惜地献出自己的生命。

这是种爱啊。爱,就会忘掉自己,处处为旁人着想。真正能爱的人决不会计较个人的生命、个人的得失。我们志愿军爱祖国,爱人民,爱和平,爱正义——这是我们人民的英雄品质。

这种精神深深感染了我。我反复思索,开始形成我的主题,孕育着我的小说。记得到朝鲜以前,一位同志对我说:"你去了,可以着重写写中朝人民的友谊。"但在生活里,在斗争里,你往往会被一种感情所震动,自自然然凝结成主题,这种主题是不能勉强预定的。有好几次,我见到我们志愿军的英雄行动,忍不住流下泪来。我不是个容易动情的人,但我太感动了,感情逼迫我要去描写他们,歌颂他们。不写,我像犯了罪似的,从心里难过。我又不敢轻易写。我不愿意用我的笔,随随便便损害我们的人民。我在斗争里思索着生活,孕育着主题,足足一年,直到一九五一年冬天,才正式动笔写《三千里江山》。

小说里的人物都不是实有其人,但每人都有他一定的活的影子。老实说,我喜欢那些活的影子。他们是我的同志,我的战友,也是我的知心朋友。在山洞里,在行军路上,在充满酸菜气味的朝鲜农家小茅屋里,我们时常谈心。他们向我打开了心口的大门,一直邀我走进他们的灵魂深处。我懂得他们的思想感情,懂得他们的生活,我就用这些周遭的活人做骨架,掺进许多其他人的东西,捏出我小说里的人物。我爱这些人,想把他们写好,可是写出的东西永远不能表达出我的感情。真苦恼人啊!有一回深夜,我实在写不下去了,丢下笔走到门外。满天飞着大雪,远处爆炸的火光照红了半边天。就在那一片火光里,我想写的人物正冒着生命的危险，坚持着激烈的斗争。我可写不好他们。我有罪啊！我还有什么用呢？

有时能写出点什么，心里也高兴。我对待小说里的人物，差不多像对待最亲近的人一样。每逢写完一章，暂时要搁下一些人物，心里总有点莫明其妙的惆怅，好像是惜别的情绪。赶又写到那些人物时，也特别兴奋，就像好同志分手多久，重新又见面了。我看见芬奇画的那张《微笑》，心想芬奇一定很爱他画的那个人，要不怎么能画得那样好呢？

小说里也有我不喜欢的人，那就是害恐美病的郑超人。在拟提纲时，我考虑再三：写不写这样个反面人物呢？中国志愿军已经变成中国人民的旗帜，写了，岂不会损害我们志愿军的面貌？不，还是应该写的。恐美病是中国历史造成的一种思想病，在一定阶层中，并不是个别现象。志愿军是从中国来的，在某些人身上自然也带着这种病症。我见到这类人，真想骂他们一顿。骂也不对，应该批评他们。我就在小说里暴露了这种人，这种思想。害这种病的人不是战士，大多数是某些崇美的知识分子；不在今天，而在抗美援朝初期。今天，中朝人民所获得的胜利差不多已经把这种病扫除干净了。

塑造人物时，也费过一番周折。过去写东西，我总喜欢追求故事。听到什么英雄事迹，紧忙记下来，好写作品。写的英雄自然没血没肉，缺乏生气。有人叫这类作品是"三条枪"，意思是说这类东西的内容总不外一个英雄经过壮烈的战斗，结果胜利了，缴到几条枪，如此而已。写英雄，最主要的还是要描写他们的性格、思想、感情以及成长的过程，这才能有点生气。你如果不能掌握英雄的思想感情，怎么也写不活。

如何去掌握我们英雄的性格呢？我想：英雄并非天神，而是人。今天是毛泽东的时代，正是英雄的时代。每人心里都埋着火种，只要一拨，都能爆出火花，放出光彩。英雄正是许许多多平常人，经过培养锻炼，在一定条件下，开放出花朵。那么，在你周围许多平常人当中,不是照样可以产生英雄吗?你观察分析周围新人物的思想感情,就是在观察我们这个时代的英雄性格。英雄人物的生活感情,其实也正是我们一般人民的生活感情。说实话,我在小说里所采用的那些活人,有的立了大功,有的还是平平无奇,并不像我写的那样。就拿炊事员老包头来说吧,原来那个活人是个很妙的老头子,具备许多好品质,但他并没抱定时弹。我细心观察了这位老头子的为人行事,把他和个抱定时弹的人物结合一起,就写成了小说里的老包头。在朝鲜前线,我朗读过两次这本小说,听的人并不觉得老包头的发展不合理,倒有人说,这个人物还应该发展,应该发展得更高,更有光芒。而那个真人,在一定场合里,我相信他准能做出比老包头更轰轰烈烈的事迹。

首先熟习我周遭新人物的性格,就可以多少掌握住我们人民的英雄性格——这是我塑造小说人物的基本方法。

在安排情节方面,我觉得该有故事性,但又不应当净写些惊天动地的场面。专门武打的戏并没有故事性。过去,我认为所谓故事性,就是要有热闹的情节。现在觉得我错了。故事性应该放在矛盾上——放在敌我的矛盾上,放在人物思想性格的矛盾上。矛盾越尖锐,故事性越强。有时即使是很平凡的日常生活,如果能抓住其中的矛盾,照样会有震动人心的力量。当然,在朝鲜战场上,惊心动魄的事件太多了。要是我专追求这些,忽略了人物生活的描写,反而会使那些大事件变得架空,变得像神话似的。所以在组织故事方面,我有意多写人物生活,从生活中寻求矛盾,慢慢发展,一直发展到斗争比较激烈的场面上。在寻求人物生活的矛盾上,我明白并没做好。譬如写那群女电话员,我写她们在生活细节上斗嘴吵架,矛盾固然有,却有点琐碎,与小说的中心主题并没多大联系。恐怕我又过分在生活小矛盾上兜圈子了。

这本小说从写提纲到第二遍修改完毕,前后费了十来个月,一直在朝鲜搞完。严格说来,时间还要长。其实从我到朝鲜那天起,当我还在生活中时,我就在酝酿着主题,酝酿着人物。赶我拿起笔时,我也并没脱离生活。我的写作地点就在清川江北一个小山村里,离敌人的轰炸点只有几里。头上常有空战、炮战。碰上大轰炸,火光照得满院锃亮,窗门乱晃。大家早摸熟敌人那一套,谁理他呢。这种紧张的战斗空气,使我一直保持着战斗情绪,自始至终也没减退。我想:如果这本小说的情绪还算饱满,还有点战斗气氛,创作环境的气氛对我实在有很大的感染。

我关在小茅屋里写作,我的周围却有不少人帮助我。其中有领导干部,有工人,有战士,还有朝鲜朋友。常有这类事:你在生活里觉得是已经解决的问题,动笔写时,却发生了疑难,写不下去了。那没关系,生活本身立时可以解答你的问题。在写到十七段的高射炮时,就曾经有过难题。我搁下笔,当时跑到高射炮部队去,难题也就迎刃而解了。

生活本身的发展也常常能生动地修改你预定的小说计划。《三千里江山》后半部有些情节,有些发展,都不是我预先能想到的。生活本身丰富了我所掌握的材料,增加了小说的内容。

过去,我们常把生活过程和创作过程划作两段。就是说:先在生活中积累下材料,然后带着材料找个地方去写作。我是试着把这两个过程统一起来:在生活中酝酿着我的创作,在创作中丰富着我的生活。先前我曾经这样做过,现时还在这样做。我觉得这比关在一边去写东西要强得多。

我零零乱乱写了一堆,只是想说出我在写《三千里江山》时的一些感受,一些体会。我永远记得爱伦堡的一句话:"没有痛苦就没有创作。"我经历过痛苦,摸索着创作的道路,我不知道自己摸索的道路正不正确。我写这本书,没别的想头,只想尽可能记下点我们志愿军对祖国,对人民,对全世界和平事业所作的贡献,借着这个来纪念那些活着和死去的同志。好同志,你们知道我是怎样怀念你们吗?

一九五三年

附录二　写作自白

一

我所谈的也许可以算做我写《三千里江山》的一点经验，但我更愿说出我对我们人民的认识。这部小说的基本主题思想是想表现志愿军对祖国、对人民、对和平的热爱，也就是我们常说的国际主义和爱国主义的精神。我们谁都熟悉国际主义和爱国主义这八个字，这八个字是有着非常丰富的内容的。老实说，我不是一下子就体会到的。我是在比较长期的经历中，和志愿军走在一条共同的道路上，他们的行动给了我教育，也鼓起我一种愿望，想要写他们那种高贵的思想品质。直到今天，一闭眼，我不能不想起一九五〇年冬天的情景。那时候在朝鲜战场上，漫天风雪，遍地烽火。我们的人民离开祖国，离开家乡，迎着风雪，迎着烽火，走上战场。那是怎样艰苦的战斗啊！一天晚间，记得在汉城的路上，我见到一个战士，脚冻肿了，连鞋都穿不上，他把鞋脱掉，用棉花和布包着脚，一拐一拐跟着走。指挥员劝他回去，他还说："我的脚后跟长在后面，也不是长在前面，我只知道往前走，我不知道往后退。"类似这种事我见得不少了。我不能不思索。到底是种什么力量支持着我们的人民，使他们能够忍受不能忍受的艰苦？这就是他们对祖国的热爱。记得有一次在安东车站上,我见到一列从朝鲜开回来的伤员列车。一个伤员下车了,头一脚踏到祖国的土地上,他流了泪。他为什么哭呢?难道说因为疼吗?当然不是。你问他,他也不说。但我们完全能够明白他的情感。他离开了祖国,离开了家庭,不知在朝鲜打了多少仗,经过多少艰苦,为的是什么?为的就是我们的祖国啊!现在他为祖国受了伤,头一脚又踏到祖国的土地上,他的感情怎么会不激动,他怎么会不流泪呢?

还有一次,从祖国送去许多慰问品,都装在木头箱子里。当时我正在一个炮兵阵地上,看见慰问品发完了,剩下些破木箱子,正好劈了当柴火烧。战士们却不让烧,把箱子还是劈了,每人抢了一块。当时我不懂得这是为什么。第二天,我就懂了。原来每个战士在木板上钉了四根腿做了个小板凳,行动不离总带着它。我问战士们这是为什么,一个战士笑着回答我说:"我坐在这个小板凳上,就像坐在祖国的土地上一样!"话是简简单单几句话,可是我们战士对祖国的爱是怎样深沉啊!正是这种人世间最高贵的爱鼓舞着我们志愿军的斗志,也反复激荡着我的感情,逼着我想写他们。《三千里江山》的主题正是这样来的。我写的只是很浅很浅的一点东西,和我们人民的行动感情很不相称,但这一点也是我们人民给我的。

二

在写作《三千里江山》时,我遇到一个问题,就是对英雄人物的认识问题。朝鲜战场上的英雄是太多了,不写英雄,根本就无法表现我们人民那种高贵的思想品质。

什么是英雄呢?英雄不是神而是人,而且是差不多像我们一样的人。但在党的培养下,他首先具备着先进人物的思想感情。黄继光在成为英雄以前,就是个出色的战士,但他并不比一般先进的战士更为特殊。有一天,他开花了,他就是英雄。他可以成为惊天动地的英雄，其他的战士又何尝不可以？到今天黄继光式的英雄已经不止一个了。也不止在前线，在祖国的生产建设战线上，不是也有着千千万万的英雄人物吗？

我到过西北，看过正在修筑的兰新路。有一次，大水把一座木桥冲走了。会游水的人争着跳下去抢救。当时有几个不会游水的人也跳下去，一下子就没顶了。后来幸亏被会游水的人救上来，差一点没淹死。上级问他们说："你们不会水，为什么也跳下去？"他们说："我看见桥下去了，我也下去了。"千万不能认为这事可笑，这正是我们人民的一种高贵的忘我精神。中国人民本来是优秀的，党更培养了我们，发扬我们的优秀的品质，使我们每个人都在发热，都在发光。党就是这个时代的灵魂，也是英雄的灵魂。我认为，这就是我们革命的英雄主义的基本来源。

英雄是从平常人当中成长起来的，这是我对英雄们的基本认识。也正是在这个认识的基础上，我在小说里处理的英雄都是十分平常的人物。我说过，我在小说里想要着重写的是我们人民的爱国主义。我企图从两个主要问题上来表现这种思想：一个是爱，一个是生命。爱与生命永远可以当做文学的主题。由于时代不同，当然这两个问题的意义也不同了。在我的小说里，我想通过一个叫姚志兰的女电话员和火车司机吴天宝来表现爱的问题。他们俩本来要结婚，但为了抗美援朝，不结婚了。这样的事当时是很多的。摆在姚志兰面前的本来有两条路。她可以不去朝鲜，可以结婚，谁也不会勉强她。中国人民的良心却不允许她这样做。她不追求个人的幸福，她去朝鲜了。从远的方面来说，个人幸福和整体的幸福是一致的，但在具体问题上不是没有矛盾的。姚志兰爱她的未婚夫，却不停留在个人的私爱上。她把她的爱发挥得更高，对吴天宝说："你把爱我的心情去爱祖国吧！"她明白，没有祖国，爱情也是痛苦的。为了祖国，吴天宝牺牲了。为了整体的幸福，我们的人民永远能够勇敢地牺牲个人的幸福。

再谈生命。属于个人的东西，没有比生命更宝贵的了。一个人,只有一条生命,生命一结束,他就从世界上走开了。所以考验人的最高标准也是生命。要接触到这个问题。不接触这个问题,就接触不到英雄的本质。我在小说里处理了一个怕死鬼,有崇美、恐美病,他可以讲:"我只有一条命,死了就不能为人民服务了。"其实,这种人最自私,根本经不起生命的考验。我也处理了一个叫车长杰的工人和火车司机吴天宝。他们是最爱生命的。吴天宝还很年轻,像是一朵刚开的花朵,对生活抱着极大的热情,对什么事都有极浓的兴趣。在他,生活就是欢乐。可是,正是他,当人民的胜利维系在他身上时,他可以毫不吝惜地献出自己的生命。许多同志提出这个人物死不死的问题。有的读者写信给我说:"你太残酷了,怎么把他处理死了!"也有的同志说:"根据中国人民善良的愿望,是不愿意好人死的。"说老实话,我也不愿意他死。我在朝鲜前线给工人战士和干部读过两次,每次读到他死的那一段,就读不下去,非停顿一会儿,控制一下自己的感情,才能继续读下去。最近我在北京又把小说修改了一次,还是没有叫他活过来。我见过不少的同志,像吴天宝这样的人勇敢地倒下去了。胜利绝不是轻易得来的,胜利正是许许多多这样好同志拿生命替我们争来的。如果你为吴天宝难过,你就永远记着他吧!记着那些替我们创造幸福的人。这些人,为了对祖国人民的热爱,献出了自己的家庭、幸福,甚至于生命,这才是人世间最伟大的爱。

除了爱与生命,我在车长杰这个人物身上,还寄托着我对我们人民的一种感情和认识。这个人害夜盲症,不好出头,不爱讲话,一天到晚总是闷着头做事,后来也牺牲了。看过《三千里江山》的人差不多都喜欢他。我处理这个人物时,是想通过他来表现我们中国人民的一种特质。他一生不声不响地做了许多事情,最后死掉了,他的事迹也不被人注意。我到大西北时,汽车跑在戈壁滩的公路上。路修得很好,但修路的是谁,我们提不出一个工人的名字来。长城是中国历史上伟大的建筑,今天还存在着。修城的人是谁,我们一个也不知道。甚至于我们住的房子,吃的粮食,用的家具,每种都沾着劳动人民的血汗。这是谁给我们的呢?我们不知道。但我知道,这就是车长杰那样的人给我们的。他给了我们许许多多,从来却不向我们要一丁点东西。写到他死时,我控制不住自己的感情,出来说话了:"活着的时候,他悄悄地活着,死的时候,他悄悄地死了。报纸上不见他的姓,传记上不见他的名,但在他悄悄的一生中,他献给人民的是多么伟大的功绩啊!"

这里所谈的应该说,只是我企图在作品里表现的思想。但我知道,我是没很好地表现出来我想表现的。这一点,正是我创造上极大的痛苦。

三

我也想谈谈感情。我们常说:思想是作品的灵魂。但如果只有思想而没有感情,那种灵魂也是死灵魂。曾经有一位同志批评我说:"杨朔啊,你的作品干干净净,有头有尾,就是没有感情,不动人。"我这个人是没有感情吗?不,人都是有感情的,连动物都有感情。马和人处久了,见了你还要用鼻子拱你的前胸呢。那么为什么我过去的作品缺乏感情呢?说实在话,从前我有一种不正当的顾虑,觉得自己是个知识分子,身上有很多非无产阶级的东西。虽然经过整风学习,总还留着尾巴。因此,我在作品里,有意不写感情。我怕一写感情把非无产阶级的感情流露出来,就不妙了。其实这是骗人,也是骗自己。感情不是孤立的,感情是从思想来的。思想对头了,感情就对头;思想不对,你即使不写感情,你的作品照样会暴露出你的错误。

还有一方面,就是自己对人民的看法问题。过去我写工农兵,总是把工农兵写得非常粗率,没有感情,以为一写感情,便是小资产阶级,不像工农兵了。这是对劳动人民的可怕的歪曲。其实,劳动人民是最有感情的,比起我们的感情要丰富多少倍。在我的一生中有许多事很难使人忘记。在朝鲜,我就遇见过这样的事。那时候还是一九五〇年冬天,风雪很大,我和几个同志徒步往前线去。我们都背着粮食,不想时间算得不准确,走在半路粮食没有了。这时我们在山沟里碰到一班志愿军战士。他们过江后经过几十天战斗,头发很长,衣服也破了,情况更艰苦,也是没有吃的,只剩下一点粮食,只能熬稀饭喝了。见我们挨饿,他们就分了一碗米给我们。这一碗米是很少的,要在后方,如果炊事员做饭不小心,从地上也能收起一碗米来。但在当时那种情况里,大家都在挨饿,这一碗米里包含着多么深厚的阶级感情啊!

可是有这样个别的同志,远在祖国的后方,有时就不体会我们人民的感情。姚志兰在她的爱人牺牲后,她忍着泪没有哭,但当她听到五一节那天祖国天安门前的广播,她再也忍不住,唰地流下泪,望着北国说:"祖国啊,为了你,我有什么值得保留的,就是生命也可以献出来呀!"有一位同志批评我说:"这是概念!"我的作品存在着许多缺点,应该批评。但说这种描写是概念,我受不住。我不怕批评,但我不能忍受这种对我们人民的歪曲。我们人民的感情就是这样纯真,这样高贵,而你说这是概念,这简直是对我们人民的污辱。也有人说,"祖国"的字样用得太多,都用滥了。他不知道在我们志愿军的心上,祖国是怎样亲切的字样啊!每说一遍,每次都有深刻的感受。"祖国——我的亲娘!"有的志愿军曾经为这句话下泪,你能说这是个概念吗?

战士的感情也细致得很。我想举个我举过几次的例子。一九五二年秋天,我到一个炮兵阵地去,发现一座大炮口前,开着一丛鲜艳的红花。我寻思这必是移来的。但这不是移来的,而是本来长在阵地上。战士们挖好阵地,把大炮运进去,不知用炮打了多少次仗,那丛红花却一直保存下来。你怎样体会战士的这种感情呢?一句话,他们爱花。他们不喜欢生活那么单调,愿意看见生活更有色彩。"按照美的原则来改造世界"——他们说不出这句话,这句话却说出了他们的思想。正是由于他们那样热爱生活,他们打起仗来才能那样勇敢。他们战斗,就是为了建设幸福的生活。一个对生活消极的人，永远也不会勇敢。

在《三千里江山》中，我的人物处理得比较有感情了，但也不是没有错误。我写了叫武震的大队长，性格很刚强，同志牺牲了也不流泪。很多人认为这个人不近人情，不可爱。实际上，我们的干部并非不动感情。我遇到的真实事情不是像武震那样，而是这样。一个司机死了，指挥员把死者安排好后，不见了。原来他躲到墙角后，哭得很厉害。见了我他说："老杨啊，我实在忍不住了！"我说："我也是很难过，我们的感情总是不大健康。"他立刻批评我说："你这个人啊，要是看见同志牺牲了，你不难过，你就没有一点阶级感情了！"我不这样处理武震，只强调他的刚强，结果是歪曲了我们人民的感情了。

自古以来，好作品都是有感情的，而且会有时代的感情。我所谓时代的感情是：每个人心里都感到，意识到，但还不明确，还捉摸不定。你捉住了这种有代表性的共同感情，把它写出来了，使每个读的人立刻感到这就是他的感情，这就是他想说可是还没说出的东西，这样的作品就有时代的感情，一定能和人民结合在一起。感情永远不死，即使时代变了，那种作品照样能打动人心。这又使我想起了我到西北的情景。我上了古凉州城的钟楼，举目一望，忽然想起唐朝诗人王之涣的《凉州词》，我念了一遍，仍然觉得这是首好诗。

我们读完一部作品，常说这部作品打动我了，或者说这部作品一点不动人。所谓打动不打动，就是说看作品的感情是不是戳了你的心。我觉得，在正当的思想基础上，这种最直接的感觉常常能够衡量一部作品的价值。

我们谁都在努力深入生活。但即使我们到了战场，到了工厂和农村，也不等于深入生活了。只有深入到人的思想感情里去，才能算真正深入生活了。

四

　　有许多人提出我这部作品的结构散。是散,因为我在考虑结构时有一种想法。过去我写东西,总喜欢追求惊心动魄的故事,这是个毛病。现在我明白一个道理:故事性绝对不表现在热闹场面上,而表现在人物事件的矛盾上。没有矛盾,即使真刀真枪都上了场,也不吸引人;反之,如果你抓住了矛盾,故事就有了。而且矛盾越尖锐,故事性就越强。有的作品没有什么惊心动魄的故事,但从第一场开始,就使人非看下去不可,就是因为一开头便提出了矛盾,矛盾越来越尖锐,一直发展到高峰,矛盾也解决了。我也把故事重点放在矛盾上。我写了敌我的矛盾,也写了人物思想性格上的矛盾。我的小说正面是写我们人民的爱国主义和国际主义思想;作为敌对的思想,我写了崇美恐美的思想。我写了姚志兰,配上了小朱;写了老包头,又配上了大乱——这些人物都在性格上互相矛盾着。我希望把许多矛盾交织起来,织成整篇的小说。但在处理方法上,我没做好。我过分在生活小矛盾上兜圈子,有时甚至离开了主要的矛盾,结构自然要显得散了。

　　在现实斗争中,要尽可能抓住主要的矛盾,其他次要的小矛盾,都应该围绕着这主要矛盾的发展。而且还应该把主要人物放在主要的斗争上,就是说让主要的人物去解决主要矛盾,这样才更能着重写出你的人物。

　　也有许多人说我这部小说的语言好,这对我当然是很大的鼓励。不过告诉大家,我在语言上也存在着缺点。

　　我喜欢用"歇后语"。我曾经醉心于"歇后语",借此来卖弄自己语言的丰富。我在写《三千里江山》时,这个毛病已经没有了,可是不知不觉还是用了不少。人民的口语中包含着许多歇后语,应该说大部分是从生活中创造出来的,常常很俏皮,很形象,表现了人民的智慧。如果说歇后语是文字游戏,我不能同意。《红楼梦》

和《水浒》里的歇后语不就很多吗？可是应该选择。有些歇后语很庸俗，甚而是从敌对阶级来的。歇后语用多了，也会影响文字的流畅。

用字一定要明确精炼，使人看到这个字就在脑子里直接唤起一种动作，一种感情，一种思想……拐弯抹角才使人想到你所描写的事物是不好的。中国古典的文学作品最会提炼语言，常常是很少的字却包含着非常丰富的内容。唐朝有位诗人作了句诗是："僧推月下门"，觉得不好，想改做"僧敲月下门"，又下不了决心，于是一路走着一路做着推敲的手势，把人家的路都挡住了。这像个笑话，但是可见这位诗人用字是怎样地煞费斟酌。我在用语上所以存在着缺点，就是推敲不够的原因。当然我的意思不是说要雕琢字句，我是说，我们应尽量选择最明确最精炼的语言来表现我们的生活思想。直接向生活学习语言，这应该是我们的方向。

一九五三年